Georg Unterholzner

Der Schnitter

Für Jupp, der nicht hätte sterben dürfen.

Georg Unterholzner

Der Schnitter

Oberbayern-Krimi

rosenheimerkrimi

Die Handlung dieses Romans ist frei erfunden. Eventuelle Ähnlichkeiten der Romanfiguren mit lebenden oder toten Personen sind nicht beabsichtigt, ebenso wenig eine Beschreibung der Verhältnisse in tatsächlich existierenden Institutionen, Organisationen oder Vereinigungen.

Besuchen Sie uns im Internet
www.rosenheimer.com

Titelfoto: © Günay Mutlu – iStockphoto.com und
© alexfiodorov – Fotolia.com
Autorenfoto Buchrückseite: Patrick la Banca
Lektorat und Satz: VerlagsService Dr. Helmut Neuberger &
Karl Schaumann GmbH, Heimstetten
Druck und Bindung: CPI Moravia Books s.r.o., Pohořelice
Printed in Czech Republic

ISBN 978-3-475-54251-0

1

Es ist ein Schnitter, der heißt Tod,
Hat Gewalt vom höchsten Gott,
Heut wetzt er das Messer,
Es schneidt schon viel besser,
Bald wird er drein schneiden,
Wir müssens nur leiden,
Hüt dich, schöns Blümelein.

Die dicke Köchin Zenzl stand schwitzend am Herd und rührte in zwei Töpfen gleichzeitig.

»Der Tag wird kommen, da bring ich ihn um, diesen Verbrecher!«

Sie ließ die Kochlöffel los und wischte sich mit dem Handrücken den Schweiß von der Stirn. Dann eilte sie zum Kühlschrank, riss die Tür auf, holte einen großen Brocken Fleisch heraus und warf ihn voller Abscheu auf den großen Küchentisch, an dem wir frühstückten.

»Einen Rindsbraten habe ich bestellt, und was bringt mir der Grattler? – Nix als Fett und Sehnen. Grad dass es noch für ein Gulasch taugt.«

Ihr breites Gesicht war rot vor Zorn.

»Die meisten, die du umbringen wolltest, leben noch«, brummte Max, biss in sein Honigbrot und wandte sich wieder der Zeitung zu.

Aber die Zenzl war noch nicht fertig. Sie beschwerte sich wortreich, wir wären wieder viel zu spät aufgestanden, und sie müsse sich alleine um den ganzen Betrieb kümmern. Sie war schlicht unerträglich.

Also erhoben wir uns und verließen mit Kaffeetasse und Honigbrot die geräumige Küche des Bräuwirt. Wenn die Zenzl sich einmal warm geschimpft hatte, gab es keine Argumente mehr. Sie würde heute Vormittag einen jeden anfauchen, der die Küche betrat oder ihr sonst wo über den Weg lief.

Wir gingen in die Wirtsstube, wo es immer noch nach kaltem Zigarettenrauch roch, grüßten die Hausgäste und nahmen am leeren Stammtisch Platz. Neben uns saß eine fünfköpfige Familie aus Berlin. Die drei Kinder zankten sich um die letzte Semmel, und die Eltern mahnten zur Ruhe. Das junge Paar am Ecktisch schwieg und sah sich nach jedem Bissen verliebt in die Augen.

Ich fand meine Theorie bestätigt, dass Verliebte und Besoffene besonders blöd dreinschauen. Ein leerer Tisch daneben war für eine Person gedeckt.

»Die Weißwürst vom Kandlbinder sind die besten«, erklärte Max. »Und in Wolfratshausen beliefert er nur mich. Dafür muss ich ihm auch das schlechtere Rindfleisch als Braten abkaufen. Ich hab's der Zenzl schon tausendmal erklärt, aber sie mag es nicht einsehen. Ein Braten ist ein Braten, sagt sie, und kein Gulasch!«

Er schnaufte sorgenvoll und schob das letzte Stück Honigbrot in den Mund.

Da kam Erica, der Sonnenschein vom Bräuwirt, zu uns an den Tisch. Sie war sehr hübsch, und alle waren ein bisschen verliebt in die dunkelhaarige Bedienung – ich auch. Erica blieb stets professionell und kühl, ließ sich jedoch anhimmeln mit einem herablassenden Lächeln auf den vollen Lippen, als würden sie die Emotionen der Herren nichts angehen.

»Frühstück gibt's zwischen halb acht und neun«, schimpfte sie in Richtung Max. So aufgebracht kannte ich sie gar nicht. »Entweder kommt dieser Eilmann jetzt gleich, oder er kann sich beim Metzger eine Leberkässemmel kaufen. Seinen Kaffee schütt' ich jedenfalls in fünf Minuten weg.«

Max reagierte nicht. Er kümmerte sich um die Brauerei und die Wirtschaft. Mit den Übernachtungsgästen wollte er nichts zu tun haben.

Also wandte sich Erica an mich: »Geh, Kaspar, sei so gut und hol den Eilmann zum Frühstück. Erstes Zimmer rechts.«

Ich stand auf, erntete ein bezauberndes Lächeln und verließ die Gaststube. Die alte, knarzende Holztreppe gegenüber der Küchentür führte hinauf zu den Fremdenzimmern. Vor Eilmanns Tür blieb ich stehen und klopfte, ungeduldig, laut und deutlich. Nichts. Ich klopfte erneut. Als sich niemand rührte, drückte ich die Klinke, um die Tür aufzuschieben, doch es ging nicht. Also lehnte ich mich dagegen, aber sie ließ sich nur einige Zentimeter öffnen. Sie war also nicht abgeschlossen. Vielmehr musste sich dahinter etwas Schweres befinden, eine Kommode oder ein Schrank. Doch wieso stellt jemand eine Kommode vor eine unverschlossene Tür?

Kurz entschlossen stemmte ich die rechte Schulter gegen die Tür und schob an, bis sie sich aufdrücken ließ. Ich schlüpfte ins Zimmer und sah sofort das ganze Schlamassel: Eine breite Blutspur führte vom Bett zur Tür, wo der wuchtige Körper eines riesigen Kerls lag.

Es war Eilmann! Ich erkannte ihn an den langen, dunklen Haaren, in denen geronnenes Blut klebte. Mit weit aufgerissenen Augen und gestrecktem Hals lag er leblos da.

Einige Augenblicke verharrte ich stockstarr neben der Leiche. Mir war speiübel. Dann gelang es mir, den ersten klaren Gedanken zu fassen. Ich musste Max Bescheid geben, damit er die Polizei informiert. Ich stolperte aus dem Raum und rannte nach unten.

»Max, du musst sofort kommen«, stotterte ich.

»Gleich«, wollte Max mich abwimmeln.

Er war gerade beim Sportteil. Vor einer Woche hatte die deutsche Nationalmannschaft die Europameisterschaft 1980 gewonnen, und Bernd Schuster, sein Lieblingsspieler, wechselte nach Barcelona.

»Nix gleich!«, fuhr ich ihn an. »Du musst sofort kommen!«

Erica und die Zimmergäste glotzten neugierig. Offensichtlich hatte ich sehr laut geredet.

»Was ist denn?« Genervt sah Max zu mir auf.

»Der Eilmann ...« Ich wusste nicht, wie ich mich in Gegenwart der Gäste ausdrücken sollte. »Mit dem stimmt was nicht.«

»Ist er besoffen?«, fragte Max. »Oder abgehauen?«

»Nein.« Ich wollte keine weitere Erklärung abgeben. »Jetzt komm!«

Mein Freund brummelte etwas Unverständliches, schob die Zeitung zur Seite und erhob sich. Stumm folgte er mir die steile Treppe hinauf zu Eilmanns Zimmer.

Als Max den toten Mann und das viele Blut sah, wurde er blass und brachte kein Wort heraus. So durcheinander hatte ich ihn lange nicht mehr gesehen. Langsam ging er um den leblosen Körper herum, ohne den Blick von ihm zu nehmen. Am Fußende angekommen drehte er den Kopf zu mir herüber, das Gesicht voller roter, nervöser Flecken.

Wie ein Föhnsturm brach es nun aus ihm heraus: »Bringt doch so ein Dreckhammel in meinem Wirtshaus jemanden um!« Die Adern an seinem Hals schwollen an. »In meinem Wirtshaus!«

Ohne ein weiteres Wort rannte er an mir vorbei aus dem Zimmer, die Treppe hinunter. Ich folgte ihm.

»Diese Scheiß-Fremdenzimmer sind mir schon immer auf die Nerven gegangen«, schimpfte er, während er zwei

Stufen auf einmal nahm. »Und dieser Eilmann auch. Es gibt Leute, denen sieht man es doch gleich an, dass sie Ärger machen.«

Am Fuß der Treppe blieb er stehen und wandte sich um. »Ein Zimmer mit Bergblick wollte er, der Herr Eilmann.« Max tippte sich an die Schläfe. »Wo soll ich bittschön in Wolfratshausen in der Marktstraße ein Zimmer mit Blick aufs Karwendel herkriegen? – So ein Depp, so ein blöder!«

Ein kurzer Fluch, dann lief er weiter in sein Büro. Dort ließ er sich in den breiten Ledersessel fallen. »Hätt' sich der Trottel nicht in Tölz oder Lenggries erschießen lassen können? Dort hätt' er seine Aussicht gehabt und wir jetzt kein G'schiss mit der Leich'.«

Er trommelte mit den Fingern auf den Tisch. Schließlich griff er zum Telefon, wählte eine Starnberger Nummer und ließ sich mit Hauptkommissar Huber verbinden.

»Ich bin's, der Max. In einem Fremdenzimmer liegt ein Toter. – Können Sie kommen?«

Das Gemurmel aus dem Telefonhörer war nicht zu verstehen.

»Nein, Herr Huber, ich mach keine Scherze … Ich weiß auch nicht, wer's war … Nein, keine Zeugen. Gestern Mittag war er noch ganz lebendig … Dann kommen Sie schnell, wenn Sie sich schon freuen, dass sich endlich mal was rührt in Ihrem Bezirk.«

Grußlos lege er auf.

Max liebte Kriminalfälle und hatte deshalb schon öfter mit Huber zu tun gehabt. Beim letzten Verbrechen vor gut drei Jahren hatte Max auch seine Frau Elli kennengelernt. Er hatte absolut nichts dagegen, wenn jemand in seiner Umgebung ermordet wurde und er sich in die Ermittlungen einschalten konnte. Mord ja! Aber nicht bei ihm daheim! Nicht in seiner Wirtschaft! Da mochten sich gelegentlich ein paar Burschen prügeln, wenn sie zu viel gesoffen hatten. Sobald sie mit dem Raufen fertig waren, schmiss Max sie raus – wenn die Gefahr bestand, es könnte die Einrichtung zu Bruch ging, schon eher. Aber ein Toter passte nicht zum Bräu. Und was würde Elli sagen, wenn sie vom Urlaub zurückkam?

»Ist dir an dem Eilmann was aufgefallen?«, fragte Max. Seine hohe Stirn lag in Falten.

»Ihm gehört das rote Mercedes-Coupé auf dem Parkplatz«, meinte ich. »Er ist am Samstag gekommen und wollt' bis heute bleiben. Besonders sympathisch war er nicht. ›Die Sonne scheint durchs Kellerloch – einen könn' mia noch‹, hat er immer geschrien, wenn er noch ein Bier oder einen Schnaps wollte. Beim Schnitter ist er lange gesessen und hat sich mit ihm unterhalten.«

»Der Schnitter redet sonst kaum mit Fremden.«

»Beim Eilmann hat er nicht viel sagen müssen. Der hat bloß einmal Luft geholt und dann eine Viertelstunde durchgeredet.«

»Was sucht jemand aus Köln hier in Wolfratshausen?« Max sah mich neugierig an. »Verwandte? Oder Floßfahrt?«

»Verwandte hat er sicher keine«, überlegte ich. »Sonst wäre er nicht die ganze Zeit im Wirtshaus gesessen. Und von einem Floß weiß ich auch nichts. Er hat viel gegessen und getrunken. Und auf den armen Schnitter hat er eingeredet wie ein Staubsaugervertreter.«

»Sonst was Besonderes?«

»Am Samstagabend ist er zur Erica hingegangen und hat sie mit Gabi angeredet. Ich habe es von der Schenke aus mitgekriegt.«

»Gabi?«

»Ja, ich hab's genau gehört.«

»Und dann?«

»Die kurzen Haare würden ihr gut stehen, hat er gesagt. Außerdem würde er sich wahnsinnig freuen, sie wiederzusehen und ihr nichts nachtragen, obwohl sie sich nicht von ihm verabschiedet hätte.« Ich machte eine kleine Pause. »Sie hat sich ohne ein Wort weggedreht, ist zum Stammtisch und hat den Kartenspielern zugesehen. Er hat sich wieder zum Schnitter gesetzt. Geredet haben die beiden an dem Abend nichts mehr. Sie hat ihm sein Bier gebracht und fertig. Kein ›Wohl bekomm's‹, kein ›Leck mich am Arsch‹.«

»Ungewöhnlich für unsere Gräfin«, bemerkte Max.

Erica wurde von vielen Gästen Gräfin genannt, weil sie so höflich, schön und unnahbar war. Sie siezte die meisten Gäste, auch wenn sie selbst geduzt wurde.

Ganz anders die Anni, unsere zweite Bedienung. Sie war eine gebürtige Wolfratshauserin, etwas korpulent, mit lustigen, gescheiten Augen. Sie duzte alle Gäste außer dem Stadtpfarrer und dem Bürgermeister. Meist hatte sie ein freundliches Lächeln auf den vollen Lippen, doch wurde sie gereizt, konnte die Anni auch pelzig werden, wie Max sich ausdrückte. Dann nahm sie kein Blatt vor den Mund und erklärte jedem – Gast oder Chef – was ihr nicht passte, und zwar in aller Deutlichkeit.

»Ich hab die Erica gefragt, wer der Kerl ist. Sie wollt erst nicht rausrücken mit der Sprache. Schließlich hat sie mich so komisch angeschaut und gesagt: Ein böser Mensch, von dem man sich fernhalten sollte.«

Max betrachtete mich nun mit einem Blick, der tiefe Unruhe erkennen ließ, und drehte seinen Kopf Richtung Fenster. »Vielleicht hat meine Mutter recht gehabt.«

»Womit?«

»Dass wir uns mit der schönen Erica eine Menge Ärger ins Haus holen.«

2

Wenige Minuten später hörte ich im Hausgang lautes Rufen: »Absperren! Alles Absperren!«

Wir eilten aus dem Büro und sahen die Wolfratshauser Stadtgendarmen, wie sie mit breiten, rot-weiß gestreiften Absperrbändern den Tatort sicherten. Mittendrin der schwergewichtige Hauptwachtmeister Krautschuh. Als er Max sah, humpelte er schwerfällig auf ihn zu. Denn die Gicht war sein steter Begleiter.

»Max, es ist ein Saustall, dass du zuerst die Starnberger angerufen hast.« Sein rotes Gesicht glänzte vor Zorn. »Wenn hier schon mal was passiert, dann wollen wir es auch als Erste erfahren! Sonst werden wir die nächste Weihnachtsfeier halt beim Grünen Baum abhalten.«

Zwei junge Beamte bewachten nun den Zugang zur Wirtschaft. Wir gingen zur Zenzl in die Küche und erzählten ihr, was passiert war.

»Der Kerl mit dem roten Angeberauto ist also umgebracht worden.« Ihr Mund wurde schmal. »Hochmut kommt vor dem Fall«, murmelte sie schließlich und bekreuzigte sich.

Ich ging in die Gaststube und berichtete Erica von dem Toten. Sie war sichtlich verstört, musste sich setzen und starrte zu Boden. Ich betrachtete versonnen die Linie ihrer Lippen und das Pulsieren ihres Halses.

Als das junge Pärchen von dem Mord erfuhr, wollten die beiden gleich davon. Doch sie mussten genauso wie die Berliner warten, bis man ihre Personalien und eine kurze Aussage aufgenommen hatte. Ich spendierte den Kindern einstweilen eine Cola auf Kosten des Hauses. Die Erwachsenen bekamen einen Schnaps.

Nur Erica wollte keinen. Sie hatte mit einem Mal dunkle Augenschatten und bewegte sich so langsam, als hätte sie ein Gespenst gesehen.

Eine Viertelstunde nach den Wolfratshauser Gendarmen traf Hauptkommissar Huber von der Kripo Starnberg ein. Er schaute gar nicht in die Wirtsstube, sondern wollte gleich zu den Fremdenzimmern im ersten Stock. Die Spurensicherung aus München würde laut Krautschuh noch eine halbe Stunde auf sich warten lassen.

Der Hauptkommissar war mit der Besichtigung des Tatortes nach ein paar Minuten fertig. Er kam mit schweren Schritten die Treppe herunter in die Küche, wo Max und ich bleiben mussten, um die Ermittlungen nicht zu stören.

»Schaut fast nach einem Heimspiel für dich aus, Max.« Hubers breites Gesicht zeigte ein Lächeln, als würde er meinem Freund den Ärger gönnen. Dafür erntete er von Max einen bösen Blick.

Der schwergewichtige Hauptkommissar hatte sich seit unserer letzten Begegnung vor gut zwei Jahren kaum verändert. Die kleinen blauen Augen steckten tief in seinem breiten, schwammigen Gesicht, als könnten sie sich nur schwer zwischen Schlaf und Wachsein entscheiden. Er ließ sich auf einen freien Stuhl am großen Küchentisch fallen und zündete sich eine Zigarette an. »Jetzt erzählt mir alles, was ihr über den Toten wisst.«

»Muss das sein?«, empörte sich die Zenzl.

Sie mochte es nicht, wenn in ihrem Allerheiligsten geraucht wurde. Aber Huber tat so, als hätte er den Tadel der Köchin nicht gehört.

»Der Eilmann ist am Samstagnachmittag gekommen.« Max kratzte sich am bartlosen Kinn. »Am Abend hat er was gegessen und ein paar Halbe getrunken. Am Sonntag war er beim Frühschoppen und Mittagessen in der Stube, danach ist er verschwunden. Er hat viel und zu laut geredet. Wenn er nicht so lange Haare gehabt hätte, hätte man ihn für einen Vertreter halten können.«

Huber klemmte seine Zigarette zwischen Mittel- und Ringfinger der linken Hand und zog mit der rechten einen Notizblock aus dem karierten, altbackenen Jackett.

»Hatte er Kontakt zu anderen Leuten?«

»Zu mir, zum Kaspar und zu verschiedenen Gästen in der Stube.«

»Was hat er gesagt?«

»Dass er aus Köln kommt und schon fünf Mal Karnevalsprinz war, weil er die Polonaise so gut kann.«

Ich lachte.

Huber verdrehte die Augen. Er kannte Max' Humor. »Und sonst?«

»Mit dem Schnitter hat er sich lange unterhalten.«

Jeder in der Umgebung wusste, wer der Schnitter war.

»Und worüber?«

»Da müssen Sie schon den Schnitter selber fragen.«

»Was hast du mit dem Opfer geredet?«

»Wo er herkommt, wie lange er bleiben will. Was man halt so redet.« Max zuckte die Achseln.

»Bei unseren anderen Toten warst du kooperativer«, meinte Huber, dann wandte er sich an mich. »Was machst du eigentlich hier. Ich dachte, du würdest studieren. Latein oder Hebräisch?«

»Ich studiere Altphilologie, also Latein und Griechisch. In den Ferien muss ich aber arbeiten, ich brauche Geld.«

»Was hat der Eilmann gesagt?«

»Die Sonne scheint durchs Kellerloch, ein' könn' mia noch!«

Jetzt lachte Max, Huber nicht.

»Ich habe kaum ein Wort mit ihm gewechselt. Die letzten Tage war viel los, und ich hatte überhaupt keine Zeit zum Ratschen.«

Max schaltete sich ein. »Der Eilmann war ein unsympathischer Kerl. Das Zimmer hat ihm nicht gefallen, weil es keinen Bergblick hat. Am Essen hat er auch rumgenörgelt, wegen der Knödel.«

»Dann soll er doch in eine Pizzeria gehen, dort gibt's bloß Nudeln«, schimpfte die Zenzl vom Herd herüber.

»Was hat er eigentlich hier gewollt?«, wollte Huber nun wissen.

»Keine Ahnung.« Mein Freund zuckte die Achseln.

»Wo warst du gestern Nachmittag?«

»Bei der Flößerprozession. Ich bin bei den Gebirgsschützen mitgegangen.«

»Und was hast du gemacht?« Huber wandte mir sein breites Gesicht zu. Uns beide verband seit unserer ersten Begegnung vor neun Jahren eine unterschwellige, chronische Antipathie.

»Ich habe alles für den großen Ansturm nach dem Festzug vorbereitet.«

»Und Sie, Fräulein Zenzl?«

»Die erste Hälfte vom Umzug habe ich mir angeschaut, danach bin ich in die Küche, um die kalten Sachen herzurichten, den Wurstsalat und den sauren Presssack.«

Auf dem Gang hörte man eilige Schritte.

»Die Spurensicherung ist da«, rief der Hauptwachtmeister Krautschuh durch die Küchentür. »Vier Mann. Und jeder hat einen weißen Overall, als wollten sie auf den Mond fliegen.« Schweißperlen standen auf seiner niedrigen Stirn. Er dampfte vor Aufregung.

Huber erhob sich schwerfällig. Ohne Eile ging er zur Zenzl und ließ sich zeigen, was sie zum Mittagessen vorbereitet hatte: Rindsgulasch, dazu Semmelknödel und

Blaukraut. Mit einem großen Schöpflöffel holte sie etwas Gulasch aus dem riesigen Topf, probierte und verdrehte dabei die Augen mit demselben konzentrierten und inbrünstigen Ausdruck, mit dem sie bei der Sonntagsmesse die Kommunion empfing.

Der Hauptkommissar versprach, die Wirtschaft zum Mittagessen wieder freizugeben. »Wär doch a ewige Sünd und schad um das gute Gulasch, Fräulein Zenzl.«

Huber verließ die Küche, und man hörte ihn die Treppe in den ersten Stock hinaufkeuchen.

3

»Saublöd hat es ihn erwischt, den Eilmann.« Huber zog den großen Aschenbecher mit dem Ringfinger zu sich her. »Schuss durch den Hals aus kurzer Entfernung. Wahrscheinlich hat es eine Arterie zerrissen, deshalb das viele Blut. Sicher wollte er noch aus dem Zimmer, hat es aber bloß noch bis zur Tür geschafft. Schreien konnte er nicht, der Kehlkopf war zerfetzt.«

Wir befanden uns im Nebenzimmer, wo sich sonst die Wolfratshauser Gebirgsschützen trafen. Ich überlegte, wie oft ich mit Max und dem Hauptkommissar schon so zusammen gesessen hatte, die beiden voller Eifer, den Täter zu finden, und ich voller Grauen vor dem Verbrechen.

»Wann ist er erschossen worden?«, fragte Max.

»Gestern Nachmittag, zwischen zwei und fünf«, meinte Huber. »Sagt zumindest der Pathologe.«

»Und womit?«

»Ein Neun-Millimeter-Geschoß. Vollmantel.«

»Also eine Pistole.«

»Genau.«

»Hm«, brummte Max.

»Hat denn niemand einen Schuss gehört?«

Ich betrachtete Huber durch den Rauchvorhang hindurch, der von seinen Lippen aufstieg.

»Gestern Nachmittag ist es in der Marktstraße hoch hergegangen. Einige Gebirgsschützenkompanien waren da. Mit Böllern. Dazu die Trachtenkapellen und Trommlerzüge.« Max kratzte sich am Kopf. »Ein einzelner Pistolenschuss kann da leicht untergehen.«

»Wie lange hat das Spektakel gedauert?«

»Eine Stunde. Von zwei bis drei.«

»Wer war zu diesem Zeitpunkt hier im Haus?«

Max überlegte. »Unsere Zimmergäste waren alle unterwegs beim Floßfahren oder Wandern. Meine Frau und die Kinder sind im Urlaub.«

»Ich habe nicht gefragt, wer nicht da war, sondern …«

Ich fuhr unbeirrt fort: »In der Gaststube waren bloß die Erica, der Schnitter und ich, außerdem noch ein junger Mann, der die Erica angegafft hat.«

»Tun das nicht alle?«, fragte Huber anzüglich.

Gelegentlich kam er mit seiner Frau zum Essen zum Bräu und kannte Erica.

»Aber der hat sie angegafft, als hätte er das Blödschauen erfunden«, erklärte ich.

»Eifersüchtig?«, fragte der Polizist, und ich merkte, dass ich rot wurde.

»Jeder, der sich beim Bräu eine Halbe Bier kauft, darf unsere Bedienungen anschauen, so lange er mag«, mischte Max sich ein. »Und der Herrgott hat's eben gut mit ihr gemeint. Dafür ist ihr Junior keine Schönheit. Sie dürften ihn kennen, er arbeitet oft am Wochenende in der Wirtschaft.«

Huber nickte. »Wo war denn der Kleine gestern?«

»In seinem Zimmer. Er hat gelernt.«

»Aha.« Huber blies die Luft aus seinen dicken Backen. »Ich würde gerne mal mit der Erica reden. Schickt mir die Dame bitte rüber!«

Max und ich gingen in die Gaststube und sagten Erica, sie solle zum Hauptkommissar kommen.

Die Schöne sah uns mit großen Augen an. »Jetzt geht's schlecht. Eine Menge Leute sind zum Essen gekommen, und der Stammtisch ist auch voll.«

Die Polizeifahrzeuge vor der Wirtschaft, die Uniformierten im Hausgang und die Absperrung zu den Fremdenzimmern im ersten Stock hatten eine Menge Neugieriger angelockt. Huber hatte aber sein Versprechen gehalten und die Gaststube freigegeben.

»Geh nur«, meinte Max. »Wir machen das schon.«

»Aber …« Sie holte Luft, um eine weitere Ausrede vorzubringen, doch es fiel ihr keine ein. Schließlich fragte sie: »Was soll ich dem Hauptkommissar denn erzählen?«

»Alles, was er dich fragt. Zum Beispiel, wer gestern Nachmittag während des Umzugs in der Wirtschaft war.«

Erica überlegte. »Hier waren bloß der Schnitter, der Kaspar und ich.«

»Sonst niemand?« Wieso fragte er Erica Dinge, die er von mir schon erfahren hatte.

Erica ergänzte: »Mein Junge war droben in seinem Zimmer, er hatte zu lernen. Heute ist Lateinschulaufgabe.«

Max kräuselte die schmalen Lippen. »Die Polizei wird ihn sicher auch verhören wollen.«

»Wann kommt er aus der Schule?«, fragte ich.

Erica sah mich verwundert an. »Erst am Wochenende. Er ist doch im Internat in Heiligenbeuern.«

Das hatte ich in der Aufregung ganz vergessen.

Erica zögerte, als wollte sie uns noch etwas Wichtiges sagen, verschwand aber ohne ein weiteres Wort in Richtung Nebenzimmer.

Max ging gleich zum ersten Tisch und nahm die Bestellungen auf. Ich schenkte einen Schwung Weißbier und Helles ein. Max trug die Gläser aus.

Für einen Montag herrschte großes Gedränge. Die Stammgäste von Raiffeisenbank und Sparkasse fanden kaum noch Platz bei all den Neugierigen, die unbedingt erfahren wollten, was hier passiert war. Beim Bräu war jemand erschossen worden, soviel hatte man von den örtlichen Gendarmen erfahren.

»Heut ist ja richtig was los«, stellte Anni lautstark fest und kam hinter die Schenke, um sich dort ihre Schürze umzubinden.

»Was machst du denn hier?«, fragte ich sie über die Schulter, denn ich schenkte gerade zwei Weißbier gleichzeitig ein. »Heute ist doch dein freier Tag.«

»Die Zenzl hat mich angerufen. Ich darf euch nicht im Stich lassen, hat sie gesagt. Ein Gast ist ermordet worden, und es kommen bestimmt ein Haufen Leute zum Gaffen und Mittagessen.«

Die Zenzl hatte wirklich einen Sinn fürs Praktische.

»Was ist denn passiert?« Anni war fertig angezogen und trank einen Schluck Cola wie immer, bevor sie loslegte.

»Der fette Kerl aus Köln ist in seinem Zimmer erschossen worden.«

»Wer war's?«

»Keine Ahnung!« Ich holte eine Apfelschorle aus dem Kühlschrank. »Die Kriminalpolizei ist da und untersucht die Sache.«

»Der Huber aus Starnberg?«

Ich nickte.

»Der geizige Kerl! Von dem hab ich noch nie ein Zehnerl Trinkgeld gekriegt.«

»Ein Polizist verdient auch nicht besonders viel.«

»Pah«, machte Anni und ging zum Ecktisch, wo sich gerade eine Gruppe Maurer niedergelassen hatte.

»Vier Helle und ein Spezi«, rief sie mir zu, eilte zur Durchreiche und schrie in die Küche, dass der Alois und seine vier Maurer vom Krämmel ein Gulasch wollen. »Extraportion! Die Burschen haben Hunger!«

Das hätte sie nicht zu erwähnen brauchen, denn die Zenzl meinte es immer sehr gut mit den Handwerkern. Sie bekamen deutlich mehr auf den Teller als die Bleistiftspitzer vom Landwirtschaftsamt oder der Bank.

Der Schnitter saß wie jeden Tag an seinem Stammplatz und schaute durch das Fenster zur Marktstraße hinaus. Er sah mickrig aus – nicht klein oder mager, sondern armselig. Beim Sitzen hielt er das steife Bein zur Seite gestreckt, er machte einen Buckel, und die Schultern hingen nach vorne. Er trank zwar jeden Tag etliche Halbe und dazu einige Schnäpse, aber er verließ die Wirtschaft abends genauso aufrecht, wie er sie vormittags betreten hatte.

Mancher munkelte, er sei nicht ganz bei Trost. Mir allerdings kam er vor wie eine Spinne, die am Rand ihres Netzes hockt und auf ein Opfer wartet. Während der letzten Woche waren fast jeden Tag Leute zu ihm gekommen, mit denen er ein, zwei Schnäpse getrunken und eine Weile geredet hatte. Wenn sich jemand zu ihm setzte, übernahm der Schnitter – wie ein Chamäleon – wohl unbewusst Haltung und Gebärden des Gesprächspartners. Während sie redeten, schaute er die Leute immer nur für wenige Augenblicke an, als würde er fürchten, ihre Blicke könnten sich treffen. Zum Schluss reichte er den Besuchern die Hand und gelegentlich notierte er etwas in das kleine schwarze Büchlein, das er stets in seiner fadenscheinigen Anzugjacke bei sich trug.

Dr. Weiß, der Notar, war im Lauf der vergangenen Woche zwei Mal zum Schnitter gekommen. Die beiden hatten sich unterhalten und Katasterpläne durchgesehen. Der Notar hatte sich jedes Mal per Handschlag verabschiedet. Der Schnitter sei sein bester Kunde, hieß es.

Meist aber saß der Schnitter alleine, las in der Zeitung oder schaute aus dem Fenster auf die Marktstraße. Nur selten wechselte er ein paar Worte mit den Stammtischbrüdern, obwohl er sie alle gut kannte und sich keineswegs für etwas Besseres hielt.

Heute war die Wirtschaft aber rappelvoll, und er hatte gezwungenermaßen Gesellschaft an seinem Tisch. Der

Schnitter war jeden Tag beim Bräu, das war allgemein bekannt. Wenn also jemand etwas Interessantes mitbekommen hatte, dann er.

Die große Aufmerksamkeit, die ihm heute zuteil wurde, gefiel ihm jedoch gar nicht. Misstrauisch dreinschauend gab er unwillig Auskunft. Die Schnäpse, die ihm die Neugierigen spendiert hatten, standen in einer Reihe vor ihm auf dem Tisch. Er würdigte sie keines Blickes und nippte nur von Zeit zu Zeit an seinem Bier, das er ganz nahe zu sich herangezogen hatte, als müsse er es beschützen.

»Jetzt sag halt, was gestern Nachmittag hier los war.«

Die Umsitzenden gaben keine Ruhe, und schließlich begann der Alte: »Ich bin auf meinem Platz gesessen wie jeden Tag und hab eine Halbe getrunken. Dazu einen Willi. Um halb drei trink ich meistens einen Willi, weil der gut ist für die Verdauung. Ich habe aus dem Fenster geschaut, wie der Festzug vorbeigezogen ist. Schad, dass die Frau Elli nicht da ist, hab ich mir gedacht. Wenn sie da wär, könnten wir eine Partie Schach spielen.«

Als Entschädigung für die entgangene Schachpartie hätte er sich noch einen zweiten Willi genehmigt, meinte er und verzog das Gesicht zu einem schrägen Grinsen. Er konnte lange Zeit mit diesem verlorenem Lächeln verharren, eingesperrt in seine eigene Welt, als hätte sich alles, was ihn umgab, in nichts aufgelöst.

»Warst du allein in der Gaststube?«, fragte der Raiffeisenkassier Knoller ungeduldig und schob dem Schnitter einen Kirschgeist hin.

Der Wirtshauslärm hatte nachgelassen. Jeder wollte hören, was der Alte zu sagen hatte.

»Nein«, murmelte der Eigenbrötler.

»Wer war sonst noch da?«

»Die Erica.«

»Und weiter?«

»Der Kaspar und ein junger Mann hinten am Ecktisch.«

Jetzt wurde es still in der großen Stube.

»Hast du den Kerl gekannt?«

»Nein.«

»Wie hat er ausgesehen?«

»Wie junge Männer halt so ausschauen.« Der Schnitter kniff die Augen zusammen. »Schneidig. Kurze, dunkle Haare hat er gehabt und ein Muttermal über dem rechten Auge.«

»Könnt's sein, dass er es war?«

»Was?«

»Ja, der Mörder halt. Es soll doch jemand erschossen worden sein. Deswegen rennen die vielen Polizisten rum.«

»Aha«, machte Schnitter und sah auf die Tischplatte.

»Was heißt da aha«, echauffierte sich Knoller.

»Aha heißt aha«, brummte der Schnitter mit einem tiefen Ton, der besagte, er habe genug erzählt, und man solle jetzt Ruhe geben.

»Das kann dich doch nicht so kalt lassen«, stichelte der Knoller weiter.

Schnitter sah ihn abweisend an. »Wenn's einen Toten gegeben hat, dann will ich mit der Sache nix zu tun haben.« Und nun folgte der Satz, für den ihn jeder in der Stadt kannte: »Als Bauernbuben sind wir in den Krieg geschickt worden, als Mörder sind wir wieder heimgekommen. – Von Toten und vom Umbringen hab ich genug. So, und jetzt lasst's mir meine Ruhe! – Den Schnaps kann saufen, wer mag. Mir ist der Appetit vergangen.«

Er schlug die Zeitung auf, die neben ihm auf der Eckbank gelegen hatte, und begann mit einem ausdruckslosen, pergamentartigen Gesicht, das ihm die Neugierigen vom Leib halten sollte, zu lesen.

Die Leute, die ihn neugierig umstanden, murrten. Sie hätten gerne mehr erfahren.

»Ein Soldat ist kein Mörder«, krakeelte plötzlich der junge Feichthuber vom Stammtisch herüber, und zwar so laut, dass alle es hören konnten.

Es wurde wieder leiser, und vielleicht hielt der Feichthuber dies für Zustimmung. Also stand er auf und wiederholte in Richtung Schnitter: »Ein Soldat ist kein Mörder! Ein Soldat tut bloß seine Pflicht!«

Mit einem Mal war es totenstill in der Stube. Man war gespannt, was jetzt passieren würde.

»Halt's Maul, wenn's um Sachen geht, von denen du nix verstehst, du junger Depp«, schimpfte der Schnitter in seine Zeitung hinein. Er starrte geradeaus, sein Gesicht war angespannt, der krumme Rücken jetzt kerzengerade.

»Dir geb ich gleich einen Deppen.« Der Stuhl vom Feichthuber flog laut scheppernd nach hinten. Er war aufgesprungen und stand nun hoch aufgerichtet hinter dem Stammtisch, den Kopf nach vorne gestreckt und jederzeit zum Angriff bereit.

Doch Max war sofort zur Stelle. »Ganz ruhig, Martl. Sonst schmeiß ich dich raus. In meinem Wirtshaus gibt's keine Rauferei.«

»Dann sag dem alten Grattler, dass er nicht so blöd daherreden darf. Er ist nicht der Einzige, der was mitgemacht hat im Krieg. Meinen Vater hat's zweimal schwer erwischt. Hüftdurchschuss und zwei Finger beim Teufel.«

»Wär gescheiter gewesen, die Russen hätten ihm den Zipfel weggeschossen«, grantelte der Schnitter laut genug, dass es jeder hören konnte. »Dann hätt' er keinen solchen Trottel wie dich mehr machen können.«

Alles lachte, und die ungute Stimmung war mit einem Mal verflogen.

Die Augen vom Feichthuber aber sprühten Funken, und er wollte seinem Widersacher sofort an den Kragen. Doch Max hatte sich bereits zwischen ihn und den Schnitter gestellt. Er überragte den etwa gleichaltrigen, kräftigen Burschen um einen guten Kopf und war nicht mehr so mager wie früher. Mit dem jungen Bräu legte sich niemand an, der sich keine blutige Nase holen wollte. Da hatten einige Heißsporne bereits schmerzhafte Erfahrungen gemacht.

»Ich weiß schon«, raunzte der Martl. »Deine Frau spielt jeden Tag Schach mit dem alten Deppen. Außerdem ist er deine beste Kundschaft, weil er sich in deinem Wirtshaus langsam totsäuft.« Er warf Max einen bösen Blick zu. »Deshalb darf er sagen, was er mag, auch wenn's eine Beleidigung für einen jeden ist, der im Feld war.«

Er riss den Geldbeutel aus der Gesäßtasche, öffnete ihn mit zittrigen Fingern und warf einen Schein und ein paar Münzen auf den Tisch. Dann verschwand er mit lauten, zornigen Schritten.

In der Tür wäre er fast mit Hauptkommissar Huber zusammengestoßen, der mit Ericas Vernehmung fertig war und sie zurück in die Gaststube begleitet hatte. Erica war blass, ging aber gleich zur Schänke. Dort gab es schließlich eine Menge Arbeit.

»Kann jemand von euch den Chico aus dem Internat holen?« Huber war zu mir an den Tresen gekommen und zündete sich eine Zigarette an. »Er war gestern den ganzen Nachmittag in seinem Zimmer direkt gegenüber vom Eilmann und hat gelernt. Vielleicht hat er was gehört oder gesehen. Einen Streifenwagen mag ich nicht schicken. Das gibt bloß ein Mordsgeschau.«

Max stand beim Huber an der Theke. »Der Kaspar kann fahren. Das Mittagsgeschäft ist bald vorbei.«

Ich wollte widersprechen, denn mein alter Kadett hatte kaum mehr Sprit und ich war gerade äußerst schlecht bei Kasse. Eigentlich hatte ich Max heute wegen eines Vorschusses anpumpen wollen, doch der Zeitpunkt erschien mir angesichts der Ereignisse ungünstig.

»Du kannst mein Auto nehmen«, meinte Max und hielt mir den Schlüssel seines neuen BMW entgegen. Dieses Mördergerät hatte über 200 PS und war meistens voll getankt – ein Zustand, den mein Fahrzeug kaum kannte.

Max ging mit mir auf den Hof, um mir zu zeigen, wie die Automatik in seinem Wagen funktionierte. Ich setzte mich gleich auf die Fahrerseite.

»Der Feichthuber kommt so schnell nimmer«, meinte ich und probierte einige Knöpfe und Hebel.

»Schmarrn!« Max winkte ab. »Der rennt jetzt in die anderen Wirtshäuser und erzählt seinen Blödsinn dort. In zwei Wochen hockt er wieder bei uns am Stammtisch und tut so, als wär nix gewesen. Ich kenn die Brüder.«

»Stimmt es, dass der Schnitter einen Haufen Geld hat?«, fragte ich.

Max nickte.

»Wie ist er dazu gekommen?«

»Das ist eine lange Geschichte.« Max machte es sich auf dem Beifahrersitz bequem. »Die alte Schnitterbäuerin ist Mitte der Fünfzigerjahre gestorben, und beim Schnitter haben sie eine große Verwandtschaft. Je ärmer das Bäuerlein, desto fruchtbarer. Das hat schon mein Opa gesagt. Jedenfalls ist der Schnitter nach dem Leichenschmaus zu meinem Vater und hat gefragt, was er schuldig ist. Er wollte bei der Bank das Geld holen. Papa hat ihm gesagt, dass es nicht pressiert mit dem Zahlen. Er soll ihm das Geld geben, wenn er ein Stück Vieh verkauft.

Die Viecher sind alle schon beliehen, hat der Schnitter geantwortet. Er wird halt die Wiese an der Loisach hergeben müssen, um die alten Schulden und die Zeche von der Beerdigung zu bezahlen. Meinem Vater war das zuwider, die zwei sind zusammen in die Schule gegangen. Also hat er ihm die Zeche gestundet und ihm geraten, die Wiese an der Loisach unbedingt zu behalten.

Mein Vater hat was läuten hören, dass die Gemeinde Grund gesucht hat für ein Neubaugebiet. Wolfratshausen ist damals narrisch gewachsen. Also ist er zum Bürgermeister und hat ihm die Wiese an der Loisach vorgeschlagen. Denn die hat sich dafür geradezu angeboten. Anschließend ist er zum Sparkassenleiter und schließlich zum Chef von der Raiffeisen.

Alle drei waren von der Idee begeistert und sind der Reihe nach hin zum Schnitter. Sie haben gemeint, dass der Grund billig hergeht, für zwei, drei Mark den Quadratmeter. Jeder hat gewusst, dass dem Schnitter das Wasser bis zum Hals steht. Der Schnitter hat sich die hohen Herren angehört und gemeint, er werde über ihr Angebot nachdenken. Anschließend hat er ein Fuder Mist aufgelegt und ist damit auf sein Feld an der Loisach gefahren. Jetzt war klar, dass er es nicht hergeben würde: Kein Bauer düngt eine Wiese, die er bald verkauft.«

Max lachte, als wäre er selbst auf diese brilliante Idee gekommen.

»Der Schnitter hat nix getan, gar nix. Er hat bloß gewartet, und auf einmal war die Wiese neben der Loisach der teuerste Baugrund in der ganzen Umgebung, vielleicht sogar im Landkreis. Die Stadt, die Sparkasse und die Raiffeisen sind wieder hin zum Schnitter und haben ihr Angebot aufgebessert. Der Schnitter hat sich wieder einen jeden angehört und ganz offen gesagt, wie viel der andere das letzte Mal geboten hätte. Schließlich hat er fünfzehn Mark für den Quadratmeter gekriegt. Das war der höchste Preis, der bis dahin im Landkreis für eine Wiese gezahlt worden ist. Mit dem Geld ist er zum Bräu, hat seine Schulden bezahlt und sich einen schönen Rausch angesoffen.

Am nächsten Tag ist er wieder in die Wirtschaft gekommen, und da hat ihn ein Häusler aus Gelting angeredet. Er hätt eine saure Wiese neben der Loisach, die er nicht gerne mäht, weil ihm die Kühe von dem schlechten Gras krank werden. Der Schnitter war gut aufgelegt und hat ihm ein Fünfzigerl für den Quadratmeter geboten. Der Häusler hat gleich eingeschlagen. Mit so viel hatte er gar nicht gerechnet. Zwei Tage später ist der Notar gekommen, und sie haben am Tisch vom Schnitter verbrieft.

Seitdem kommt er jeden Tag. Er trinkt sein Bier und seinen Schnaps, liest die Zeitung und macht Geschäfte. Seit die Erica hier bedient, kommt er sogar schon am Vormittag. Am Nachmittag trinkt sie ihren Kaffee am Tisch vom Schnitter, und die zwei unterhalten sich. Es sind halt alle ein bisserl verliebt in unsere Erica.«

Max blinzelte mir zu und stieß die Beifahrertür auf, doch er blieb sitzen und wandte sich noch mal zu mir um.

»Der Schnitter ist ein ganz ausgefuchster Bursche, das kann ich dir flüstern. Meine Frau spielt sehr gut Schach. Aber gegen den Schnitter hat sie kaum eine Chance. Und weißt du, warum?«

Er unterbrach sich einen kurzen Moment, als erwarte er von mir eine Antwort, die ich ohnehin nicht wissen konnte. »Weil er sie mit Fehlern aus dem Konzept bringt. Würde er so spielen, wie es sich gehört, würde sie öfter gewinnen. Aber dieses durchtriebene Männlein lockt sie immer wieder in eine Falle, aus der sie dann nicht mehr rauskommt. Der Schnitter spielt nie ein Spiel, er spielt immer mehrere.

Ich habe mich darüber mal mit dem Herrn Notar unterhalten. Natürlich hat er nichts zu den Einzelheiten der Geschäfte verraten, die er für den Schnitter tätigt. Aber er sagte, er würde niemanden kennen, der auf so vielen Hochzeiten gleichzeitig tanzt, ohne die Übersicht zu verlieren. Der Schnitter kauft hier, verkauft dort, und kein Mensch versteht, was er treibt. Am Jahresende hat er entweder seinen Immobilienbestand grandios erweitert oder einen

Haufen Geld verdient oder beides. Dabei hat er keinerlei Konzept, er riecht vielmehr seine Chancen wie ein Fuchs die Mäuse.«

Max gab mir einen Klapps auf den Oberschenkel und war draußen.

Ich drehte den Zündschlüssel. Sofort schnurrte der Motor. Kein Orgeln und Zuckeln wie bei meinem alten Kadett. Zunächst hatte ich meine liebe Not mit diesem Auto. Zu viele Schalter, zu viele Möglichkeiten, zu viele PS. Zwischen Wolfratshausen und Geretsried konnte ich eh nicht schnell fahren, da lauerten Hubers Kollegen hinter jedem Busch. Aber zwischen Königsdorf und Bichl hatte ich noch nie einen Blitzer gesehen, also ließ ich die Pferdchen laufen.

Nebenbei kam mir Chico in den Sinn, Ericas vierzehnjähriger Sohn. Ich kannte ihn seit einem guten Jahr, als er zusammen mit seiner Mutter nach Wolfratshausen gekommen war. Sie bewohnten zwei Zimmer im ersten Stock.

Chico half am Wochenende und in den Ferien in der Wirtschaft, vor allem bei Hochzeiten und Beerdigungen. Gestern war die Wirtsstube schon beim Frühschoppen brechend voll gewesen. Chico hatte die Brotzeiten und später das Mittagessen serviert. Ich hatte ausgeschenkt, Erica und Anni hatten bedient und abkassiert.

Chico war ein ruhiger, zuverlässiger Bursche. Er war beliebt, und an seine Punkerkleidung und die grünen Haare hatten sich die Leute schon gewöhnt. Er war der Erste gewesen, der mich Professor genannt hatte. Der Spitzname war mir geblieben.

Chico übte im Kartoffelkeller vom Schnitter Schlagzeug. Er spielte in jeder freien Minute und war schon recht gut. Er sprach oft davon, eine Punkband zu gründen. Einen Namen dafür hatte er schon: Motzki.

Den ganzen gestrigen Nachmittag hatte er wegen der Lateinschulaufgabe in seinem Zimmer gesessen. Erica war sehr streng mit ihrem Buben. Wenn es in der Schule nicht lief, durfte er nicht zum Schnitter in den Kartoffelkeller – Höchststrafe!

»Vielleicht kommen wir eines Tages groß raus wie die Ramones«, hatte mir Chico am Wochenende erklärt. »Auf der Bühne würde ich mir mit einer Rasierklinge die Brust bis zu den Rippen aufschlitzen.« Seine Augen leuchteten. »Wäre super für die Show! –Tut aber sicher sauweh, und die Mama hat's mir verboten.«

In solchen Augenblicken mochte ich ihn besonders, den Schlacks mit den hochgegelten Stachelhaaren. Er hatte außer den zerrissenen Klamotten und den wilden Haaren wenig gemein mit Johnny Rotten oder Sid Vicious von den Sex Pistols. Chico war ein netter Kerl.

4

In Heiligenbeuern angekommen stellte ich den BMW auf den Parkplatz direkt vor die Pforte und war sofort von einer Traube Erstklässler umringt. Denen schilderte ich in knappen Worten die schmerzhaften Konsequenzen, falls es jemand wagen sollte, den Wagen anzutappen oder ich bei meiner Rückkehr einen Kratzer im Lack entdecken würde.

Dann lief ich die Treppe hinauf zur Pforte. Ich fragte nach Chico Flores aus der achten Klasse und wurde in den ersten Stock zum Studiersaal von Pater Zeno geschickt. Den Weg kannte ich bestens.

Immer noch roch es auf der Treppe nach Bohnerwachs, genauso wie vor neun Jahren, als ich ins Beusl gekommen war. Der Geruch hatte sich in mein Gehirn eingebrannt wie die Studierzeiten und das lausige Essen.

Ich öffnete die Tür zum Studiersaal, und neugierige Bubengesichter, einige mit etwas Flaum unter der Nase, starrten mir entgegen. Heute war schönes Wetter, und die Studierzeit begann erst in einer halben Stunde. Die meisten Schüler trieben sich also draußen auf dem Fußballplatz oder an der Loisach herum.

»Wo ist euer Präfekt?«, fragte ich in die Runde.

»Da, wo er hingehört«, entgegnete ein semmelblonder Frechdachs und deutete zum Präfektenzimmer. »In seiner Zelle.«

Die anderen lachten.

Ich ging zu der Tür am anderen Ende des Raumes und klopfte.

»Herein«, rief eine tiefe Stimme.

Ich drückte die Klinke und schob die Tür auf. Pater Zeno saß hinter seinem Schreibtisch und schaute mir entgegen.

»Der Spindler«, sagte er trocken, doch dann bekam sein Gesicht einen freundlicheren Ausdruck. Der kleine, stämmige Mönch stand auf und kam um den Schreibtisch herum auf mich zu. »Schön, dass du dich mal blicken lässt. Wie geht's denn?« Zeno hatte immer noch einen kräftigen Händedruck.

»Gut«, sagte ich.

»Und dem Max?«

»Dem auch.«

Jetzt sah er mich mit verschränkten Armen an. Er wusste, dass ich nicht gekommen war, um Artigkeiten auszutauschen. »Womit kann ich dienen?«

»Ich bin gekommen, um den Chico zu holen.«

»Den Chico? Warum?«

»Er soll bei der Polizei aussagen.«

Zenos großer, eckiger Kopf fuhr nach vorne. »Steckt da vielleicht der Max dahinter?« Seine Augen wurden klein und misstrauisch.

Ich blies etwas Luft durch die Lippen. Was sollte ich antworten? Die Wahrheit klang nicht gut, und anlügen wollte ich ihn auch nicht. Wieso auch?

»Der Max steckt doch immer dahinter«, mutmaßte Zeno. Er runzelte die Stirn. »Ist etwa jemand umgebracht worden?«

Ich nickte.

»Wo?«

»Beim Bräu.«

»Wann?«

»Gestern Nachmittag.«

»Und was will die Polizei vom Chico?«

»Der Bub war gestern Nachmittag im Nachbarzimmer und soll erzählen, ob er was gesehen oder gehört hat«, erklärte ich.

»Warum kommt die Polizei nicht selber?«

»Sie will kein Aufsehen.«

»Ist denn dieser Hauptkommissar Huber auch mit von der Partie?«

Zeno kannte den Beamten von einem früheren Mordfall im Beusl und wusste wahrscheinlich, dass er für unsere Gegend zuständig war.

Ich nickte erneut.

»Eine Leiche, dazu der Max und der Huber«, brummte Zeno, und es klang, als hätte er Pest und Cholera gesagt.

Chico hatte sich in den Beifahrersitz fallen lassen. Er war sehr groß für seine vierzehn Jahre und trug zerrissene Jeans und ein schwarzes T-Shirt über dem mageren Oberkörper. Die Pickel sprossen in seinem käsigen Gesicht wie die Primeln in einem Frühlingsbeet. Niemand wäre auf die Idee gekommen, dass er der Sohn der schönen Erica war. Doch ich war mir sicher, dass sich das hässliche Entlein zum Schwan entpuppen würde, sobald die Pickel verschwanden und etwas Fleisch an ihn hingewachsen war.

Nun flätzte er im Beifahrersitz und machte keinen Mucks.

»Wie geht's?«, begann ich.

Er schaute mich aus den Augenwinkeln an. »So lala.« Chico war auf der Hut. »Wer ist denn umgebracht worden?«, fragte er zögerlich.

Ich hatte ihm auf dem Weg zum Auto erklärt, warum ich gekommen war.

»Ein Pensionsgast.« Ich fuhr los.

»Name?«

»Eilmann.«

»Der hat doch im Zimmer gegenüber gewohnt.«
»Genau.«
»Und wie …?« Chico versuchte ein kleines, unbeholfenes Lächeln. »Und wie ist er umgebracht worden?«
»Ein Schuss.«
»In den Kopf?«
»Nein, in den Hals.«
Chico schluckte. »Gleich tot?«
»Nicht ganz. Er ist noch bis zur Tür gekommen und dort liegengeblieben.«
»Und wo ist die Knarre?«
»Verschwunden.«
»Wer war's?«
»Keine Ahnung. Wenn es die Polizei wüsste, hätte ich dich nicht aus dem Beusl geholt.«
»Was wollen die Bullen von mir?«, fragte er misstrauisch, zog die Schultern hoch, als würde er frieren, und rutschte in dem lederbezogenen Recaro-Sportsitz noch weiter nach unten.
»Der Hauptkommissar Huber hat ein paar Fragen. Vielleicht hast du was mitgekriegt, schließlich warst du zur Tatzeit in deinem Zimmer. Du müsstest eigentlich den Schuss gehört haben.«
»Fuck!« Er fuhr in die Höhe. »Ich hab gar nichts gehört.« Er wedelte mit dem rechten Zeigefinger. »Vor dem Haus war doch der Umzug von den Trachtenheinis. Die haben die ganze Zeit rumgeballert, und danach hat sich halb Wolfratshausen in der Gaststube zugesoffen. Ich habe bis Mittag in der Gaststube geholfen, das weißt du. Danach musste ich lernen. Also habe ich mir Oropax in die Lauscher geschoben und probiert, ein paar Unregelmäßige in meinen Schädel reinzukriegen.«
Er wandte den Kopf zum Beifahrerfenster und sah stumm hinaus.

Nach einer kleinen Pause fragte ich: »Und, wie ist es gelaufen?«

»Was?«

»Die Schulaufgabe.«

Er drehte den Daumen nach unten. »Scheiße!«

»Warum?«

»Weil ich den blöden Text einfach zum Kotzen fand. Den ganzen Cäsar mit seinen Kriegsgeschichten finde ich zum Kotzen, dazu sein schlechtes Latein. Der Kerl hat den gefangenen Galliern die Hände abhacken lassen und sie dann heimgeschickt. Hast du das gewusst? Alle sollten wissen, was ihnen blüht, wenn sie sich mit dem großen Julius anlegen. – Fuck! – Der Typ war doch voll pervers, und wir müssen jetzt seine Lügenmärchen übersetzen.«

Ich wusste natürlich, dass Cäsar kein Philanthrop war. »Hast du wenigstens ein bisserl spicken können?«

»Nein, ich spicke nicht.«

»Warum?«

»Ich bin Punk. Und Punk sein heißt ehrlich sein.« Er war offensichtlich erkältet und zog jetzt den Rotz in der Nase hoch. »Ich lüge nie.«

Ich musste lachen. »Jetzt übertreibst du aber.«

»Gut, ich übertreibe.« Er verschränkte die Arme und sah durch die Windschutzscheibe die Landschaft auf uns zurasen. »Manchmal lüge ich ein bisschen, aber nur wenn's nicht anders geht«, brummte er mit dunkler Jungmännerstimme.

Ich wechselte das Gesprächsthema: »Gefällt's dir im Beusl?«

Bis zur Antwort vergingen einige Sekunden. »Ist cool.« Er überlegte und verbesserte sich dann. »Geht schon.«

»Hast du Freunde?«

Er hob den Kopf, scheinbar erstaunt über die Frage. »Natürlich habe ich ein paar Kumpels. Außerdem mag ich den Pater Zeno und den alten Ignaz. Zu denen kann ich immer gehen, wenn's Ärger gibt.«

»Und – gibt's Ärger?«

Er hob die Schultern und setzte ein unsicheres Lächeln auf. »Am Anfang hatte ich Stress mit Latein. Was ich in meiner alten Schule gelernt habe, hat im Beusl bloß für einen Sechser gereicht, mit Glück für einen Fünfer. Meine Mama war voll durch den Wind, weil ich vorher kein schlechter Schüler war. So würde ich im Beusl nicht alt, hat mir der Pater Aurelian prophezeit.«

Ich kannte den alten Lateinlehrer. Er war ein ganz harter Knochen.

»Der Zeno hat mir empfohlen, dem schrulligen Pater Ignaz im Rosengarten zu helfen. Ein ganzes Wochenende lang habe ich Rosen ausgeschnitten und Unkraut gejätet. Ich hatte riesige Wasserblasen an den Händen und aufgerissene Finger von den Dornen. Aber von da an hat mir der alte Ignaz jeden Tag eine Stunde Nachhilfe in Latein gegeben.«

»Und? Hat's was gebracht?«

»Und wie!« Er richtete sich auf. »Fuck! Jetzt bin ich der Beste in der Klasse.«

Er holte eine Kassette aus der Hosentasche und hielt sie mir entgegen. »Darf ich?«

»Was ist da drauf.«

Er zog die linke Braue hoch. »Ramones.«

Ich nickte, und er schob die Kassette in die Musikanlage. Natürlich drehte er den Lautstärkenregler sofort auf Anschlag, und die ersten Gitarrenriffs trafen mich wie ein Faustschlag.

»Ich bin nicht taub!«, brüllte ich ihn an.

Er verdrehte die Augen zum Himmel und drehte eine Nuance leiser.

»Und ich will's auch nicht werden!«, schrie ich.

Chico stellte widerwillig auf eine einigermaßen annehmbare Lautstärke, verschränkte die Arme und rutschte wieder tief in seinen Sitz.

»Was sagt der Pater Zeno eigentlich zu deinen Haaren?«

Er maß mich mit einem kurzen Seitenblick. »Haare interessieren den Zeno nicht. Verdammt cool, der Alte. Bloß die Sicherheitsnadeln darf ich im Beusl nicht tragen. Außerdem keine T-Shirts mit ›Fuck‹ drauf oder ›Shit‹. Sonst schmeißt er mich sofort raus. Das hat er mir gleich am Anfang gesagt.«

Chico streckte sich, um besser in die linke Hosentasche zu kommen. Schließlich kramte er eine kleine Blechdose heraus. Er öffnete sie und hielt kurz darauf zwei verbogene Sicherheitsnadeln in der Rechten. Nun klappte er die Sonnenblende herunter und fummelte sich im Schminkspiegel die beiden Nadeln in die Ohrläppchen.

»Hier darf ich doch, oder?«

Ich nickte.

»Gefällt's dir beim Bräu?«, fragte ich.

»Ist cool«, erklärte er, ohne zu zögern. »Tante Zenzl schimpft zwar immer über meine zerrissenen Hosen. Meine Klamotten würde sie sofort in den Müll schmeißen, sagt sie. Aber sie stellt mir immer was Feines zu essen auf den Tisch, sobald ich auftauche. Den alten Bräu finde ich auch klasse. Der nimmt mich manchmal mit zur Jagd. Stundenlang sitzen wir dann stumm auf dem Jägerstand, und wenn er was schießt, muss ich das Stück aufbrechen und zum Auto tragen. Wegen seinem Rücken. Danach gibt er mir immer einen Zehner.«

»Und die anderen?«

»Die kleinen Zwillinge sind süß. Manchmal muss ich auf die beiden aufpassen, wenn Elli und Max abends weggehen. Dafür gibt's auch Kohle, aber nicht viel. Die Elli ist nicht vom Stamme Gib.«

Das wusste jeder. Max' Frau Elli hatte gleich nach der Hochzeit die Finanzen beim Bräu übernommen und achtete genau auf die Ausgaben. Chico brauchte nichts umsonst zu tun, doch reich wurde er bei der Elli sicher nicht.

Die Zenzl war seine größte Fürsprecherin. Chico half ihr in der Küche, beim Gemüseputzen und beim Abspülen. Dafür steckte sie ihm gelegentlich ein paar Mark zu.

Sicher trug er etwas dazu bei, dass Erica es sich leisten konnte, ihn in eine Privatschule zu schicken. Und wahrscheinlich zahlte Chicos Vater anständig Alimente. Erica arbeitete sechs Tage in der Woche und verdiente nicht schlecht. Aber sie führte auch ein aufwendiges Leben mit schicken Klamotten und einem fast neuen schwarzen VW-Cabrio. Viele Leute wunderten sich, dass sich eine alleinstehende Frau mit Kind das alles leisten konnte. Wenn man sie darauf ansprach, wurde Erica jedes Mal schmallippig und erklärte, ein jeder solle sich doch bitteschön um seinen eigenen Kram kümmern.

»Pater Zeno ist einer der coolsten Typen, die ich kenne«, kam Chico plötzlich auf seinen Präfekten zurück. »Fuck, der würde einen guten Punk abgeben.«

Ich musste lachen. »Der Zeno als Punk! Super Idee.«

»Jedenfalls ist er kein Spießer.« Chico zog eine Packung Marlboro aus der Hosentasche. »Darf ich?«

»Nein!«, entgegnete ich trocken.

Er steckte die Zigaretten wieder ein. »Spießer!«

»Ich bin kein Spießer«, verteidigte ich mich. »Aber der Max haut dir auf der Stelle eine runter, wenn er erfährt, dass du in seinem neuen Auto geraucht hast. Außerdem stört es mich, und beim Zeno darfst du auch nicht rauchen. Wenn der dich beim Paffen erwischt, sind die Fluppen weg, und du musst drei Parademärsche schreiben.«

»Aber er tut nicht so scheißliberal. Der Zeno hat mir gleich am ersten Tag erklärt, was ich zu tun und zu lassen habe. Wenn ich was anstelle, wird er mich bestrafen, hat er gesagt. – Aber meine Haare ...«, jetzt schaute mich die Rotznase frech von der Seite her an ... »meine Haare sind ihm scheißegal, und zwar wirklich scheißegal und nicht dieses blöde ›ich tu so als wären die Haare gar nicht grün scheißegal‹, wie du es machst.« Er wandte sich ab. »Fuck, ist das spießig!«

Jetzt ging er mir auf die Nerven, und ich hatte kein Verlangen mehr, mich weiter mit ihm zu unterhalten. Einige Kilometer fuhren wir ohne ein Wort.

Zwischen Geretsried und Wolfratshausen begann Chico: »Professor, bist du jetzt beleidigt?« Er kontrollierte den Sitz seiner Sicherheitsnadeln.

»Nein, wieso?«, gab ich zurück. »Ein pubertierendes Bürscherl wie du kann mich gar nicht beleidigen.«

»Aha«, entgegnete er und schloss die Augen, als wollte er schlafen.

Kurz vor dem Bräuwirt öffnete er sie wieder. »Der Schnitter ist übrigens der coolste von allen. Noch cooler als der Zeno und die Zenzl.«

5

Beim Bräu in der Küche erwartete uns die Zenzl mit jenem Vollmondlächeln, das sie gerne aufsetzte, sobald der grünhaarige Frechdachs auftauchte. Ich solle den Burschen gleich zum Hauptkommissar bringen, sagte sie. Doch zuvor steckte sie ihm noch zwei Rohrnudeln zu.

»Ganz blass ist er, mein kleiner Grünspecht«, jammerte sie, als er draußen war. »Kaum einen Tag in diesem elenden Beusl, und schon schaut der arme Kerl aus wie der Tod von Altötting.«

Ich ging hinüber in die Gaststube. Dort saßen nur wenige Gäste. Erica rollte Besteck in Papierservietten. Sie roch heute nach Sandelholz, was gut zu ihrer bronzefarbenen Haut passte. Anni war nach Hause gegangen.

»Der Chico ist gleich rüber zum Hauptkommissar«, sagte ich und goss mir eine kleine Cola ein.

Die Ablage an der Spüle war voller dreckiger Gläser, die ich waschen, trocknen und wieder wegräumen musste.

Erica lächelte nervös. Ich sah zu ihr hinüber und bemerkte zum tausendsten Mal ihren schön geschwungenen Hals, an dem zwei Adern wie dunkelblaue, dünne Schlangen entlangglitten. Es fiel mir richtiggehend schwer, die Augen wieder von ihr zu nehmen.

Seit die Sache mit Karin vor einem halben Jahr auseinandergegangen war, hatte ich keine Freundin mehr gehabt. Ein, zwei kleine Geschichten, bei denen ich aber bald merkte, dass es ein Irrtum war. Nichts Ernstes.

Mit Erica konnte es bei nüchterner Betrachtung auch nichts werden. Sie war etwa dreißig, also mindestens sieben

Jahre älter als ich. Aber als Max mir vorschlug, in den Ferien beim Bräu zu arbeiten, hatte Erica den Ausschlag gegeben. Jeden Tag einige Stunden mit ihr zu verbringen, waren ein großes Pfund.

Ich war nie ein Frauentyp und auch nicht besonders geschickt in Liebesdingen. Vor allem brachte ich den Mund nicht auf, wenn es darauf ankam. Und was hatte ich einer Erica schon zu bieten? Einen alten Kadett und eine Karriere als Lateinlehrer nach dem Referendariat in zwei, drei Jahren.

Nach Erica aber drehten sich die Leute um. Sie war wunderschön und dabei kein bisschen eingebildet, als wüsste sie gar nicht um ihre Wirkung. Sie trug Jeans und enge, einfarbige Blusen, die ihre tolle Figur noch betonten. Das exotische Gesicht mit den breiten Wangenknochen, dem vollen Mund und den Mandelaugen brauchte kaum Schminke, um perfekt auszusehen.

Nach etwa zehn Minuten war Chico mit der Vernehmung fertig und kam in die Wirtsstube auf seine Mutter zugeschlurft. Er hob die mageren Beine mit den schweren Springerstiefeln keinen Millimeter höher als unbedingt notwendig.

Er küsste Erica auf die Wange, dann setzten sich die beiden an den Tisch, der am weitesten von der Theke entfernt stand. Sie steckten die Köpfe zusammen und flüsterten so leise, dass ich kein Wort verstand. Zuerst redete Chico und schlug dabei die Augen zu Boden. Dann begann seine Mutter, und er presste die Lippen aufeinander und nickte in regelmäßigen Abständen. Mit seiner linken Hand zupfte er immer wieder nervös an den Sicherheitsnadeln in seinen Ohren. Als ich in ihre Nähe kam, um ein Fenster zu schließen, verstummte Erica, sah zu mir her und sprach erst wieder weiter, als ich weg war.

Der Schnitter schaute von Zeit zu Zeit von seiner Zeitung auf und warf einen Blick auf die beiden. Er schien sehr ernst zu sein.

Die Tür ging auf, und herein kam der Huber mit einer Zigarette in der Hand.

»Komm, Kaspar, schenk mir eine Halbe ein. Seit gut zehn Minuten habe ich Feierabend.« Es war fast viertel nach fünf.

Er setzte sich an den Tisch direkt neben der Theke. Ich brachte ihm sein Bier und nahm ihm gegenüber Platz.

»Wie laufen die Ermittlungen?« Für mich hatte ich ein Pils mitgenommen und nippte daran.

»Nix Neues.« Der Hauptkommissar nahm einen tiefen Zug. »Der Eilmann ist nach dem Mittagessen irgendwann verschwunden. Draußen auf der Marktstraße war großes Remmidemmi, und in der Wirtsstube waren nur vier Personen: du, der Schnitter, die Bedienung Erica Flores und ein unbekannter Fremder, von dem wir gar nichts wissen. Der Kerl ist im Laufe des Nachmittags verschwunden und nicht wieder aufgetaucht.«

»Die anderen Übernachtungsgäste?«

Huber wehrte ab. »Ein verliebtes Pärchen und eine Familie mit drei Kindern. Vergiss es!«

»Und sonst?«

»Ein paar Leute aus der Nachbarschaft wollen einen Schuss gehört haben. Zwischen halb drei und drei. Aber keiner kann's beschwören. Außerdem bringt uns das auch nicht weiter. Wir wissen, dass der Eilmann tot ist. Wir wissen, dass er erschossen wurde, und der Zeitpunkt dreiviertel drei könnte passen.« Er schnaufte. »Könnte.«

Die Tür zum Gastzimmer ging auf, und mich hätte bald der Schlag getroffen: Denn herein trat der fremde, dunkelhaarige Mann von gestern. Ich erkannte ihn sofort an dem Muttermal über der rechten Augenbraue.

Instinktiv beugte ich mich hinüber zum Hauptkommissar. »Das ist der Kerl«, flüsterte ich und spürte, wie mir heiß wurde.

»Was für ein Kerl?«, gab Huber in normaler Lautstärke zurück und sah unvermittelt hin zu dem jungen Mann, der direkt auf uns zukam.

»Der Fremde von gestern«, presste ich heraus.

Da stand der Bursche bereits an unserem Tisch.

Huber streckte seine Linke in dessen Richtung. »Darf ich vorstellen: Kommissar Lothar Schädle. Seit zwei Monaten im Dienst bei der Kripo Starnberg. Er war den ganzen Tag mit dem Pudel von der Starnberger Bürgermeisterin beschäftigt.«

Das war also der Unbekannte!

Schädle stellte sich für einen Moment kerzengerade vor den Tisch. Es fehlte nur noch, dass er die Hacken zusammenschlug wie ein Rekrut. Dann deutete er mit dem Kopf eine Verbeugung an, hielt mir die Hand entgegen und nuschelte: »Schädle. Lothar Schädle.«

Er sagte das so ähnlich wie Sean Connery, wenn er sich als »Bond, James Bond«, vorstellte.

Schädle hatte dunkelbraune, kurze Haare und eine sportliche Figur. Er war mittelgroß und keineswegs hässlich. Wahrscheinlich war er sogar ein Typ, der bei den Frauen gut ankam. Ich konnte ihn vom ersten Augenblick an nicht leiden.

»Herr Schädle ist mir zugeteilt worden, weil das Verbrechen in unserer schönen Gegend immer mehr zunimmt.« Huber bot dem Kollegen mit einer knappen Geste den Stuhl neben dem seinen als Platz an. »Herr Schädle hat sich in der Ausbildung zum Kriminalbeamten ganz besonders hervorgetan und durfte sich deshalb aussuchen, wo er sich die ersten Sporen als Kriminalbeamter verdienen möchte.«

»Und da habe ich mich natürlich für Starnberg und den Hauptkommissar Huber entschieden.« Die samtweiche, hohe Stimme des Kerls entlarvte ihn sofort als elenden Schleimer und bestätigte mein vorgefasstes Urteil. »Hauptkommissar Huber ist zu Lebzeiten schon eine Legende. Er hat die beste Aufklärungsrate in ganz Bayern.«

Er setzte sich neben Huber.

Huber winkte ab. »Hören Sie mir auf mit der Aufklärungsrate und solchem Unsinn. Ich mag solide Kriminalarbeit, auf Statistiken pfeife ich.«

Mir fiel auf, dass er seinen Assistenten beim Reden kaum ansah. Daraus schloss ich, dass auch er ihn nicht leiden konnte. Deshalb hatte er ihn vermutlich den ganzen Tag vom Tatort ferngehalten. Huber wollte hier in Ruhe ermitteln. Er war immer schon ein Einzelgänger gewesen.

»Sie waren gestern Nachmittag hier«, wandte ich mich an Kommissar Schädle, den ich für mich von nun an Spätzle nennen wollte.

»Ja.« Schädle schluckte. »Ich wohne in der Pension Flora. Gestern bin ich zum Mittagessen hierher zum Bräu. Die Küche ist mir empfohlen worden.« Er schluckte erneut. »Der Sauerbraten war übrigens exzellent. Meine Empfehlung an die Köchin!«

»Danke. Ich werd' das Kompliment an die Küche weiter geben«, log ich.

Einen Dreck würde ich der Zenzl sagen! Die Meinung einer zufälligen Laufkundschaft interessierte sie nicht. Den Stammgästen musste es schmecken, natürlich auch den Stadträten und dem Bürgermeister, wenn sie hier eine Sitzung hatten und anschließend speisten. Dann stand sie mit hochrotem Kopf in der Küche und fragte die Bedienungen, wie es den Herrschaften geschmeckt hätte.

Vor einigen Jahren hatte Franz-Josef Strauß eine Wahlkampfveranstaltung beim Bräu abgehalten. Nach dem

Essen war er höchstpersönlich in die Küche marschiert und hatte der Zenzl gratuliert zum besten Krustenbraten, den er in seinem Leben gegessen hätte.

Seitdem hing sein Foto mit einer kurzen Widmung über dem Herd, was die Zenzl aber nicht davon abhielt, weiterhin SPD zu wählen. Schließlich sei sie Arbeitnehmerin und da gehöre es sich nicht, etwas anderes ins Kalkül zu ziehen. Außerdem war ihr Vater Sozialist und hatte deswegen sogar einige Monate im KZ Dachau eingesessen.

»In der Pension Flora gibt's schöne Zimmer mit Dusche und Klo«, sagte ich, damit der Kerl ja nicht auf den Gedanken käme, zum Bräu umzuziehen.

»Aber mir gefällt's dort nicht.«

Ich versuchte, ihn wie einen Schwachsinnigen anzusehen. »Wir haben hier ein traditionelles bayerisches Wirtshaus. Es ist laut am Abend, und pro Etage gibt's bloß ein Klo und eine Dusche.«

Ich sagte ihm nichts davon, dass dieser Mangel an Komfort auch seine guten Seiten hätte: Mit etwas Glück traf man morgens die Gräfin, wenn sie aus der Dusche kam. Natürlich hatte sie einen Bademantel an, aber die schönen Waden mit den schlanken Fesseln und das makellose Dekolletee allein waren es allemal wert, eine Weile vor der Badtür zu warten, bis sie endlich fertig war.

»Das macht nichts . In der Pension Flora ist es so unpersönlich. Jeder Gast hockt auf seinem Zimmer und glotzt in die Röhre.«

»Da gibt es Fernsehen?«, tat ich überrascht. »Super!«

»Ich habe trotzdem vor, hierher umzuziehen. Das Gasthaus hat mehr Flair, und ich bin direkt an unserem neuen Fall dran. Unmittelbar, gewissermaßen.«

Huber schnaufte tief ein und hielt mir demonstrativ sein leeres Glas hin. Ich stand sofort auf und holte ihm ein frisches Bier.

Als ich zurückkam, fing der brünette Ersatz-James-Bond schon wieder an: »Sie haben doch sicher noch ein Zimmer frei?«

»Erica, haben wir noch ein Zimmer für den Herrn Kommissar?«, rief ich quer durch die Gaststube zu meiner Kollegin hin.

»Ein Zimmer? Für wen?« Neugierig kam sie an unseren Tisch herüber.

»Für mich«, lächelte Spätzle zu der schönen Frau hoch. Der Kerl gefiel mir immer noch weniger. »Schädle, Lothar Schädle.«

Er war aufgestanden und hielt Erica seine Hand entgegen, die sie vorsichtig schüttelte. Sicher erkannte sie den Gast von gestern.

»Zimmer haben wir schon. Aber nur mit Etagenklo und -dusche.« Erica warf erst mir, dann dem Spätzle einen vorsichtigen Blick zu. »Und die Polizei hat den ersten Stock gesperrt.«

»Die Spurensicherung ist schon fertig. Sie können alle Räume saubermachen und wieder nutzen«, bemerkte Huber und wischte sich den Bierschaum vom Mund.

Ericas Augen flogen zwischen den beiden Polizisten hin und her. »Es ist aber nichts Besonderes bei uns. Die Pension Flora …«

»Da wohne ich seit einigen Wochen, aber es gefällt mir nicht.« Spätzle hatte ein dümmliches Lächeln aufgesetzt, das gar nicht mehr aufhören wollte.

»Aber die Zimmer dort haben Dusche und Klo.«

»Eine Etagendusche reicht mir.«

»Wenn Sie meinen.« Erica ging Richtung Ausgangstür, und Spätzle folgte ihr, wobei er seine Augen nicht von Ericas Hintern nehmen konnte.

»Wenn der Kollege eh schon hier einzieht, kann er die anderen Gebäude mal durchsehen. Die Spurensicherung hat nur in der Wirtschaft nach Beweismitteln gesucht. Vielleicht findet sich aber in der Brauerei oder im Stall ein Hinweis, der uns weiterbringt.« Huber trank aus. »Ich werde morgen mit ihm darüber reden.«

Er stand auf, grüßte und ging.

6

»Worüber hast du mit deiner Mutter gesprochen?«, fragte ich Chico, als ich ihn wenig später ins Beusl zurückbrachte.

Er wandte mir den Kopf zu, und seine dunklen Augen flackerten. »Nix Besonderes.« Demonstrativ wandte er den Kopf ab und sah wieder aus dem Fenster. »Ich hab ihr gesagt, dass die Drecksschulaufgabe heute in die Hose gegangen ist. Außerdem habe ich ihr erzählt, was mich der Hauptkommissar gefragt hat.«

»Und? Was wollte der Huber wissen?«,

»Was ich gestern Nachmittag gemacht habe.«

»Und was hast du gemacht?«

»Jetzt erzähl ich es zum tausendsten Mal.« Er verdrehte die Augen, wie nur Pubertierende es können. »Ich war in meinem Zimmer und habe gelernt.«

»Was hat dich der Huber sonst noch gefragt? Rück endlich raus mit der Sprache.«

»Ob ich etwas Verdächtiges bemerkt hätte. Ich war schließlich in meinem Zimmer, als der Typ erschossen wurde.«

»Und? Hast du nichts gehört? Einen Schuss oder einen Streit?« Ich musste mich auf die nasse Straße konzentrieren. Hinter Königsdorf waren wir in ein Gewitter geraten, und es schüttete wie aus Kübeln.

»Ich?« Chico sah mich entsetzt an. »Ich habe nichts mitgekriegt. Gar nichts. Ich hatte Ohropax …«

Ein Blitz erhellte das Wageninnere, und gleich darauf zerriss ein gewaltiger Donner das monotone Geprassel des Regens.

»Jetzt schimpft er aber, der Himmelvater!« Ich wandte mich zu Chico um. »Wie lange arbeitet deine Mutter schon beim Bräu?«

»Ein gutes Jahr.« Er starrte aus dem Seitenfenster.

»Und dein Vater.«

»Papa gibt's nicht.«

Ich warf ihm einen strengen Blick zu.

»Natürlich gibt's einen. Der ist in Brasilien, und meine Mama hat schon ewig nichts mehr von ihm gehört.«

»Ihr kommt aus dem Rheinland, hat Max mir erzählt.«

»Aus Köln.«

»Wie der Eilmann.«

»Was soll das heißen?«

»Gar nichts. Köln ist eine Riesenstadt. Aber irgendwie ist es doch ein interessanter Zufall.«

»Vor ein paar Wochen war eine ganze Gruppe Kölner beim Bräu. Von denen leben wahrscheinlich noch alle.«

Ich lachte. »Das will ich hoffen.«

»In Köln war's cool. Fucking cool. An der Schule gab's eine ganze Menge Punks.«

»Sicher hast du noch Kontakt zu ihnen.«

»Wieso Kontakt?« Seine Augen wurden unruhig, dann stammelte er: »Natürlich habe ich Kontakt. Zu ...« Er überlegte. »Zu Severin,... zu Maja ... und ...«

»Du brauchst mir jetzt nicht deine ganzen Kumpels aufzuzählen.« Ich beschloss, ihm etwas aus meinem Leben zu berichten. »Max und ich haben uns in Heiligenbeuern kennengelernt. Mit vierzehn. Wir waren beide neu in der Klasse und haben uns gleich zusammengetan. Seitdem ist er mein bester Freund.«

»Der Max ist doch ein Oberspießer.« Jetzt fing er schon wieder damit an. »Außerdem steht er ganz schön unterm Pantoffel.«

Noch niemand hatte Max einen Spießer genannt.

»Und Elli, seine Frau?« Jetzt sollte er gefälligst die Hosen ganz runterlassen.

»Elli? Superspießer! Die tut zwar immer so locker, aber sie ist hinter dem Geld her wie der Teufel hinter der armen Seele.« Chico schnaubte. »Die Elli hat meine Mama doch bloß eingestellt, damit die Leute zum Stammtisch kommen. Dort können sie meine Mutti ungeniert anglotzen.«

»Machen das alle Männer?« Ich gähnte, als wäre ich selbst noch nie auf diesen Gedanken gekommen.

»Die meisten schon, aber nicht alle.«

»Wer denn nicht?«

Chico brauchte nicht lange zu überlegen. »Der Schnitter! Der ist immer höflich und behandelt meine Mama wie ein rohes Ei. Mich mag er auch. Beim Schnitter kann ich Schlagzeug spielen. Er regelt auch den Ärger mit den Nachbarn, wenn es zu laut wird. In den Ferien arbeite ich bei ihm. Wir bringen das Heu in die Scheune, machen Holz und reparieren das Haus, soweit es nötig ist. Er zahlt mir fünf Mark die Stunde. Heiß, nicht?«

»Weil er fünf Mark zahlt, ist er also ein netter Kerl und kein Spießer?« Die Erklärung fand ich sehr erfrischend.

»Quatsch.« Chico holte vorsichtig die zwei Sicherheitsnadeln aus den Ohren. »Den Schnitter stören meine Haare überhaupt nicht, sogar die Sicherheitsnadeln sind ihm egal. Er sagt, er hätte schon so viele Moden kommen und gehen sehen, da käme es auf diesen Blödsinn auch nicht mehr an.« Er kicherte. »Was hätten sich die Leute vor zehn Jahren wegen der langen Haare und der kurzen Röcke aufgeregt. In seiner Jugend war's nicht anders. Damals waren die Uniformen von der SS, den U-Bootfahrern und vom Afrikacorps in Mode. Man brauchte die richtige Uniform, um bei den Bräuten anzukommen. Aber heute stehen die heißen Frauen auf grüne Haare.«

»Das habe ich noch nie gehört.« Ich musste lachen.

»Der Schnitter war im Krieg bei den Gebirgsjägern, hat er mir erzählt.«

»Er soll einige Auszeichnungen bekommen haben«, ergänzte ich.

»Die er alle ins Klo geschmissen hat.« Jetzt wandte sich Chico mir zu. »Zu meiner Mutter ist er so freundlich, wie noch nie ein Mann zu ihr gewesen ist, sagt sie. Er redet sie immer mit ›Fräulein Erica‹ an, nicht mit ›Gräfin‹. Und er schaut ihr nie auf den Hintern oder …« Chico schluckte. »Er schaut ihr immer ins Gesicht und gibt ihr jeden Tag mindestens eine Mark Trinkgeld.«

»Deshalb magst du ihn?«

»Deshalb! Und weil er tut, wozu er Lust hat. Er geht nicht arbeiten wie die anderen. Er bewacht auch nicht seine Kohle. Nein, er hockt jeden Tag in der Wirtschaft, säuft ein paar Bier und Schnäpse, und abends geht er heim zu seinen Pferden und seiner Katze. Denen gibt er zu fressen und fertig. Wenn jemand etwas von ihm will, muss er zum Bräu kommen. Daheim redet er mit niemandem.«

Chico biss sich auf die Unterlippe. »Vor ein paar Wochen habe ich ihn gefragt, ob er meine Mutter nicht heiraten will. Eine Schönere findet er nicht. Wenn er noch ein bisschen fit ist, könnten sie ein Geschwisterchen für mich machen. Am liebsten wär mir eine Schwester, die nenn ich dann Chica.« Seine Gesichtshaut und die Pickel waren jetzt gut durchblutet und machten sein blasses Gesicht bunt und lebendig wie einen Streuselkuchen. »Der Chaplin hat mit siebzig noch ein Kind gemacht, und der Schnitter ist erst gut sechzig. Das könnte doch noch klappen, oder?«

»Was hat er gesagt?«

»Nix. Er tat so, als hätte er meine Frage nicht gehört.« Die großen, dunklen Augen des mageren Punk starrten geradeaus. »Die Mama, denk ich, würd ihn schon nehmen. Sie mag ihn, außerdem soll er sehr reich sein.«

»Wer hat dir davon erzählt?«

»Alle sagen das.«

»Ein reicher Stiefvater würde dir also gefallen?«

»Klar. Besser ein netter Millionär als ein Blödmann ohne Kohle.«

Ich musste wieder lachen. »Deine Mutter hat einen Haufen Verehrer. An jedem Finger mindestens einen.«

»Pfffft.« Chico winkte ab. »Sie braucht keinen von den Kerlen vom Stammtisch, die mal schnell …« Die folgende Handbewegung machte mir klar, dass er sich in Sachen Fortpflanzung bereits bestens auskannte. »Da gäb's viele. Aber Mama lässt sich auf sowas nicht ein. Sie ist ja nicht blöd. Den Schnitter würd sie nehmen, glaub ich. Aber sonst …«

Mittlerweile waren wir im Beusl angekommen, und ich begleitete ihn in seinen Studiersaal.

Es gab mir ein heimeliges Gefühl zu beobachten, wie sich die Knaben aus den unteren Klassen durch die Gänge jagten, um ihre überschüssige Kraft loszuwerden. Die Ruhigen saßen in den Fensternischen und lasen, die Fleißigen waren über ihre Schulbücher gebeugt. Denen waren die Studierzeiten immer zu kurz. Es hatte sich praktisch nichts geändert.

Als Pater Zeno mich sah, winkte er mich in sein Präfektenzimmer.

»Er hat die Lateinschulaufgabe versaut«, begann Zeno.

»Der Max hat während unserer Schulzeit mindestens fünfzig Prozent seiner Lateinschulaufgaben in den Sand gesetzt. Immer, wenn er nicht spicken konnte.«

»Aber der Chico ist der Beste in der Klasse. Pater Aurelian, sein Lateinlehrer, ist gleich nach dem Abendessen zu mir gekommen und war außer sich. Er wollte wissen, ob dem Chico was fehlt. Die einfachsten Sachen hat er falsch gemacht.«

Ich kannte Aurelian. Er pflegte die Schulaufgaben sofort, nachdem sie geschrieben waren, zu korrigieren, und manche Fehler betrachtete er wie ein Vergehen.

»Er habe den Text gar nicht kapiert, hat er mir erzählt.«

»Unsinn!« Zeno machte eine wegwerfende Geste.

»Vielleicht ist er krank. Im Auto hat er sich öfters geschnäuzt.«

»Der ist doch nicht krank.« Zeno sah mich kopfschüttelnd an. Eine Erkältung hatte seiner Meinung nach mit Krankheit nichts zu tun. Da musste schon hohes Fieber oder Schüttelfrost dazu kommen. »Ich weiß, wie kranke Schüler ausschauen. Ich weiß auch, wie Schüler aussehen, die für krank gehalten werden wollen, weil sie eine Schulaufgabe nicht mitschreiben möchten.«

Max und ich hatten während der Schulzeit mit seinem strengen Urteil schon unsere Erfahrungen gemacht.

»Versprich mir, dass der Bursche nicht in irgendwelche dummen Geschichten hineingezogen wird.« Zeno drückte mir zum Abschied die Hand. »Und richte dem Max schöne Grüße aus.«

7

Wieder beim Bräu traf ich Max allein in der Küche. Die Zenzl war in der Kirche beim Sterberosenkranz für die alte Feichtin, die vor zwei Tagen der Schlag getroffen hatte. Ich richtete Max die Grüße unseres ehemaligen Präfekten aus und meinte, er wäre noch genauso streng wie früher. Dann erzählte ich ihm von der versauten Schulaufgabe und davon, dass Chico meinte, er und Elli seien gierige Spießer.

»Wie kommt er darauf?« Max legte den Kopf zur Seite und sah mich amüsiert an.

»Der Chico sagt, ihr hättet seine Mutter bloß eingestellt, weil ihr die Männer gerne auf den Hintern schauen, dabei einen Mordsdurst bekommen und jede Menge von deinem guten Bier saufen.«

Max grinste anzüglich. »Gibt's daran was auszusetzen?« Er starrte auf den Herd, an dem sonst immer die Zenzl werkelte. »Eine saubere Bedienung tut niemandem weh und fördert den Umsatz. Der kleine Mistfratz soll aber aufpassen, was er über die Hand sagt, die ihn füttert. Meine Mutter wollte die Erica allein wegen ihrem Sohn mit den grünen Haaren nicht einstellen. Die zwei würden uns bloß Ärger machen, hat sie uns prophezeit.«

Den Blick, mit dem Max mich jetzt steifte, konnte ich nicht einordnen.

»Da hat die Elli auf den Tisch gehauen und gesagt, wir bräuchten die Erica dringender als sie uns. ›Die hat einen knackigen Hintern und was in den Augen, das die Männer anzieht wie Freibier‹. Elli hat Erica sogar empfohlen, bei der Arbeit enge Jeans zu tragen. Seit Jahren haben wir kaum noch Gewinn mit der Wirtschaft gemacht. Es sind immer weniger Männer nach der Arbeit zum Stammtisch gekommen. Die sitzen jetzt zu Hause und schauen fern. Mit der Brauerei zahlen wir seit Jahren drauf. Wenn wir nicht noch ein paar Immobilien hätten, die gut vermietet sind, würde es schlecht ausschauen.«

Max machte eine Pause, stand auf und ging zum Herd, wo er in jedem von Zenzls Töpfen einmal kräftig umrührte, damit nichts anbrannte. Er setzte ein zerknirschtes Gesicht mit schmalen Lippen auf, wie ich es von ihm kannte, wenn es um finanzielle Dinge ging. Das Sparen lernt man von reichen Leuten, hatte meine Großmutter mir einmal erklärt. Sonst hätten die Reichen nicht so viel.

»Wie bist du eigentlich zur Erica gekommen? Hast du eine Anzeige in Köln aufgegeben?«

»Nein.« Max war mit dem Umrühren fertig. »Unsere alte Bedienung, die Gretl, hat aufgehört. Also haben wir eine Anzeige in die Zeitung setzen lassen. Es haben sich bloß drei beworben: eine, die beim Zwetschgenbräu entlassen worden ist, weil sie gestohlen haben soll. Die zweite ist vom Arbeitsamt geschickt worden und hat uns gleich erklärt, sie hätte gar keine Lust auf den Job. ... Und die Erica. Wir haben uns die drei Bewerberinnen angeschaut. Die ersten zwei waren, wie man sich eine Bedienung vorstellt. Mittleres Alter, mittleres Aussehen. Dann kam die Erica, und die war von einem anderen Stern.«

Max schnalzte mit der Zunge.

»Sie hat ausgesehen wie aus einem Modejournal. Sie war noch dazu höflich und hat erzählt, sie käme aus Brasilien und hätte einige Jahre in Köln gearbeitet. Dann hätte sie sich mit ihrem Freund gestritten und wäre auf und davon. Sie möchte in Bayern bleiben, weil es ihr hier gefällt. Meinem Vater sind fast die Augen rausgefallen. Du weißt, wie gerne er es mit schönen Frauen zu tun hat.«

Max hatte mir schon öfters davon erzählt. Auch von den Szenen, die ihm seine Mutter gemacht hatte, wenn er es mal wieder zu weit getrieben hatte.

»Dann hat meine Mama den Chico mit seinen grünen Haaren und den Sicherheitsnadeln in den Ohren gesehen. ›So einer zündet dir das Dach über dem Kopf an‹, hat sie gesagt. Mich hat der Kleine nicht gestört, aber ich habe der Erica nicht getraut. Wenn sie schon als Bedienung arbeiten wollte, warum nicht in einem eleganten Restaurant am Tegernsee oder in einer Nobeldisko in München. Mit ihrem Aussehen – noch dazu als Brasilianerin – hätte man sie überall mit Handkuss genommen. Da stimmt doch was nicht.«

Max kratzte sich am Kopf. »Aber schließlich hat sich die Elli zu Wort gemeldet: ›Wenn wir die Erica nicht nehmen, können wir die Wirtschaft gleich zusperren‹, hat sie gesagt. No risk, no fun.« Ellis Geschäftssinn war sensationell, und sollte dem Bräu noch viel Geld einbringen. »Eine solche Frau zieht Männer an wie das Licht Motten. Der grünhaarige Bub hat gute Manieren. Er kann ruhig sitzen, was andere mit Seitenscheitel und einer Bügelfalte in der Hose nicht schaffen. Er ist also kein Problem. Und Elli hatte recht: Seit die Erica hier bedient, ist der Stammtisch jeden Tag voll. Die Leute von der Sparkasse und von der Landwirtschaftsschule kommen jetzt auch wieder regelmäßig.«

»Hast du deine Entscheidung bereut?«

»Bis heute früh nicht.«

»Und seitdem?«

Max schaute mir tief in die Augen, wie er es nur tat, wenn es um wichtige Dinge ging. »Ohne Erica hätte es den toten Eilmann nicht gegeben. Soviel steht fest. – Sonst habe ich nichts an ihr auszusetzen. Sie ist fleißig und ehrlich. Alles nicht zu ihrem Schaden. Sie verdient mehr, als jemals eine Bedienung beim Bräu verdient hat.«

»Hat sie eigentlich schon mal was mit einem der Gäste angefangen?«

Natürlich wollte ich wissen, ob Chico mich angelogen hatte.

Max schüttelte den Kopf. »Unsere Gräfin lässt jeden nur so nahe an sich ran, dass wenigstens noch eine Brotzeitplatte und ein Weißbierglas zwischen sie und den Kerl passen. Bei der Weihnachtsfeier von den Gebirgsschützen gibt's doch immer eine Christbaumversteigerung. Da hat der Loidl den Vorschlag gemacht, einen Kuss von der Gräfin zu versteigern. Die Geldbeutel sind weit aufgesprungen, und der Saal war gespannt, wer das Rennen macht. Der Gräfin hat sich auf das Spiel eingelassen und gelächelt. Dann kamen die Angebote: Zehn, fünfzehn, zwanzig Mark und immer weiter. Zum Schluss hat sie ihren eigenen Kuss für hundert Mark ersteigert und gesagt, sie würde ihn sich für eine besondere Gelegenheit aufheben.«

»Komische Geschichte«, meinte ich. »Niemand hat von ihr erwartet, dass sie mit jemandem ins Bett geht. Ein Busserl ist ein Busserl, mehr nicht.«

»So ist sie halt, unsere sittenstrenge Erica.« Max sah mich nachdenklich an. »Vielleicht könntest du bei ihr landen. Sie mag dich, und die Sache mit Karin ist doch schon eine Weile vorbei.«

Verdammt! Ich hatte Max doch gebeten, Karin nicht mehr zu erwähnen. Es tat noch immer weh, wenn man von ihr sprach. Karin und ich waren über drei Jahre zusammen gewesen, und ich hatte schon gedacht, wir würden eines Tages heiraten. Vielleicht hatte ich mich die letzte Zeit zu wenig um sie bemüht und war mir meiner Sache zu sicher gewesen. Plötzlich hatte sie Schluss gemacht – tränenreich und mit diesem blöden Gefasel von »Nicht mehr verstehen«, »Auseinandergelebt« und »Brauchen eine Pause«.

Ich wusste gleich, dass es vorbei war. Da konnte ich machen, was ich wollte. Ich versuchte es noch mit Blumen, Anrufen und teuren Konzertkarten. Aber sie war nicht mehr umzustimmen.

Jetzt ging sie mit einem jungen Werkmeister von den Geretsrieder Motorenwerken, und es hieß, die beiden wollten heiraten. Zwei Mal hatte ich sie mit ihrem Kerl auf der Straße getroffen. Karin tat dann so, als würde sie sich freuen, mich zu sehen. Wir wechselten einige Worte. Smalltalk. Der Typ behandelte mich freundlich wie einen alten Bekannten, was mich sehr störte. Er war nicht unsympathisch, aber ich hasste ihn. Monatelang lag ich abends wach im Bett und fragte mich, was mein Mädchen mit diesem blassen Idioten wollte.

Max riss mich mit praktischen Überlegungen aus meinen trübsinnigen Gedanken: »Elli wäre froh, wenn die Erica einen festen Freund hätte. Sie denkt dabei an dich.«

»Hast du mir deshalb den Job als Schankkellner, Bedienung und Hausdepp angeboten?«, fragte ich grob.

»Schmarren!«, antwortete Max. »Wir haben jemanden gebraucht, das weißt du. Aber wenn du und die Erica ...« Er machte eine leicht zu verstehende Handbewegung. »Also wenn das was werden sollte, dann hätte niemand etwas dagegen.«

Er öffnete eine Flasche Bier mit dem Kochlöffel.

»Wie ist eigentlich der Stand der Ermittlungen?«, wechselte ich das Thema. Denn für eine Weile hatte ich den Toten und die Polizei ganz vergessen.

»Nix Neues.« Max trank einen ausgiebigen Schluck von dem Pils, das er seit Neuestem braute und mit großem Erfolg verkaufte. »Fest steht bloß, dass der Eilmann am Samstagnachmittag in Wolfratshausen angekommen ist. Er hat hier zu Abend gegessen und anschließend etliche Halbe gesoffen. Eine schöne Zeche hat er gemacht, das muss man ihm lassen. Am Sonntag hat er gefrühstückt, mit dem Schnitter ein paar Halbe getrunken und spät zu Mittag gegessen. Bei der Erica hat er bezahlt, ist gegangen, und später hat ihn keiner mehr gesehen.«

»Gibt's ein Motiv?«, fragte ich.

Max schüttelte den Kopf.

»Was hat der Eilmann gearbeitet?«

»Kaufmann.«

»Familie?«

»Geschieden.«

»Vielleicht ist ihm die Frau nachgefahren und hat ihn hier zur Strecke gebracht.«

Max winkte ab. »Die Frau ist vor einem Jahr gestorben.«

»Kinder?«

»Fehlanzeige.«

»Feinde?«

»Mindestens einen wird er wohl gehabt haben«, meinte Max und trank das kleine Fläschchen leer. »Übrigens: Hast du dem Huber erzählt, dass der Eilmann Gabi zu unserer Erica gesagt hat?«

Ich schüttelte den Kopf.

»Gut! Das braucht der Herr Hauptkommissar auch nicht zu wissen.«

»Warum?«

»Intuition«, meinte Max und grinste.

»Übrigens soll der Spätzle überall dort nachschauen, wo die Spurensicherung nicht war.«

»Wer ist denn auf die Idee gekommen?«

»Der Huber.«

»Der wird auch immer seltsamer, findest du nicht?«

In der Gaststube hatte das Abendgeschäft begonnen. Max spielte den liebenswürdigen Gastwirt, schlenderte von Tisch zu Tisch und unterhielt sich mit den Gästen. Wenn er beim Lachen den Kopf etwas zur Seite drehte, erinnerte er mich immer mehr an seinen Vater.

Ich schenkte aus, Erica und Anni bedienten. Die Zenzl richtete die Brotzeiten her und schob sie über die Durchreiche in die Gaststube. Nach einer guten Stunde war der ärgste Ansturm vorbei, und Anni kam zu mir hinter die Schenke, um mir beim Abtrocknen zu helfen. Erica bediente allein und setzte sich zwischendurch zum Schnitter an den Tisch, mit dem sie einen Mirabellenlikör trank.

»Der Franz säuft wieder«, begann Anni und schaute mich vorwurfsvoll an, als könnte ich etwas dafür.

Ich sah Franz, ihren Mann, mit glänzenden Augen am Stammtisch. Er hatte sicher schon acht Halbe und rote, markstückgroße Flecken im Gesicht. Das rechte Auge war geschwollen und etwas blutunterlaufen. Er wäre am Samstagabend hingefallen, hatte er behauptet, als ich ihn darauf angesprochen hatte.

»Drei Jahre lang hat er kein Bier angerührt.« Sie schniefte. »Keinen Schluck!«

Ich wusste nicht, was ich sagen sollte. Ich mochte Franz, ihren Mann. Es hieß, er wäre früher ein ganz ein feuchter gewesen und außerdem hinter den Weibern her wie der Teufel hinter der armen Seele. Ich kannte ihn nur nüchtern. Er kam regelmäßig an den Stammtisch und trank Apfelschorle, immer nur Apfelschorle, auch wenn ihn die anderen dafür gelegentlich auslachten.

»Er wär fast gestorben vor drei Jahren … wegen dem Saufen. Er war wochenlang im Krankenhaus und hat ausgeschaut wie eine lebende Leich'. Ich hab ihn besucht, denn er war ein netter Kerl, so lange er nüchtern war. Gut ausgeschaut hat er auch, früher.«

Ich sah wieder hinüber zum Franz, der blöd zum Loidl hinüberglotzte. Sein Gegenüber hatte wohl gerade einen Scherz gemacht.

»Von seinen Weibern ist keine ins Krankenhaus gekommen, bloß ich und seine Spezln von der Baustelle. Er hat damals schon als selbstständiger Maurer gearbeitet. Er ist ein guter Handwerker, aber bloß, wenn er nüchtern ist. Die Doktoren haben ihm eine Infusion nach der anderen gegeben, und er ist wirklich wieder gesund geworden. Ich hab mich auch weiter um ihn gekümmert und ihm Arbeit beim Bräu beschafft. In den alten Gemäuern der Brauerei und hier in der Wirtschaft war viel zu richten. Keine Akkordarbeit, mit der man natürlich besser verdient. Aber ein Maurer hat auch dann sein Auskommen, wenn er Risse in den Mauern flickt und Zimmerwände verputzt. Zur Brotzeit und in der Mittagspause ist er in die Wirtsstube gekommen, und ich habe ihm was zu essen und eine Apfelschorle gegeben. Sobald die anderen gelacht haben, dass er kein Bier mehr trinkt, habe ich ihnen den Kopf gewaschen: Was ihnen einfällt, dass sie einem jungen Mann, der nix mehr saufen darf, eine Halbe Bier ausgeben wollen. Ob ihnen das Unglück von anderen denn gar so gefällt? … Da hat sich sogar der Loidl entschuldigt und gesagt, ich hätte recht, und sie würden ihn in Ruhe lassen. – Ich hab ihn aufgefüttert, und ein halbes Jahr drauf haben wir geheiratet.«

»Professor, ich brauch noch zwei Helle und ein Dunkles.« Erica stand plötzlich vor der Schenke und schenkte mir ein strahlendes Lächeln.

Anni würdigte sie keines Blickes, und als Erica wieder weg war, setzte sie ihre Lebensbeichte fort: »Ein halbes Jahr später ist unsere Kleine auf die Welt gekommen. Vom Schnitter haben wir ein Grundstück gekauft und unser Häusl gebaut. Nicht groß, aber es gehört uns.« Sie schnäuzte sich wenig damenhaft. »Es war alles in Ordnung. Der Franz ist ein guter Maurer und sehr tüchtig. Ich geh zum Bedienen und verdien auch nicht schlecht.«

Sie legte ihr Taschentuch sorgfältig zusammen, verstaute es in der Schürze und wandte sich wieder den Gläsern zu., die zum Abtrocknen vor ihr standen. Es dauerte eine Weile, ehe sie weiterredete:

»Dann ist die Erica gekommen und sie hat mir leid getan. Der Bub im Internat und sie jeden Abend allein in ihrer Kammer, ohne Verwandtschaft, ohne Freunde. Von Männern hätt sie die Nase voll, hat sie zu mir gesagt, denn die wären schon Schlange gestanden. Schließlich habe ich sie und ihren Buben vor ein paar Monaten zum Essen eingeladen. Nichts Besonderes, bloß eine kalte Platte vom Kandlbinder. Sie ist auch gekommen, der Chico war krank. Es war ein netter Abend. Doch irgendwie hat er alles verändert.«

»Vier Obstler und noch drei Halbe.« Erica pfiff leise eine Melodie von Supertramp, die damals jeder im Ohr hatte.

»Ich bedien seit dreizehn Jahren und kenn mich aus mit Männern«, setzte Anni hinzu, nachdem Erica mit den Getränken wieder verschwunden war. »Der Franz ist seitdem ein anderer. Er geht ab und zu zum Wirt, ein bisserl öfter als früher vielleicht. Aber seit dem Abend schaut er die Erica an, wie es viele tun, wenn sie glauben, nicht beobachtet zu werden.«

»Wie schaut er sie denn an?« Ich hatte das letzte Glas gespült und rieb mir die Hände trocken.

»Wie ein verliebter Realschüler.«

»Und seit wann säuft er wieder?«

Anni wandte mir ihr rotes, pausbackiges Gesicht zu, das weder besonders ebenmäßig war noch übermäßig intelligent aussah, jedoch vor Gesundheit und Tüchtigkeit strotzte. »Seit Samstag ... seit Samstag säuft er wieder ... und heute hat er auch nicht gearbeitet – den ersten Tag seit unserer Hochzeit.«

Sie trocknete die restlichen Gläser und ging heim. Ihren Franz konnte sie nicht davon überzeugen, dass es besser sei, mit ihr zu kommen.

Der ging erst um zwölf mit den letzten Gästen.

Erica schloss die Eingangstür wie jeden Abend – gerade so, als hätte sich in den vergangenen 24 Stunden nichts geändert.

8

Ich putzte mir die Zähne, schlüpfte in meinen Schlafanzug und legte mich ins Bett. Meine Kammer beim Bräu war zwar winzig, aber hell und gemütlich. Aus Ericas Zimmer nebenan hörte ich Radiomusik und die Geräusche der allabendlichen Toilette. Sie machten mich seit dem ersten Tag beim Bräu unruhig. Es ist nicht einfach, im Zimmer neben einer so schönen Frau allein zu schlafen.

Ich versuchte zu lesen, doch ich konnte mich nicht konzentrieren. Also legte ich das Buch zur Seite und starrte an die Decke. Das Licht ließ ich brennen.

Da klopfte es.

Ich erschrak.

Die Tür ging einen kleinen Spalt auf. »Kann ich reinkommen?«, hörte ich Ericas dunkle Stimme.

Der Schreck ließ nach, doch jetzt begann mein Herz wie wild zu klopfen. Seit einer Woche hatte ich davon geträumt, sie würde in meine Kammer kommen. Ich war ihr nicht unsympathisch, soviel hatte ich mitbekommen. Doch bisher hatte sie mit keiner Geste gezeigt, dass sie etwas von mir wollen könnte.

»Kann ich reinkommen?«, wiederholte Erica, da ich nicht geantwortet hatte.

»Natürlich«, krächzte ich. Meine Stimmbänder hatten schon mit diesem einen Wort Mühe.

Sie huschte durch die Tür und schloss sie leise hinter sich. Nun stand sie mitten in meinem kleinen Gemach und sah sich unsicher um. Sie trug kein verführerisches Nachtgewand, wie ich gehofft hatte. An ihr schlabberten eine abgetragene rote Trainingshose und ein weiter dunkelblauer Pullover. Doch selbst in einem alten Strohsack hätte sie bezaubernd ausgesehen.

»Ich weiß nicht, wie ich anfangen soll.«, begann sie unsicher. »Ich muss einfach mal mit dir reden.«

Ich betrachtete ihre markanten, sinnlichen Lippen und war wie eingelullt von der Musik ihrer Stimme. Ich spürte, wie sich mein Herzschlag immer noch mehr beschleunigte.

Jetzt sah sie mich an. Doch was ich aus ihren Augen las, war keine lodernde Liebesglut, die sich nach mir verzehrte, sondern Angst – nackte Angst.

Ich musste also in der Defensive bleiben, richtete mich in meinem Bett auf und schlug die Arme um die von der Bettdecke verhüllten Knie. Nun bedeutete ich ihr mit einem Blick, dass sie sich ans untere Ende des Bettes setzen könne. Sie schüttelte kurz den Kopf und sah sich um. Dann nahm sie meine Jeans von der Stuhllehne, warf sie auf den kleinen Tisch, den ich zum Schreiben benutzte, und nahm Platz. Sie warf die Beine übereinander, streckte den Rücken durch und begann:

»Es ist mir nicht leicht gefallen, in dein Zimmer zu kommen, und du darfst das auch nicht falsch verstehen.« Ihr trauriger Blick befreite mich von jedem Rest an erotischen Hoffnungen. »Ich bin zu dir gekommen, weil ich dich mag – und weil ich dir vertraue.«

Das klang nach Brüderlein und Schwesterlein – verdammter Mist!

»Du musst mir helfen.«

»Natürlich helfe ich dir.«

Es folgte ein langer Blick, den ich nicht deuten konnte. »Du weißt, dass ich den Eilmann von früher kannte. Du hast ja unser kurzes Gespräch am Samstagabend mitgekriegt?«

Ich nickte.

»Du kannst dir also vorstellen, dass er wegen mir gekommen ist?«

Ich nickte erneut.

»Hast du der Polizei davon erzählt?«

Ich schüttelte den Kopf.

»Danke! Es wird trotzdem nicht lange dauern, dann hat es auch der dicke Polizist kapiert und er wird mir blöde Fragen stellen.« Sie stockte.

»Und?«

»Dann werde ich Dinge erzählen müssen, die ich nicht gerne erzähle. Ich werde ihm sagen müssen, woher ich den Eilmann kenne und dass ich ein Motiv hatte, ihn umzubringen.«

»Und?«

»Ich hatte nicht bloß ein Motiv, ich hatte tausend.« Nervös zog sie ihre Zigaretten und das Feuerzeug aus der Trainingshose. »Darf ich?«

Ich stand auf, öffnete das Fenster und suchte einen Aschenbecher. Ich fand eine gebrauchte Untertasse und stellte sie vor Erica auf das Tischchen. Dann setzte ich mich nach vorne gelehnt auf die Bettkante und stützte meine Ellbogen auf die Knie.

»Fang doch einfach ganz von vorne an«, meinte ich. »Sonst kapier ich nur die Hälfte.«

Ericas Feuerzeug zischte, und sie sog den Rauch des ersten Zugs tief ein. »Ich stamme aus Fortalezza, das ist in Brasilien. Als ich fünf war, sind meine leiblichen Eltern bei einem Verkehrsunfall ums Leben gekommen. Ich wurde von einem sehr christlichen, kinderlosen Ehepaar aus Köln adoptiert. Nach den üblichen Anfangsschwierigkeiten bin ich ganz normal aufgewachsen. Dann kamen die ersten Jungs ins Spiel, jede Menge Ärger zu Hause und schließlich bekam ich den Chico. Ich war gerade siebzehn.«

»Vater?«

»Der war Schlagzeuger in einer Rock'n'Rollband. Als Chico geboren wurde, hat er schon nicht mehr gelebt. Stromschlag auf einer Open-Air-Bühne im Sauerland. Scheiße, nicht?«

»Echt Scheiße!«, bestätigte ich.

Sie schnaufte so tief, dass sich Schultern und Busen hoben und wieder senkten. »Jedenfalls musste ich die Schule abbrechen und arbeiten gehen. Meine Mutter hat den Chico den halben Tag genommen, gelebt haben wir bei meinen Eltern. Die sind zwar ganz nett, aber zur passenden Gelegenheit habe ich es schon aufs Butterbrot gekriegt, dass ich mir selbst mein Leben versaut habe. Der Chico hat das alles mitgekriegt, da bin ich mir sicher. Sobald ich zu Hause war, ist er an mir gehangen wie eine Klette. Ich hätte ihn gerne liebgehabt, aber er war nun mal in erster Linie ein Problem. Seinetwegen konnte ich die Schule nicht abschließen. Seinetwegen konnte ich all die Dinge nicht tun, die andere Mädchen in meinem Alter machten.

Typen hätte ich viele haben können, doch sobald die hörten, dass ich nicht alleine war, war's Essig mit den Kerlen. Ab und zu eine kleine Affäre, mehr hat es jahrelang nicht gegeben. Ich arbeitete in einem Supermarkt, holte nach der Schicht meinen Kleinen aus dem Kindergarten und dann heim zu den Eltern.«

Sie drückte die Zigarette in der Tasse aus.

»Ein fades, langweiliges Leben zeichnete sich ab, doch eines Tages kam dieser Eilmann in den Markt. Ich sortierte gerade Fischdosen ins Regal. Er fragte mich, was eine so schöne junge Frau in einem solchen Laden tue. Ich sagte: ›Fischdosen einsortieren.‹ … ›Du bist hübsch‹, sagte er … ›Dafür kann ich mir nichts kaufen‹, entgegnete ich … ›Doch‹, sagte er und sah mich seltsam an – eine Sekunde zu lang für jemanden, der bloß plaudern will.«

Dann, erzählte Erica weiter, sei er gegangen und jeden Tag wieder gekommen. Schließlich habe er gefragt, ob er mich auf einen Kaffee einladen dürfe. Sie habe ihm zwar nicht über den Weg getraut, doch was hatte sie schon zu verlieren? Also sei sie auf einen Kaffee mit ihm gegangen, zwei Tage später habe er sie zum Abendessen ausgeführt, und eine Woche später …

Sie schaute auf, und ich konnte mir vorstellen, was sie eine Woche später getan hatten.

»Gut, er war knapp zwanzig Jahre älter als ich«, fuhr sie nach einer Weile fort. »Aber ihn störte Chico überhaupt nicht. Wir gingen zusammen in den Zoo, er kaufte Chico ein Eis nach dem anderen, und abends kam ich mit zu ihm in seine elegante Fünfzimmerwohnung.«

Sobald Erica diesen Eilmann erwähnte, veränderte sich ihre Haltung. Der Hals verlor die elegante Biegung, wurde hart, beugte sich nach vorne. Ihre ganze Haltung schien nun nicht mehr stolz und selbstbewusst, sondern verschüchtert und devot.

»Er gab mir einen neuen Job in seiner Firma – er handelte mit Auto-Reimporten – wo ich mich zwar zu Tode langweilte, aber wesentlich mehr verdiente als im Supermarkt. Ich nahm mir eine eigene Wohnung – die konnte ich mir jetzt leisten – außerdem kaufte ich mir ein kleines Auto, das mich ein wenig unabhängig machte.«

Sie warf mir einen entschuldigenden Blick zu und steckte sich die zweite Zigarette an.

»Nach zwei, drei Monaten sprach er immer öfter davon, dass seine Geschäfte nicht gut liefen. Das konnte ich nur bestätigen. Wenn wir Glück hatten, verkauften wir ein Auto in der Woche. Von dem Gewinn konnten wir gerade mal die Miete fürs Geschäft zahlen. Er druckste eine Weile herum, dann rückte er endlich raus mit der Sprache. Er schulde jemandem Geld und wenn er den nicht ruhigstellen könne, müsse er zusperren. Was das für mich bedeutet hätte, kannst du dir vorstellen. Ich fragte ihn also, ob ich ihm helfen könne. Eigentlich bloß aus Höflichkeit. Aber er sah mich wieder so an, wie er mich bei unserem ersten Aufeinandertreffen angesehen hatte, und sagte ja. Ich wäre vielleicht sogar der einzige Mensch, der ihm helfen könne. Ich fragte, wie, und er erklärte mir, ich bräuchte bloß ein bisschen nett zu seinem Freund zu sein. Ich fragte: ›Wie nett?‹ Und er sagte: ›Nett eben.‹ Ich ging heim, betrachtete den Chico, wie er in seinem Kinderzimmer spielte, und schaute aus dem Fenster zu meinem kleinen Auto, das auf dem Hof stand. Und dann wusste ich: Ich würde nett zu dem Kerl sein, aber bloß dies eine Mal.«

Mit zittrigen Fingern drückte sie die halbgerauchte Zigarette aus.

»Ich habe die Geschichte noch nicht oft erzählt, eigentlich noch nie. Aber dir muss ich sie erzählen, sonst verstehst du auch den Rest nicht. Ich habe diesen Geschäftsfreund getroffen und war, ehrlich gesagt, überrascht. Mitte vierzig, wenig Haare, keine Schönheit, aber sehr freundlich und höflich. Ich hatte schon mit übleren Typen …

Was jetzt kommt, kannst du dir vorstellen: Es war nicht der einzige Freund, dem Eilmann Geld schuldete. Ich bekam eine Lohnerhöhung und Provision für jeden Spezl, dem ich einen Gefallen tat. Wegen Eilmann machte ich Dinge, die ich nie zuvor getan hatte, die ich mir auch nicht zugetraut hätte. Eines Tages hörte ich auf damit, mich zu zieren, wenn es galt, mit einem Mann ins Bett zu gehen.

Ins Büro kam ich, wann ich Lust dazu hatte. Zu tun gab es eh nichts, außerdem saß dort inzwischen eine Blondine, mit der ich mich sehr gut verstand. Sie kümmerte sich auch um Eilmanns Geschäftsfreunde – zu denselben Bedingungen wie ich.«

Erica blickte mich an – herausfordernd, wie mir schien. Vielleicht erwartete sie, dass ich mich entrüstete. Doch seltsamerweise war mir, als hätte ich all das bereits gewusst. Oder besser gesagt: Jeder wusste oder spürte, dass diese Frau ein Geheimnis hatte. Sie war vor einem guten Jahr hier aufgetaucht, bekam keine Briefe oder Anrufe, Besuch sowieso nicht. Es schien, als wäre sie aus dem Nichts aufgetaucht, aus einem Vakuum.

Ihre Geschichte schockierte mich nicht. Ich fand sie nach wie vor schön und exotisch. Der leicht grünliche Schimmer ihrer Haut verlieh ihr eine orientalische Note.

»Das ist jahrelang so gelaufen. Zu der Blonden kam noch eine Brünette und schließlich noch eine Rothaarige. Gelegentlich trafen wir uns im Büro, gelegentlich verkauften wir auch mal ein Auto, aber wir hatten alle kapiert, dass es nicht um Autos ging.

Chico hieß damals noch Denis. Er kam in die Schule, und wir zogen in eine größere Wohnung. Außerdem legte ich jeden Monat etwas Geld zur Seite. Ich habe einige Jahre für Heinz gearbeitet. Natürlich hat er den Löwenanteil bekommen, das ist so in der Branche. Aber mir ist es auch nicht schlecht ergangen. Die meisten der Typen waren gar nicht so übel. Manche wollten bloß quatschen, andere waren froh, wenn sie eine ihrer letzten Schlachten gegen den Alterungsprozess gewannen.«

Ich betrachtete ihren vollen, geschminkten Mund und die großen braunen Augen und konnte mir vorstellen, dass sie jahrelang Aufsehen unter den Männern erregt hatte.

»Ich hatte bald begriffen, dass ich eine Leibeigene war, so lange die Kerle scharf auf mich waren. Und dass ich nicht mehr gefragt sein würde, sobald die Falten zu viele wurden. Bis dahin gehörte ich diesem Schwein wie ein Stück Fleisch, das man sich beim Metzger kaufen kann.

Schließlich hatte ich die Schnauze voll davon, dass sich Heinz an mir eine goldene Nase verdiente. Also sagte ich ihm, ich hätte keine Lust mehr.

Da holte er einen Freund aus Wien, einen gewissen Wolli. Der besuchte mich zu Hause und meinte, ich solle mir die Sache noch einmal überlegen. Ich hätte ein so schönes Gesicht, und es würden manchmal entsetzliche Unfälle passieren. Dann legte er mir Fotos von jungen Frauen auf den Tisch, denen man Säure ins Gesicht geschüttet hatte. Eine der beiden kannte ich; sie hieß Charly und war wirklich ein sehr hübsches Ding gewesen. Man munkelte, sie hätte einen jungen Mann kennengelernt und wollte raus aus dem Geschäft. Heinz ließ sie aber nicht gehen, oder wenn, dann bloß gegen eine Ablösesumme. Charly hatte nie was zur Seite gelegt und war einfach eines Tages weg. Heinz tobte. Tagelang hat er herumgeschrieen, dass er sich so etwas nicht gefallen lassen würde. Aber Charly war weg aus der Stadt, und niemand wusste, wohin. Ihr Typ war natürlich ebenfalls nicht mehr zu finden.

Es dauerte nur ein paar Wochen, dann hatte Heinz die beiden aufgestöbert. Über seine Beziehungen zu hohen Stellen in der Polizei ist er auf ihre Adresse in Meppen gekommen. Dann hat Charly Besuch gekriegt. Ihren Freund haben sie krankenhausreif geschlagen und ihr hat man Säure ins Gesicht geschüttet.«

Erica schlug sich die Hände vors Gesicht und heulte los.

Ich saß reglos auf meinem Bett und wartete, bis sie wieder sprechen konnte.

»›So läuft das, wenn man versucht, ihn zu bescheißen‹, hat er gesagt. Natürlich konnte ihm die Polizei nichts nachweisen. Heinz war zum Zeitpunkt des Säureanschlags bei einem offiziellen Empfang der Handelskammer. Heinz hat immer tüchtig Steuern gezahlt, er verkehrte nur in den besten Kreisen.«

Jetzt machte sie eine kleine Pause und wandte den Kopf Richtung Fenster. Ich betrachtete ihr linkes Ohr, es war ein kleines Wunderwerk mit seinen sanften Windungen und dem kleinen Vorsprung des Ohrläppchens.

»Seit Wolli da war, wusste ich, dass ich nicht so einfach abhauen konnte. Sie würden mich finden und auch von mir ein Foto machen, wenn sie mit mir fertig waren. Natürlich würde man ihnen nichts nachweisen können. Für die Drecksarbeit hatten sie ihre Leute – sadistische Schweine, denen es wahrscheinlich Spaß macht, junge Frauen zu quälen. Aber ich konnte die Launen der Kerle nicht mehr ertragen. Sie waren dabei, meine Persönlichkeit zu zerstören, alles, was mir an Würde und Anstand noch geblieben war.

Also überlegte ich, wie ich aus der Sache rauskommen könnte, und traf beim Stammtisch der Brasilianer in Düsseldorf eine junge Frau aus Rio, die sich mit ihrem Mann zerstritten hatte und zusammen mit ihrem Sohn wieder heim wollte. Sie hatte aber kein Geld für den Flug, und der Alte rückte nichts raus. Also machten wir einen Deal: Sie bekam von mir ein Flugticket für sich und ihren Sohn, der ein Jahr jünger war als Chico. Dafür gab sie mir ihre deutschen Pässe. Ich kannte jemanden, der uns neue Bilder reinmachte, ohne dass es ein Vermögen kostete. Mit dem Pass hatte ich eine neue Identität und hieß von jetzt an Erica Flores, mein Sohn nicht mehr Denis, sondern Chico.

Ich packte meine Koffer, setzte Denis ins Auto und fuhr einfach geradeaus in den Süden. Kurz vor der österreichischen Grenze hielten wir an. Auf der Fahrt hatte ich ihm erklärt, dass er von jetzt an Chico und ich Erica heißen würde. Ich erzählte ihm etwas von üblen Typen, von denen ich mich fernhalten musste. Wenigstens das war nicht gelogen. Dann habe ich eine Zeitung gekauft und bei den Stellenanzeigen gelesen, dass man beim Bräu in Wolfratshausen eine Bedienung sucht. Ich bekam den Job, und alles entwickelte sich prächtig. Ich hatte meine Ruhe und eine ordentliche Arbeit. Chico war in der Schule gut aufgeräumt und half hier in der Wirtschaft und beim Herrn Schnitter. Ich habe mich von jedem Techtelmechtel ferngehalten. Von Männern hatte ich bis auf Weiteres genug … Ich lass mich nicht von irgendeinem Typen flachlegen, damit der am nächsten Tag am Stammtisch bei seinen Spezln damit angeben kann. So blöd bin ich nicht.«

Ihre Augen blitzten, und sie strich sich das kurze, dunkelbraun glänzende Haar hinter die Ohren. Dabei drehte sie ihren schlanken, graziösen Hals, der mich besonders faszinierte.

»Wie hat dich der Eilmann gefunden?«, fragte ich nach einer kleinen Pause, in der ich sie ruhig betrachten durfte.

»Vor einigen Wochen war eine Gesellschaft aus Köln hier beim Floßfahren, alle Mann total besoffen schon bei der Ankunft. Einen von den Kerlen kannte ich: Es war ein Freund vom Eilmann. Ich hoffte, er hätte mich nicht erkannt. Früher hatte ich lange, hellbraun gefärbte Haare. Aber anscheinend hat das nicht gereicht.«

Wie konnte sie sich nur einbilden, dass eine neue Frisur und ein paar Halbe Bier reichen würden, diese Wahnsinnsfrau nicht wiederzuerkennen.

»Und am Samstag ist plötzlich der Eilmann aufgetaucht – ganz der Alte, mit schickem Auto und ständig grinsender Visage. Immer ein dickes Maul und einen Scherz auf den Lippen. ›Die Sonne scheint durchs Kellerloch, ein könn' mia noch.‹ Als er ›Gabi‹ zu mir sagte, wusste ich, was es geschlagen hatte. Ich konnte meine Zelte hier abbrechen und wieder für ihn arbeiten. Die Alternative wäre ein verätztes Gesicht. Er konnte es nicht auf sich sitzen lassen, dass ihm eine Mitarbeiterin einfach durchbrennt. Was würden da die anderen Mädchen denken?«

Ihre großen, dunklen Augen funkelten.

»Ich war krank vor Angst.« Sie starrte mich an, ohne zu blinzeln. »Die Angst ist eine schreckliche Krankheit.«

»Und dann hast du ihn erschossen?« Ich stand auf und ging ans Fenster.

»Vielleicht.« Der maßlose Zorn, der ihr im Gesicht stand, war keine Pose. »Der Kerl war der bösartigste Mensch der Welt. Er war gerade dabei, mein Leben ein zweites Mal zu zerstören. Hatte ich da keinen Grund, ihm eine Kugel in den Schädel zu jagen?«

»In den Hals«, korrigierte ich sie.

»Ist doch egal.« Sie stand auf und kam zu mir ans Fenster. Ihr Gesicht war dem meinen so nahe, dass ich ihren Atem spürte. »Wenn ich eingesperrt werde, muss sich jemand um Chico kümmern. Tust du das für mich?«

Ich spürte eine Beklommenheit, die mir die Kehle zuschnürte. Gleichzeitig empfand ich eine ungeheure Zärtlichkeit für sie und ich überlegte, ob sie sich wohl küssen lassen würde.

»Professor, ich hab dich was gefragt.« Schon war sie wieder auf dem Weg zum Stuhl.

»Natürlich«, sagte ich und machte mit beiden Armen eine unbeholfene Geste. »Aber wieso fragst du nicht den Max oder die Elli?«

»Weil die beiden wenig Zeit haben. Außerdem wissen sie, was ich früher gemacht habe.«

»Aber ich weiß es doch jetzt auch.«

»Die beiden wissen es aber, ohne dass ich es ihnen erzählen musste.« Sie maß mich mit spöttischen Augen. »Du fängst an, mir zu gefallen, mein kleiner Lateiner.«

Sie trat auf mich zu und drückte mir den raschen Kuss eines Vögelchens auf die Wange, als wäre es das Natürlichste von der ganzen Welt. Dann war sie draußen.

Der größte Teil dieser Nacht bestand aus Herzklopfen und Schlaflosigkeit. Wie gern hätte ich Erica noch irgendwelchen romantischen Blödsinn ins Ohr geflüstert. Ich spürte, wie mir der Hals austrocknete und meine Augen zu schmerzen begannen.

Als ich schließlich Schlaf fand, hatte ich einen absurden Albtraum: Ich stand mit einer Pistole vor Eilmann, der über zwei Meter groß war. Ich keifte ihn an, er solle abhauen. Sofort! Aber er lachte. Ich zielte mit zitternden Händen und war wild entschlossen, ihn wirklich zu erschießen.

»Ich mach's«, schrie ich. »Ich blas dir das Hirn aus der Birne, du dreckiges Schwein!«

Doch er hörte nicht auf zu lachen, und jetzt sah ich das Bierglas in seiner Rechten. Daraus schüttete er immer wieder einige Tropfen zu Boden, wo sie große, dampfende Löcher in die Bretter ätzten.

»Rück sie raus«, sagte er ruhig und grinste sein Scheißgrinsen, das mir gleich schon auf die Nerven gegangen war. »Rück sie raus! Die Gabi gehört mir.«

Jetzt war er bis auf wenige Meter herangekommen, und ich drückte ab. Ich musste ihn erwischt haben, doch der Schuss zeigte keine Wirkung. Am Hals hatte er ein kleines, rauchendes Loch. Mit dem rechten Zeigefinger strich er darüber und drehte gleichzeitig den Kopf ein paar Mal hin und her, um die Funktion zu überprüfen.

Dann packte er mich grob am Kragen, und die Pistole fiel mir aus der Hand. Er hob mich hoch, und ich roch seinen grässlichen Atem.

Dann spürte ich etwas Feuchtes an der rechten Backe. Er hatte mir Säure ins Gesicht geträufelt.

9

»Auf, auf in Gottes Namen!«, rief Max wie früher unser Präfekt, Pater Zeno. Er hatte den Zahnputzbecher in der Hand und schüttete mir jetzt auch noch den Rest des Wassers ins Gesicht.

»Du musst aufstehen«, rief er und verließ das Zimmer.

Ich schüttelte den nassen Kopf. Die Nacht hatte mir keine Erholung gebracht. Sofort kam mir wieder in den Sinn, was Erica gesagt hatte. Sie hatte den Eilmann umgebracht, und ich sollte mich um Chico kümmern, wenn sie in den Knast musste.

Verdammt, wie konnte ich bloß in eine solch absurde Situation kommen. Ich stand auf und zog mir meinen alten blauen Morgenmantel an. Auf dem Weg zum Klo kam ich an der Etagendusche vorbei und hörte das Wasser laufen. Erica war heute scheinbar etwas früher dran als sonst.

Ich musste unbedingt mit ihr reden, und zwar unter vier Augen. Außerdem wollte ich die Morgenshow nicht verpassen. Seit einer Woche freute ich mich jeden Tag nach dem Aufstehen darauf, sie zu sehen, wenn sie mit dem Handtuch um die nassen Haare das Bad verließ. Den Kopf trug sie stolz wie eine Gräfin und ihre nackten Waden schauten unter dem dünnen, japanischen Bademantel heraus. Sie wünschte mir immer einen guten Morgen, dann verschwand sie schnell in ihrem Zimmer.

Der Wasserstrahl war abgestellt, jetzt hörte ich, wie sie sich abtrocknete. Es konnte nicht mehr lange dauern. Ich holte Waschbeutel und Handtuch aus meinem Zimmer und stellte mich vor die Dusche.

Schließlich ging die Tür auf – und vor mir stand Kommissar Lothar Schädle.

»Guten Morgen«, schwäbelte er mir entgegen und grinste von einem Ohr zum anderen.

»Hat ganz schön gedauert«, gab ich mürrisch zurück und schob mich an ihm vorbei in die Dusche mit den hellblauen Kacheln an Fußboden und Wand. Meine Enttäuschung war grenzenlos.

»Der Hauptkommissar Huber will heute nochmal mit allen Zeugen reden«, sagte Spätzle.

»Warum?« Jetzt öffnete ich die Tür wieder ein kleines Stück.

»Er hat noch einige Fragen.«

»Welche Fragen?«

»Das hat er mir nicht erzählt.«

»Aber Sie sind doch sein Assistent.«

»Das schon.« Spätzle schaute unsicher hinunter zu seinen stark behaarten Waden. »Aber der Huber redet nicht viel. Ich habe einen Anschlag auf den Pudel von der Bürgermeisterin in Starnberg zu klären. Das Vieh ist spurlos verschwunden – Haupt- und Staatsaffäre! Das duldet keinen Aufschub.«

»Da wünsch ich Ihnen viel Glück!«, sagte ich und meinte es wirklich ernst. Ich mag Hunde.

»Dankeschön.« brummte Spätzle. »Später soll ich die Gebäude hinter der Wirtschaft nach Beweismitteln absuchen. Die Spusi hat keine Zeit. Personalmangel.«

Ich schloss die Tür, zog mich aus und stellte mich unter die Dusche. Doch es kam nur kaltes Wasser. Dieser Spätzle hatte anscheinend das ganze warme Wasser verbraucht, ich konnte jetzt eine Viertelstunde warten, bis der museumsreife Boiler wieder aufheizen würde.

Zurück in meinem Zimmer zog ich mich an, ging nach unten und setzte mich an den großen Küchentisch. Die

Zenzl brachte mir eine große Tasse Milchkaffee. Brot, Butter und Honig waren bereits auf dem Tisch.

Daneben lag die Zeitung mit dem Lokalteil:

Mysteriöser Mordfall beim Bräuwirt
Am Sonntag während des Festzuges zum Flößertag ist beim Bräuwirt in Wolfratshausen ein Mann erschossen worden. Es handelt sich dabei um den 53-jährigen Geschäftsmann Heinz E. aus Köln. Er war am Samstag nach Wolfratshausen gekommen und wurde am Montag früh tot in seinem Zimmer gefunden.
Die Polizei hat bisher wenige sachdienliche Angaben und bittet die Bevölkerung um ihre Mitarbeit. Wer hat zwischen 14.00 und 16.00 Uhr im Bereich Bräuwirt etwas Auffälliges bemerkt? Sachdienliche Hinweise bitte an die Polizeistation Wolfratshausen (Untermarkt) oder die Kripo in Starnberg (Hauptkommissar Huber oder Kommissar Schädle).

Um neun wurde die Eingangstür zur Wirtschaft aufgesperrt. Das durfte nur die Zenzl, die den Schlüssel in ihrem Spind in der Küche aufbewahrte. Mit dem Schlüssel in der Hand schritt sie würdevoll zur Eingangstür, steckte ihn ins Schloss und drehte ihn mit derselben Feierlichkeit, mit der in Rom ein Heiliges Jahr begonnen und die Heilige Pforte geöffnet wurde. Ich wohnte dem Zeremoniell möglichst oft bei, denn es gefiel mir, die Zenzl in ihrer ernsten Wichtigkeit zu beobachten.

Erica hatte die Gaststube bereits gelüftet und den Boden herausgewischt. Übernachtungsgäste waren heute keine da und bis auf Weiteres auch nicht zu erwarten. Der Spätzle hatte nur das Zimmer, aber kein Frühstück gebucht und war gleich nach seiner ausgiebigen Dusche zur Arbeit nach Starnberg gefahren.

Erica richtete die Bestecke und Servietten auf die Tische. Ich stellte die getrockneten Gläser an ihren Platz und beobachtete Ericas flinke Bewegungen, sobald ich meinte, sie würde es nicht bemerken.

»Und? Schockiert?« Sie war fertig und kam an die Theke. Ich goss ihr etwas Schweppes in ein Glas, denn ich wusste, dass sie sich damit für die ungeliebte Putzarbeit belohnte.

»Wieso schockiert?«, gab ich mich unbefangen.

»Wegen der Dinge, die ich dir gestern Abend erzählt habe.« Sie fixierte mich aus den Augenwinkeln.

»Nein«, erwiderte ich und wandte mich wieder meiner Arbeit zu.

»Und? Du wirst dich um den Chico kümmern?« Sie hatte ausgetrunken und stellte das Glas auf die Theke.

»Ich hab's dir doch versprochen.«

Ich drehte mich nach ihr um. Da stand sie und sah mich an mit ihren geheimnisvollen, dunklen Augen. Sie hielt das Gesicht etwas vorgestreckt, und es lag etwas sehr Weibliches in ihrer Art, die Lippen zu kräuseln.

»Ich verlass mich drauf.« Sie zögerte. »Außerdem sollst du wissen, dass ich nicht stolz darauf bin, für Geld mit Männern ins Bett gegangen zu sein. Aber …« Sie warf den Kopf in den Nacken und atmete tief durch. »… viele hoch ehrenhafte Frauen schlafen mit ihrem Mann auch nur wegen seiner Kohle. Es bleibt halt bei dem einen. Kein großer Unterschied, finde ich!«

Sie ging und schloss die Fenster. Es war kalt geworden in der Stube. Außerdem war mit dem Loidl der erste Gast gekommen.

Wenig später saß auch der Schnitter wieder an seinem Platz – ohne zu lächeln, mit dem gleichen ausdruckslosen, pergamentartigen Gesicht, das er den ganzen Vormittag beizubehalten pflegte. Er hatte seine Zeitung und ein

Schachbuch mitgebracht. Heute war er recht früh dran. Vielleicht erwartete er einen Kunden oder den Notar.

Der Schnitter hatte in der Gaststube ein Vermögen verdient, ohne sich jemals um Äußerlichkeiten oder Formalitäten gekümmert zu haben. Was er tue, dürfe jeder sehen, sagte er Neugierigen, wenn er auf seinen Arbeitsplatz angesprochen wurde.

Der Schnitter sah aus wie ein Mann ohne große Illusionen. Auf mich wirkte er, als hätte irgendetwas sein Leben aus dem Lot gebracht. Er erinnerte mich an eine historische Persönlichkeit, doch ich kam zunächst nicht darauf, an wen. Auffällig waren vor allem seine kleinen, dunklen Augen, die mich an eine Ratte oder an eine Schildkröte erinnerten. Solche Augen unter geraden, wimpernlosen Augenlidern hatte ich schon irgendwo gesehen.

Der Schnitter legte die Zeitung zur Seite. Seine Blicke schweiften zunächst durch den Raum und blieben schließlich an Erica hängen, die dem Loidl gerade das Bier brachte. Sofort hellte sich sein wächsernes, fleckiges Gesicht auf, als wäre ihm gerade etwas Schönes in den Sinn gekommen. Nun hob er zögerlich den Arm, als wollte er sich in der Schule melden.

»Fräulein Erica«, sagte er so laut, dass sie es auf dem Rückweg vom Loidl zum Tresen hören konnte. Als sie sich ihm zuwandte, wiederholte er etwas leiser: »Fräulein Erica, ich hätte einen Wunsch.«

Erica strich sich die Haare hinter die Ohren und ging zu seinem Tisch, um die Bestellung aufzunehmen.

»Ich hätt' gern ein Helles und einen Schnaps, Fräulein Erica.« Der Schnitter befeuchtete seine dünnen Lippen. »Einen guten.«

»Welchen hätten Sie denn gerne?«, fragte sie ernst und ohne Eile. Dann zählte sie einige Sorten auf, von denen sie wusste, dass der Schnitter sie mochte.

Der kleine Mann überlegte ein wenig und erklärte schließlich, er hätte jetzt Appetit auf einen Jägermeister.

Erica dankte für die Bestellung und ging zur Schenke, um sich den Jägermeister von mir einschenken zu lassen. Nicht zu voll, sondern gerade bis zum Eichstrich wollte der Schnitter ihn, damit Erica ja nichts verschüttete.

Er ließ sie nicht aus den Augen, bis sie zurückkehrte, ihm das Glas auf den Tisch stellte und »Wohlsein« wünschte.

»Danke«, flüsterte der magere Alte und wandte nun erst den Blick ab von ihr hin zu seinem Schnapsglas.

Der Schnitter war der einzige mir bekannte reiche Mann, der ohne ein Anzeichen von schlechtem Gewissen oder Scham in aller Öffentlichkeit soff. Während die Flüssigkeit durch seine Gurgel rann, schien er für einen Moment alles um sich herum zu vergessen. Seine Gesten und der Gesichtsausdruck verrieten die völlige Hingabe an den Augenblick.

Das Ganze schien nach einer festgelegten Zeremonie, oder besser gesagt: Inszenierung abzulaufen. Er hob zunächst das volle Glas hoch und betrachtete es geradezu mit Ehrfurcht – wie der Pfarrer die Monstranz, hatte die Zenzl einmal gemeint. Dann führte er den Schnaps zum erwartungsvoll gespitzten Mund und nahm einen ganz kleinen Schluck, bei dem sich sein überdimensionierter Adamsapfel fröhlich den Hals hinauf und hinab bewegte.

»Das ist ein guter«, flüsterte er nun und schmatzte ein wenig wie ein Kenner bei der Weinprobe. Lächelnd und in kleinen Schlucken mit großen Pausen dazwischen trank er den Rest.

Der Schnitter setzte seine Lesebrille auf und blätterte umständlich die Tageszeitung durch. Er interessierte sich wenig für den Lokalteil, auch mit dem Sport war er gleich fertig. Der Wirtschaftsteil dagegen beschäftigte ihn eine halbe Stunde. Er las die Artikel, die ihn interessierten, aufreizend langsam, einzelne Abschnitte möglicherweise öfter.

Mit einem Mal fiel mir ein, wo ich die kleinen Rattenaugen vom Schnitter schon einmal gesehen hatte: Es war auf dem Bild, das mir meine Schwester letztes Jahr aus Arizona mitgebracht hatte. Sie hatte dort eine Weile gelebt, denn ihr Freund war amerikanischer GI.

Als Geschenk hatte sie mir ein Bowiemesser mitgebracht, ein Mordstrumm, mit dem meine Mutter zu Hause das Feuerholz spaltete, außerdem ein Foto vom Apachenhäuptling Geronimo. Das Bild hing über dem Schreibtisch in meiner Münchner Bude. Als Kind hatte ich das Buch *Geronimo – Kampf bis zur letzten Patrone* viele Male gelesen. Ich war fasziniert von der Geschichte. Geronimos Familie war von Weißen getötet worden, und er startete bereits als junger Krieger einen blutigen Feldzug gegen die Bleichgesichter, bei dem er sich schrecklich rächte. Mit 39 anderen Apachen zog er durchs Land, überfiel Farmen und kannte keine Gnade. Schließlich wurde er von der US-Armee gejagt und musste aufgeben. Er wurde verschleppt und starb in einer Reservation in Florida.

Zu Lebzeiten war er schon eine Berühmtheit, denn die halbe amerikanische Kavallerie hatte ihn nicht erwischt. Er verdiente nach seiner Gefangennahme viel Geld, denn es war nicht billig, den alten Krieger mit seinen grauen Haaren und der Militärjacke fotografieren zu dürfen. Das Foto hatte bloß die Größe einer Postkarte, doch mich faszinierte der Indianer mit seiner großen Nase, dem breiten Mund mit den strichdünnen Lippen und die kalten, leidenschaftslosen Augen. Man brauchte nicht viel von Geronimo zu wissen, um zu ahnen, dass er nicht lange gefackelt hatte, wenn es darum ging, jemanden zu erledigen.

Ich schaute hinüber zum Schnitter. Er hatte dieselben Augen wie Geronimo, während er die Zeitung las. Als hätte er meinen Blick gespürt, hob er den Kopf und blickte mich an – ein alter, magerer Mann mit kalten Augen.

An den Vormittagen kamen vor allem Bauern aus den umliegenden Orten zum Bräu. Sie hatten ihre Frauen zum Einkaufen gebracht oder auf den Ämtern etwas zu erledigen. Die meisten aßen ein Paar Stockwürste, für die der Bräu bekannt war, und tranken ein, zwei Halbe Bier dazu. Man kannte sich am Stammtisch, und es ergab sich immer eine lebhafte Unterhaltung.

Erica konnte es gut mit ihnen. Sie bediente einen jeden gleich freundlich und ließ sich jede Form von Scherzen gefallen. Bloß anfassen durfte sie niemand, da war sie empfindlich. Die Gäste hielten sich daran und freuten sich, von einem solch »sauberen Mensch« bedient zu werden.

Nun muss man wissen, dass es dem Bayern etwas an Verbalcharme gebricht. Ein schönes Mädchen ist nicht »bellissima« oder eine »cosita rica«, wie sich die Südländer ausdrücken. Sie ist »ned schiach«, was »nicht hässlich« bedeutet. Oder man nennt sie ein »sauberes Mensch«, was nichts mit der Körperhygiene, vielmehr mit ihrem gefälligen Wuchs zu tun hat.

Der Oberlandler ist der weiblichen Schönheit nicht abgeneigt. Die Leute des Landstrichs südlich von München sind oft recht gutaussehend. Man nimmt dies wahr und freut sich daran, denn eine Schöne frisst auch nicht mehr als eine Schiache, sagen die Leute.

Im 17. Jahrhundert soll der Kurfürst einen Boten ins Oberland geschickt haben, damit der ihm berichte, wie es dort zugehe. Der Mann kam zurück und erklärte, die Oberlandler seien kräftige, tüchtige und mutige Männer, nur leider etwas jähzornig, weshalb es oft Raufhändel gäbe und ein jeder ein scharfes Messer im Gürtel trage. Die Weiberleut in Wolfratshausen, Tölz und Umgebung wären sehr gut gebaut mit schönen Gesichtern, weshalb sie meist schon Kinder hätten, bevor sie verheiratet wären. Diese Tradition hat sich noch lange gehalten.

Um halb elf kam Hauptkommissar Huber und meinte, er hätte Max und mir etwas Interessantes zu erzählen. Wir setzten uns ins Nebenzimmer.

»In der Brieftasche vom Eilmann waren Bilder von Frauen, denen Säure ins Gesicht geschüttet worden war.« Huber sah Max und mich abwechselnd an. »Könnt ihr euch einen Reim darauf machen?«

Max schüttelte den Kopf. »Vielleicht war er ein bisserl pervers, der Herr Eilmann.«

Ich sagte nichts, spürte aber, wie mir die Hitze ins Gesicht stieg. Unbehaglich rutscht ich auf meinem Stuhl hin und her.

Huber holte jetzt weiter aus: »Ich glaub eher, die Bilder haben mit seinen Geschäften zu tun.«

»Mit welchen Geschäften?«, wollte Max wissen und mir schien, er stellte sich absichtlich so dumm.

»Pro forma betrieb Herr Eilmann einen Autohandel. Pro forma«, wiederholte der Polizist mürrisch und kratzte an seiner kleinen, spitzen Nase herum. »Aber wirklich Geld hat er mit ein paar tüchtigen Mädels verdient. Er betrieb einen Callgirl-Ring in Köln und vermittelte junge, gutaussehende Damen an betuchte Herren. Niemand konnte ihm je etwas Illegales nachweisen, denn er war ganz sicher nicht blöd, der Herr Eilmann. Aber jeder wusste, was er trieb.«

»Mit Frauen, denen Säure das Gesicht zerfressen hat, kann er doch kein Geld verdienen«, wandte ich ein.

»So funktioniert das auch nicht.« Der Hauptkommissar zündete sich eine Zigarette an und hielt sie zwischen Mittel- und Ringfinger wie immer. »In Zuhälterkreisen ist Säure ein Mittel zur Bestrafung und zur Abschreckung –

zum Beispiel wenn eine ›Angestellte‹ ohne Erlaubnis vom Boss aus der Erwerbstätigkeit aussteigen oder zu einem Konkurrenten wechseln will.«

»Wir sind hier aber in Wolfratshausen und nicht an der Reeperbahn«, meinte Max und verschränkte die langen Arme vor der Brust.

»Da hast du natürlich recht.« Huber wiegte seinen schweren Kopf hin und her. »Trotzdem kann ich mir gut vorstellen, dass der Eilmann wegen seiner Geschäfte umgebracht wurde.«

»Von einem Konkurrenten?«

»Möglich.« Huber nahm einen tiefen Zug und schaute Max und mich an, als könne er durch uns hindurchsehen. »Es gibt Augenblicke, da frage ich mich, ob ich gerade das richtige Schwein schlachte.«

»Wie meinen Sie das?«, wollte ich wissen.

»Möglicherweise gab es bessere Argumente dafür, den Eilmann zu erschießen, als ihn am Leben zu lassen.« Noch ein Zug. »Argumente sowohl praktischer als auch moralischer Natur.«

»Dürfen Sie überhaupt so denken?«, fragte Max mit gespielter Empörung.

»Die Gedanken sind frei«, summte Huber die erste Strophe des bekannten Volksliedes, um dann wieder auf den Mordfall zurückzukommen. »Die Kollegen befragen gerade alle Anwohner in der Marktstraße. Vielleicht hat jemand während des Umzugs etwas bemerkt.«

»Bei dem Remmidemmi mit den Böllerschützen und den Spielmannszügen?«

»Die machen ja auch mal Pause, oder?«

Das Mittagsgeschäft war wieder prächtig, die ganze Stube war voll. Erica und Anni hatten alle Hände voll zu tun, um die Gäste in der knappen Mittagszeit zu bedienen. Der

Schnitter wurde wieder mehrfach angegangen, ob er über den mysteriösen Mordfall wirklich nicht mehr wüsste, als in der Zeitung gestanden hatte.

»Nein«, sagte er patzig und verbat es sich, dass man ihm Schnäpse hinstellte, die er nicht haben wollte. »Sauft euer Zeug selber und lasst mir meine Ruhe!«

»Ein Mord aus Leidenschaft soll es gewesen sein«, sagte die Sekretärin vom Pfarramt. Sie saß am Tisch neben der Schenke. Ich hatte sie noch nie in der Wirtschaft gesehen.

»Und das in Wolfratshausen!«, gab ihre Freundin von der Zulassungsstelle zurück.

»Sicher ist es um ein Weibsbild gegangen«, ereiferte sich die Sekretärin und setzte eine wichtige Miene auf. »Oder um Geld.«

»Wenn man sich vorstellt, dass der Ermordete vorgestern noch hier zu Mittag gegessen hat. Da läuft's einem kalt den Buckel runter.«

»Das Fräulein Zenzl kocht aber ganz ausgezeichnet.«

»Kochen kann sie, die Zenzl, aber sonst ist sie mit Vorsicht zu genießen.«

»Wie meinst du das?«

»Die hat die schärfste Zunge in der Stadt, vielleicht sogar im ganzen Landkreis! Von Männern lässt sie sich gar nichts sagen. Bloß auf den Herrn Pfarrer hört sie.«

»Sie soll ja früher mal mit dem Krautschuh …«

»Mit dem Polizisten?«

»Genau, mit dem. Aber es ist nicht lange gut gegangen, sagt der Herr Pfarrer. Sie wär halt so bockig.«

Nach dem Mittagessen ging ich zum Holzhacken in den Schuppen hinter dem Pferdestall. Dort konnte ich mich ausarbeiten und kam schnell ins Schwitzen. Es tat mir gut, zu spüren wie das Blut durch die Adern floss. Außerdem hatte ich Zeit, über die Ereignisse nachzudenken.

Erica hatte also den Eilmann erschossen und sie hatte nicht einen Grund dafür gehabt, sondern tausend. Der Tote tat mir kein bisschen leid. Ich hoffte vielmehr, man würde ihr nicht draufkommen. Ich jedenfalls würde den Mund halten.

»Du fängst an, mir zu gefallen«, hatte sie gesagt, bevor sie mein Zimmer verließ. Ich malte mir aus, wie es noch weiter gehen könnte mit uns beiden.

Als es leicht zu regnen begann, tauchte der Spätzle auf. Er wäre gekommen, um nach Beweismitteln zu suchen, sagte er mir im Vorbeigehen. Er suchte ohne jede Euphorie und sehr oberflächlich. Für die Brauerei brauchte er gerade mal zehn Minuten. Mit den Garagen und dem Pferdestall war er nach einer Viertelstunde fertig.

Später löste ich Erica in der Gaststube ab. Es war nicht viel los, nur einige Gestalten am Stammtisch und der Schnitter auf seinem Platz im Eck. Der kleine, magere Mann, verloren in seinen zu großen Anzügen, winkte mir und bestellte ein Stamperl Danziger Goldwasser. Ich brachte es ihm an den Tisch, und er deutete auf die Bank ihm gegenüber.

»Magst du mir vielleicht ein bisserl Gesellschaft leisten, Professor?«

Ich hatte nichts zu tun, setzte mich also und betrachtete ihn eine stumme Weile, wie er so dasaß in seinem alten Anzug mit der schwarzen Krawatte – gerade wie der Vater von den Blues Brothers oder ein Onkel der beiden schrägen Vögel aus Chicago.

Er verharrte mit verlorenem Blick, eingesperrt in seine eigene Welt, als hätte sich alles, was ihn umgab, in nichts aufgelöst.

»Der Tote da oben macht mir Sorgen«, begann er plötzlich ohne mir einen Blick zu schenken.

»Warum?«

»Weil die Polizei heute wieder da ist und überall ihre Nase reinsteckt. Als ich auf dem Klo war, habe ich den jungen Polizisten mit dem Muttermal im Hof herumlaufen sehen. Er hat sogar in die Aschentonnen hineingeschaut. In der Zeitung ist auch ein Artikel gestanden – mit Fotos. Die Polizei hat den Täter noch nicht gefunden, und die Ermittler kommen von Stunde zu Stunde mehr unter Zugzwang.« Jetzt wandte er mir den Kopf zu. »Das ist wie beim Schach.«

»Wahrscheinlich will der Hauptkommissar den Täter ganz einfach unter Druck setzen, indem er Beweise sammelt und Präsenz zeigt. Sie haben doch keinen Druck. Sie haben den Eilmann schließlich nicht erschossen, oder?«

»Nein«, flüsterte der alte Mann, senkte den Blick, und seine Augen wurden leer. »Den nicht.«

»Und sonst?«, fragte ich dämlich auflachend.

Die Augen hinter der runden Lesebrille strahlten im Augenblick nicht mehr Gefährlichkeit aus als ein Meerschweinchen.

»Ich hab schon viele umgebracht.« Der Schnitter starrte auf das Glas mit dem Danziger Goldwasser, packte es dann und stürzte den Schnaps hastig hinunter – ganz ohne die übliche Zeremonie. »Hunderte«, stieß er schwer schnaufend hervor.

Die folgende Pause, bei der mir der Verkehrslärm der Marktstraße besonders störend vorkam, legte sich auf mein Gemüt, und ich versuchte die Anspannung zu entschärfen: »Sie machen Scherze.«

Ich starrte das schnurrbärtige Männlein ungläubig an, das Lachen jedoch war mir vergangen.

Jetzt hob er den Kopf, ein gelber Vorhang zog über seine Augen. »Ich würd viel Geld dafür geben, wenn es ein Scherz wäre.« Seine Wangen waren mit einem Mal so hohl, als wäre er schwindsüchtig. »Du hast mich heut Vormittag so komisch angeschaut – geradeso als wolltest du in mich hineinsehen.«

»Sie haben mich an jemanden erinnert«, gab ich einem Impuls nach, ihm ohne Not die Wahrheit zu sagen.

»An wen?«

»An Geronimo.«

»Wer ist das?« Der Schnitter lächelte neugierig mit schiefem Kopf.

»Er war ein Apachenhäuptling und hat einen Rachefeldzug gegen die weißen Farmer geführt, weil Weiße seine Familie umgebracht haben.«

»Ich bin kein Apache, ich komme aus Weidach.«

»Aber Sie haben dieselben Augen.«

Der Schnitter sah mich fragend an. Ich musste mich schon genauer ausdrücken.

»Meine Schwester hat mir ein Foto vom Geronimo geschenkt. Deshalb weiß ich, wie er ausgesehen hat.«

»Ein Rachefeldzug«, sinnierte der Alte. »Wegen seiner Familie.« Er trank einen Schluck Bier. »Uns ist auch gesagt worden, dass wir die Russen wegen unserer Familien umbringen.« Er überlegte und ließ sich dabei Zeit. »Weil wir zu wenig Platz haben in Deutschland und deswegen in Russland neuen Boden brauchen. ›Volk ohne Raum‹, ›Blut und Boden!‹« Mit einem Zug trank er sein Bier leer. »Einen solchen Dreck hat man uns damals erzählt, und ich habe den Unsinn wirklich geglaubt.«

Er schloss die Augen und hatte mich genau fixiert, als er sie plötzlich wieder öffnete.

»Willst du die ganze Geschichte hören?«, fragte er nun und hob die buschigen Brauen.

Ich nickte, obwohl ich mir nicht sicher war, ob ich wirklich erfahren wollte, was jetzt kommen würde. Der Schnitter musterte mich kurz, dann blähte er die fahlen Backen, als wollte er sich Mut machen.

Schließlich begann er: »Ich war MG-Schütze im Krieg, das hat dir vielleicht schon jemand erzählt. Immer ganz vorne, immer in der ersten Reihe. Die russischen Offiziere hatten keine gute Taktik, vielleicht waren sie auch genauso besoffen wie die Mannschaften. Jedenfalls haben sie uns ihre Leute direkt ins Feuer getrieben. Ich musste bloß reinhalten und ruhig bleiben. Der Gerstl, der Braumeister, war immer bei mir, wir waren ein eingespieltes Gespann. In der ersten Klasse Volksschule sind wir schon nebeneinander auf der Schulbank gesessen. Wir haben zusammen das ABC gelernt, wir haben als Ministranten den Pfarrer geärgert und ihm den Messwein weggesoffen. Dann kamen die HJ und die Mädchen vom BDM. Der Gerstl hat bei denen immer bessere Karten gehabt als ich. Er war größer als ich und hat was hergemacht. Außerdem war sein Vater Braumeister beim Bräu von Wolfratshausen, ein angesehener Mann.«

Sein Blick ging in die Vergangenheit. Der gelbe Schleier verschwand aus seinen Augen, und er lächelte milde.

»Ich hab in der Schule nicht viel getaugt und danach auch nicht. Bloß beim Fußballspielen war ich viel besser als der Gerstl. Mit siebzehn habe ich schon in der ersten Mannschaft gespielt und gegen die Sechziger ein Tor geschossen. Damals hat Wolfratshausen in der höchsten Liga gespielt … gegen Bayern, gegen Sechzig und gegen Wacker München. Aber damals hat man damit noch kein Geld verdienen können. Zwei Lehren habe ich angefangen, und keiner von den Lehrherren war zufrieden mit mir. Dann sind der Gerstl und ich eingezogen worden. Am selben Tag und in dieselbe Einheit. Dort haben sie uns erzählt, dass wir tapfer sein müssen, denn wir müssen unsere Familien verteidigen. Beim Frankreichfeldzug waren wir noch in der Ausbildung, beim Russlandfeldzug aber vom ersten Tag an dabei.«

Der Schnitter starrte auf sein leeres Glas, bestellte aber kein frisches Bier. Offensichtlich wollte er erst mit der Geschichte fertig werden.

»Ich war MG-Schütze, und der Gerstl hat mir die heiß geschossenen Läufe gekühlt oder gewechselt und aufgepasst, dass es keine Ladehemmung gibt. Ich musste bloß zielen und draufhalten.«

»Aber es war doch Krieg«, versuchte ich dieselbe Rechtfertigung, die ich schon tausendmal gehört hatte und die mir auch plausibel erschien. Die gestrige Szene mit dem Feichthuber hatte ich noch gut im Kopf.

»Krieg. Jaja, Krieg.« Wieder nickte er, diesmal langsamer, dafür öfter. »Das sage ich mir jeden Tag! Es ist halt Krieg gewesen, und ich habe bloß meine Pflicht getan.« Das Nicken wurde immer noch stärker und schneller. »Meine Pflicht ist den jungen Burschen in russischer Uniform aber scheißegal, wenn sie zu mir kommen in der Nacht.« Er schluckte. »Manchmal bringen sie ihre Bräute mit – schöne junge Frauenzimmer mit blonden oder dunkelbraunen Zöpfen. Sie kommen durch die Schlafzimmertür und sagen, sie möchten ihren Igor oder Boris wieder haben und heiraten. Er wäre ein lustiger Kerl und könnte gut tanzen und küssen. Und ich muss ihnen dann klarmachen, dass sie sich einen anderen suchen müssen. Den Igor und den Boris habe ich ihnen nämlich totgeschossen bei irgendeiner Kesselschlacht oder bei einem Sturmangriff.«

Er sah auf: »Sie kommen oft zu mir, die Russen, fast jede Nacht, und die Mädchen fragen nach ihren Verlobten, Brüdern und Vätern. Nach den Männern, die ich umgebracht habe … Nach meiner Pflicht fragt niemand.«

Er atmete jetzt schneller, als hätte ihn das Gesagte angestrengt. Dann sah er mich lange an mit seinen kleinen Augen, die sich nicht zwischen Schlaf und Wachheit entscheiden konnten.

»Ich würd alles dafür tun, dass die Träume endlich aufhören. Das steife Bein ist nicht so schlimm. Aber den Kopf, den würd ich gern loswerden.« Bei diesen Worten schlug er sich dreimal mit dem Handballen an den Schädel.

»Warum erzählen Sie mir das alles?«, wollte ich wissen. »Wir kennen uns doch kaum.«

Die kleinen Hände des Alten mit der pergamentartigen Haut lagen jetzt wie versteinert auf der Tischplatte.

»Ich glaub, du bist ein netter Kerl.« Sein lippenloser Mund bewegte sich kaum, wenn er sprach. »Nicht so gescheit wie die Frau Elli und nicht so gerissen wie der junge Bräu. Aber du bist ein guter Kerl, das Fräulein Erica mag dich. Das sieht ein Blinder.«

Der Schnitter deutete auf sein Schnapsglas und streckte mir dann zwei Finger entgegen. Er wollte also zwei Schnäpse, einen für sich und einen für mich.

Ich nickte und ging zur Theke, um zwei Jägermeister zu holen.

»Ich weiß, wer den Eilmann umgebracht hat«, sagte der Schnitter, als ich die Gläser auf den Tisch stellte.

Vor Aufregung stieß ich ein Schnapsglas um, und die pappige, dunkelbraune Brühe lief über den Tisch. Ich rannte, um ein Tuch zu holen und damit die Sauerei aufzuwischen.

»Das müssen Sie dem Hauptkommissar erzählen«, sagte ich und putzte den Tisch sauber.

»Hab ich schon. Gestern. Aber der hat sich nicht besonders dafür interessiert. Am Sonntag sind viele Leute durchs Haus gelaufen, sagt er. Auch viele Fremde, die sich den Festzug anschauen wollten.« Die halb geschlossenen Schildkrötenaugen öffneten sich plötzlich, und er starrte mich an. »Ich habe einen Mann gesehen, der am Sonntagnachmittag in den ersten Stock gegangen ist. Kräftig, vielleicht vierzig oder fünfzig. Ich kann ihn nicht gut beschreiben, weil ich nie die Brille aufsetze, wenn ich aufs Klo geh.«

Der Schnitter bedeutete mir jetzt mit einer Handbewegung, ich solle mich zu ihm hinüberbeugen, damit er mir ins Ohr flüstern könne.

»Der Kerl war wie gesagt vierzig oder fünfzig, eins siebzig, höchstens eins achtzig. Hellbraune Haare und etwas nach vorne gezogene, breite Schultern.«

»Was hat er angehabt?«, fragte ich.

Der Schnitter überlegte. »Eine dunkle Hose und ein braunes Hemd. An das Hemd kann ich mich genau erinnern, weil ich mich noch gefragt habe, ob die Braunhemden wieder aus ihren Löchern kriechen.«

»Und sonst?«

»Nichts Besonderes. Jedenfalls ist mir nix aufgefallen. Kräftig war er, nicht fett, sondern kräftig.«

»Wann ist er die Treppe raufgegangen?«

»Genau kann ich's dir nicht sagen. Es ist gerade ein Spielmannszug vorbeimarschiert. Ich bin raus zum Bieseln. Zwischen zwei und drei wird's gewesen sein.«

»Der Umzug hat um zwei begonnen und war um drei vorbei. Wann haben Sie ihn gesehen?«

»Du willst es aber genau wissen. Ist das wichtig?«

»Natürlich ist das wichtig.«

Der Schnitter nickte. »Um halb drei wird's gewesen sein. Gell. Halb drei dürft stimmen.« Er nickte mehrmals, als wolle er das Gesagte damit bekräftigen.

Ich wollte gerade noch etwas fragen, da kam Max herein und steuerte sofort auf mich zu. »Kannst du den Chico noch einmal holen? Der Hauptkommissar muss unbedingt mit ihm reden.«

»Aber ...«

»Ich bleib so lange in der Gaststube«, unterbrach mich Max. Er machte ein besorgtes Gesicht. »Mit den paar Gästen werd' ich schon fertig. Du kannst wieder mein Auto nehmen.«

Ich entschuldigte mich beim Schnitter, stand auf und ging in die Küche. Der Autoschlüssel hing am Bord neben dem Ofen.

»Hätt sich der Kerl nicht woanders umbringen lassen können«, zeterte die Zenzl plötzlich los. »Den ganzen Tag die Polizei im Haus, das vertreibt uns auf die Dauer die Gäste, auch wenn sie seit gestern reinstürmen, als gäb's Freibier. Gott sei Dank sind die alten Wirtsleut', die Kinder und die Elli nicht da. Die werden einen schönen Schrecken kriegen, wenn sie erfahren, was hier passiert ist. Jessas und Maria!«

»Hast du am Sonntagnachmittag einen Fremden mit braunem Hemd gesehen, der in den ersten Stock gegangen ist?«, fragte ich sie und probierte einen der Hefestriezel, die auf dem Tisch lagen.

»Am Sonntagnachmittag sind ein paar Leute die Treppe rauf oder runtergelaufen.«

»Wer?«

Zenzl überlegte und musste sich dafür setzen. Aber sie hockte sich nur mit einer ihrer mächtigen Hinterbacken auf den Küchenstuhl, um schnell aufspringen zu können, falls etwas überkochen sollte.

»Die Erica zuerst, dann den Franz und kurz drauf die Anni.«

»Hast du das dem Hauptkommissar erzählt?«

Die Zenzl warf mir einen Blick zu, als hätte ich sie gefragt, ob sie einem Nudistenclub beigetreten wäre. »Dem Huber würd ich nicht mal erzählen, welche Schuhgröße ich hab. Dem trau ich keinen Millimeter über den Weg. Der legt die Sachen zum Schluss so aus, dass ich die Dumme bin. Nein, danke!«

»Der Chico ist nicht runtergekommen?«, forschte ich

weiter. Ich wusste, dass der Punk oft bei der Zenzl in der Küche war, jede Menge Süßes in sich hineinstopfte und sich angeregt mit ihr unterhielt. Inzwischen kannte sie die Ramones, die Sex Pistols und Nina Hagen.

»Der war in seiner Kammer und hat gelernt.« Zenzl überlegte. »Ich hab ihm ein paar Rohrnudeln raufgebracht, damit er sich besser konzentrieren kann.« Plötzlich griff sie sich an den Kopf. »Als der Umzug losgegangen ist, hab ich gesehen, wie er aus dem Haus gelaufen ist.«

»Sicher?«

»Ja, ganz sicher.« Die Zenzl nickte mehrmals.

»Wann?«

»Kurz nach zwei. Wie gesagt, der Umzug ist gerade losgegangen.«

»Wohin ist er gelaufen?«

»Richtung Untermarkt.«

»Und dann?«

»Dann ist er wieder gekommen.«

»Wann?«

»Vielleicht eine halbe Stunde später.«

»Hast du das wenigstens der Polizei erzählt?«

»Nein.« Sie sah mich schon wieder so entsetzt an. »Ich red mit einem Polizisten bloß, wenn er mich foltert. Einem Gendarm trau ich noch weniger über den Weg als einem Metzger.« Zenzl hob belehrend den Finger. »Zum Thema Metzger sag ich bloß:

Die Tasche einer Frau –
Der Magen einer Sau –
Der Inhalt einer Wurscht –
sind völlig unerfurscht.«

Ich lachte. »Dass du Metzger nicht magst, weiß ich. Aber woher dieses Misstrauen gegenüber der Polizei?«

»Ich hab mal einen Polizisten gekannt.«

»Und?«

»Der Grattler hat mich beschissen.«

»Mit einer anderen?«

»Jedenfalls nicht mit dem Geißbock vom Huberbauern.« Sie erhob sich schnaufend und ging zum Herd. Während sie ausgiebig in den Töpfen rührte, wogten ihre Brüste unter der Küchenschürze wie zwei kriegerische Ballons.

Es schien mir besser, sie jetzt in Ruhe zu lassen. Wenn sie so energisch in ihren Töpfen rührte, war nicht gut Kirschen essen mit ihr.

10

Als ich in Heiligenbeuern ankam, saßen die Buben gerade beim Abendessen. Ich war ihnen nicht neidig, denn die Kartoffeln in den überquellenden Schüsseln hatten immer noch dieselbe schleimig glänzende Patina wie früher. Ein solches Lebensmittel ordnet jeder Mitteleuropäer als ungenießbar ein. Ich konnte mir gut vorstellen, dass es diese Erdäpfel gestern schon gegeben hatte und morgen noch einmal geben würde, und zwar so lange, bis sich jemand der Zuständigen zu dem Entschluss durchringen konnte, die Kartoffeln endlich in den Sautrog zu schütten. Ich überlegte, ob dieses Futter dann nicht sogar ein Fall für den Tierschutzverein war.

Pater Zeno ging zwischen den Tischreihen entlang, die Hände auf dem Rücken und den Oberkörper etwas nach vorne gebeugt. Er führte die Aufsicht während der Mahlzeit und freute sich nicht, mich zu sehen.

Mit versteinerter Miene hörte er sich an, warum ich gekommen war, und antwortete schroff: »Du kannst nicht jeden Tag hier reinschneien und den Chico zu einem Verhör mitnehmen. Heiligenbeuern ist ein Internat und keine Polizeistation.«

Aber natürlich wusste er auch, dass die Polizei in einem Mordfall ermittelte und das Recht hatte, seinen Zögling vorzuladen, und zwar so oft sie es für nötig hielt.

»Wäre es Ihnen lieber, wenn der Huber selbst auftaucht oder den Chico mit einem Streifenwagen holen lässt?«

»Natürlich nicht.« Zeno schaute an mir vorbei zum Tisch seiner achten Klasse. Dann rannte er los und fauchte einen rothaarigen Burschen an, der sich einen Augenblick lang unbeobachtet gefühlt und eine Kartoffel zum Tisch der Wurzler geworfen hatte. Er hatte aber keinen der Erstklässler getroffen, was seine Mitschüler mit gesenktem Daumen quittierten.

»Los, ab in den Studiersaal. Du schreibst mir zwei Parademärsche mit dem Verb ›tolerare famem‹ – hungern!«, schrie Zeno ihn an, und es hätte mich nicht gewundert, hätte das Bübchen noch eine gefangen. Zeno war Jahrgang 1923, er hatte noch die schlechten Zeiten während des Krieges und danach erlebt. Er war Soldat gewesen und während der Kriegsgefangenschaft beinahe verhungert. Kein Wunder, dass er im Umgang mit Lebensmitteln keinen Spaß verstand. Mit wehender Kutte kam er zu mir zurück.

Den Knaben, der bleich und wortlos an uns vorbeischlich, würdigte er keines Blickes. Der konnte sich schon mal auf ein paar ungemütliche Tage einrichten. Zeno war sehr streng, wenn einer seiner Schüler oder die ganze Klasse etwas anstellten. Er setzte ohne Gnade Sonderstudierzeiten fest oder ließ seine Burschen morgens um fünf aufstehen, wenn die Leistungen in der Schule nicht stimmten. Aber wenn er es für angebracht hielt, stellte er sich vor seine Zöglinge wie eine Bärenmutter, mit der man sich besser nicht anlegt. Auf Chico hätte er gerne besser aufgepasst, das war ihm anzusehen.

Chico saß am Tisch der Achtklässler, stocherte in seinem Essen herum und sah ständig zu uns herüber. Ich hatte den Eindruck, als hätte er damit gerechnet, dass ich heute noch einmal auftauchen würde. Zeno winkte ihm, er erhob sich und kam zu uns an die Speisesaaltür.

»Tach, Professor«, grüßte er bockig, die Hände tief in den Hosentaschen vergraben. »Quält den dicken Hauptkommissar schon wieder die Sehnsucht nach mir?«

Ich nickte.

»Hat die Zenzl was gekocht?«, machte er auf Mr. Cool.

»Die Zenzl kocht jeden Tag, das weißt du doch.«

»Wahrscheinlich bringe ich aber nichts mehr runter, denn die Kartoffeln waren heute wieder …« Chico bildete mit Daumen und Zeigefinger der rechten Hand einen Kreis und führte ihn zum genussvoll angespitzten Mund, um anzudeuten, das Essen sei heute wieder einmal superb gewesen.

Zeno zog die linke Augenbraue hoch ob dieser zynischen Geste und hob in einer drohenden Geste die Hand. Dann aber erschien doch ein Lächeln in seinem viereckigen Gesicht, und er verabschiedete uns mit einem Kopfnicken. Mit einer schnellen Körperdrehung wandte er sich den Schülern zu und klatschte in die Hände. Das Abendessen war also beendet, und alle hatten sich zu erheben, um dem lieben Gott für das Mahl zu danken.

Ich zog die schwere Eichentür des Studiersaals auf und ließ Chico vor mir durch die Türe. Er zögerte jedoch und wandte sich noch einmal um. Seine Lippen wurden schmal, er grüßte mit erhobener Hand zu dem Tisch hin, von dem er aufgestanden war. Einige winkten ernst zurück, als wüssten sie, dass er nicht so bald wieder hierher zurückkommen würde. Plötzlich hatte die Situation etwas von Abschied.

Die Speisesaaltür fiel zu, und ich meinte, sie schepperte noch lauter als sonst. Die Hände immer noch tief in den Hosentaschen der notdürftig geflickten schwarzen Hose vergraben tappte Chico hinter mir her zum Parkplatz.

Ich fuhr los und erzählte ihm gleich auf den ersten Metern, dass die Zenzl ihn gesehen hätte, wie er am Sonntagnachmittag während des Umzugs die Wirtschaft verlassen hatte.

»Na und?«, rotzte er mich an, während er die Sicherheitsnadeln aus dem blechernen Döschen holte und durch die Ohrläppchen schob. »Ist ja wohl nicht verboten, oder?«

»Verboten nicht, aber wo warst du?«, fragte ich streng.

Sein Ton passte mir nicht.

»Das geht Sie gar nichts an.« Plötzlich siezte er mich.

»Dem Hauptkommissar wirst du es wohl erzählen müssen«, schloss ich und machte mir von nun an ernste Sorgen um den grünhaarigen Jüngling. Außerdem machte ich mir Sorgen um Erica, die offensichtlich in Schwierigkeiten steckte. Am meisten Sorgen machte ich mir aber um mich. Sollte Erica eingesperrt werden, hatte ich dieses launische Bürschlein an der Backe.

11

»Wir haben von verschiedenen Leuten gehört, dass du am Sonntag zu Beginn des Umzugs aus dem Haus gelaufen und ungefähr zwanzig Minuten später wieder zurückgekommen bist.« Der Hauptkommissar sprach so leise, dass man sich konzentrieren musste, um ihn zu verstehen. »Weshalb bist du weg, wo warst du und was hast du anschließend gemacht?«

Langsam drehten sich die hellblauen Augen des Polizisten in Richtung Chico und dann ließen sie ihn nicht mehr los wie zwei Bluthunde, die sich festgebissen hatten.

Kommissar Schädle erhob sich von seinem Stuhl und ergänzte: »Zwei Leute wollen unabhängig voneinander einen Schuss gehört haben, während ein Spielmannszug an der Wirtschaft vorbeigezogen ist. Kurz zuvor haben sie dich in die Wirtschaft zurückkommen sehen – zuverlässige Leute mit guten Ohren und Augen. Das haben wir überprüft.«

Der Bub saß auf der äußersten Kante seines Stuhls und starrte zu dem großen Kruzifix, das die Zenzl heute Vormittag mit frischen Blumen geschmückt hatte. Er nestelte an seinen Sicherheitsnadeln herum, holte immer wieder Luft, als wollte er ansetzen zu reden. Er blies aber bloß stumm die Luft aus den Lungen und sagte kein Wort.

»Ich glaube nicht an Zufälle«, begann Huber schließlich. »Ich glaube vielmehr, dass du eine ganze Menge weißt und uns nicht daran teilhaben lassen willst. Natürlich bist du noch minderjährig, und deshalb werde ich keine Befragung ohne deine Mutter oder einen Anwalt durchführen.« Er musterte Chico mit einem vielsagenden Blick, ehe er noch leiser fortfuhr: »Mit einem solchen Formfehler könnte sonst der schönste Prozess platzen.«

Daraufhin wandte er sich an Max. »Kannst du vielleicht die Frau Flores holen. Und bring den Schnitter auch gleich mit, damit wir alle Verdächtigen beieinander haben.«

Ohne ein Wort verließ Max das Nebenzimmer und kam kurz darauf mit Erica und dem Alten zurück. Die beiden setzten sich.

»Nach geltendem Recht muss ich Sie bei der Vernehmung Ihres minderjährigen Sohnes dabei haben, Sie verstehen«, wandte sich Huber sofort an Erica. »Es besteht nämlich ein konkreter Verdacht ...«

»Was für ein Verdacht«, fiel sie ihm ins Wort.

»Ihr Sohn ist während des Festzuges aus dem Haus gegangen und nach einer Viertelstunde wiedergekommen. Anschließend haben Zeugen einen Schuss im Gebäude vom Bräuwirt gehört.« Huber machte eine Pause, um sich eine Zigarette anzuzünden. »Jetzt würde ich natürlich gerne erfahren, was Ihr Sohn am Sonntagnachmittag getrieben hat.«

»Nichts hat er getrieben, gar nichts«, schrie Erica hysterisch. »Was soll er schon getrieben haben?«

Sie biss sich auf die Unterlippe und sah zum Schnitter hin, als könnte der ihr helfen.

Der Alte zögerte, holte tief Luft und begann schließlich: »Der Chico hat bis Mittag in der Gaststube gearbeitet. Er hat mir das Mittagessen gebracht.« Er sprach langsam und konzentriert, um keinen Fehler zu machen. »Danach ist er rauf zum Lernen. Der Chico ist ein braver Bub. Er hilft mir immer, wenn ich jemanden brauch. Er hilft mir die Pferde putzen, das Holz spalten. Er ist ein guter Bub. Lassen Sie sich von seinem Äußeren nicht täuschen. Er ist ein anständiger Kerl.«

Erica schaute dankbar zum Schnitter hinüber, der neben Max saß.

»Dann wollen wir den Aufenthalt von Herrn Eilmann noch einmal rekapitulieren«, stöhnte Huber und gab dem Spätzle ein Zeichen.

»Herr Eilmann ist am Samstag zum Bräu gekommen und wollte bis Sonntag bleiben«, holte Spätzle weit aus. »Er unterhielt sich mit verschiedenen Leuten, in erster Linie mit Ihnen, Herr Schnitter.«

Der Alte nickte.

»Worüber haben Sie denn so lange geredet?«

Der Schnitter überlegte, dann begann er zögernd: »Über Immobilien.« Er versuchte ein kleines Lächeln, das ihm aber nicht gelang. »Herr Eilmann oder Heinz, wie ich bald zu ihm sagen sollte, war Geschäftsmann und immer auf der Suche nach einem guten Investment. Ich habe ihm von den neuen Eigentumswohnungen in der Tiroler Straße erzählt. Wenn er sich schnell entschließt, kann er damit ein gutes Geschäft machen. Momentan ist ein bisserl Flaute auf dem Markt, das sollte er ausnutzen.«

»Um Immobilien ist es also gegangen, sonst nichts?« Huber hatte sich wieder eingeschaltet.

»Doch.« Der Schnitter sah die beiden Polizisten abwechselnd an. »Über Politik haben wir auch geredet und über Fußball. Ich hab vor dem Krieg für Wolfratshausen gespielt. In der Bayernliga. Vom Krieg bin ich dann als Krüppel heimgekommen.«

Schnitter ließ seine Augen nicht von den Kriminalern. Er traute ihnen nicht.

»War Ihnen der Heinz Eilmann sympathisch?«, fragte Huber. Die Frage schien ihm wichtig.

»Sympathisch?« Der Schnitter betrachtete die Fingernägel seiner Linken. »Nein, sympathisch war er mir nicht. Aber wenn mir jemand eine Wohnung abkauft, braucht er mir bloß das Geld dafür zu geben. Er muss mir nicht sympathisch sein … Mir sind zahlungskräftige Kundschaften lieber als höfliche.«

Er sah sich um und schien enttäuscht, da niemand über seinen lauen Witz lachte oder wenigstens Anstalten dazu machte.

»Den Nachmittag sind Sie in der Wirtsstube geblieben?«, fuhr Spätzle mit seiner Befragung fort.

»Ja.«

»Warum sind Sie nicht vor die Tür gegangen und haben sich den Trachtenzug angeschaut?«

»Ich hab schon viele Umzüge gesehen. Aber diesmal waren Böllerschützen mit von der Partie, und ich mag's nicht, wenn geschossen wird.«

»Sie waren doch im Krieg.«

»Eben deswegen, junger Mann.« Der Schnitter fixierte den jungen Polizisten, und ich wusste, dass auch er den Kerl nicht ausstehen konnte. »Der Tod ist ein Meister aus Deutschland, sein Auge ist blau … Er trifft dich mit bleierner Kugel, er trifft dich genau. Ich war ein Meister aus Deutschland und bin nicht stolz drauf.«

»Aber Sie haben eine Pistole?«

»Woher …?« Der Schnitter stockte. Beinahe hätte er zuviel gesagt.

»Jeder weiß, dass Sie eine Pistole besitzen, die bei den Behörden nicht gemeldet ist. Wir haben entsprechende Erkundigungen eingezogen.«

Erkundigungen? So geschwollen konnte bloß dieser Spätzle daher reden. Der Schnitter lachte leise vor sich hin. In vielen Bauernhäusern gab es Schusswaffen, von denen die Behörden nichts wussten.

»Wollen Sie mich etwa einsperren, weil Ihnen irgendjemand gesagt hat, ich hätt eine Pistole, die nicht angemeldet ist?« Der Schnitter betrachtete den eifrigen, jungen Polizisten belustigt von der Seite. So einfach war er nicht zu erschrecken.

»Sie haben aber während des Festzugs die Gaststube verlassen?«

Der Schnitter nickte.

»Wohin? Auf die Toilette?«

Erneutes Nicken.

»War da was Besonderes?«

»Ein Mann in einem braunen Hemd ist die Treppe hinaufgegangen … aber das habe ich doch alles schon erzählt.«

Huber machte nun eine Handbewegung, die zum Ausdruck bringen sollte, dass es ihm reiche. Er wandte sich an Erica. »Sie waren die ganze Zeit in der Gaststube und haben bedient?«

Ericas Augen sprühten Funken. »Ihr Kollege war doch selbst da und kann es Ihnen bestätigen.«

»Ihr Sohn hat oben gelernt?«

»Wie oft wollen Sie das noch hören?«

Jetzt wandte er sich an Chico. »Du bist zwischendurch mal rausgelaufen?«

»Ja.« Auch Chico war auf der Hut.

»Warum bist du weggegangen?«

»Ich brauchte frische Luft.«

»Wie lange warst du weg?«

»Eine Viertelstunde, vielleicht auch eine halbe.«

»Wie lange brauchst du vom Bräu bis zum Schnitter?«

Chico überlegte. »Fünf Minuten, höchstens zehn.«

»Warst du etwa beim Schnitter? Die Zeit würde genau passen.«

»Nein, ich war auf der Loisachbrücke und hab ins Wasser geschaut. Ich brauchte eine Pause.«

»Dann bist du wieder zurück?«

»Ja.«

»Und hast dir Ohropax in die Ohren gestopft, damit du von den Böllerschützen nicht gestört wirst?«

Chico nickte vorsichtig.

»Von einem Schuss hast du nichts mitgekriegt?«

Chico verschränkte die Arme und schüttelte energisch den Kopf. »Vielleicht wurde ja geschossen, während ich weg war.«

Huber winkte ab. »Nein! Du bist zurückgekommen, und etwa zehn Minuten später ist der Schuss gefallen. Dafür gibt es Zeugen.«

»Dann eben nicht.« Chico machte auf cool.

»Wir haben ein Experiment durchgeführt.« Huber betrachtete Chico, der auf seinem Stuhl mehr lag, als dass er darauf saß. »Ein Kollege mit Ohropax hat sich in dein Zimmer gesetzt, und in Eilmanns Zimmer wurde eine Pistole abgefeuert.«

Im Raum wurde es totenstill.

»Was glaubst du? Hat er den Schuss gehört?«

Chico zuckte die Achseln.

»Er hat ihn ganz genau gehört. Es sind bloß eine paar Meter Luftlinie zwischen deinem Schreibtisch und der Stelle, an der Herr Eilmann erschossen wurde. Die zwei Türen dazwischen sind alt und keineswegs schalldicht. Was sagst du dazu?«

Chico verschränkte die Arme und drückte sie fest an seinen mageren Körper. »Vielleicht hatte der Mörder einen Schalldämpfer.«

Er sah sich um. Alle Blicke waren auf ihn gerichtet, was ihn noch nervöser machte.

»Mit Schalldämpfer hätte man den Schuss aber nicht vor dem Haus gehört. Das haben wir ebenfalls ausprobiert«, erklärte Huber.

»Was wollen Sie damit sagen?« Erica fixierte ihn mit bösen Augen.

»Ihr Sohn muss den Schuss gehört haben.« Huber strich sich mit der Rechten über das breite Gesicht. »Wenn er etwas anderes behauptet, lügt er.«

»Mein Sohn lügt nicht!« Erica hatte die Fäuste geballt, und Tränen standen ihr in den Augen. »Er war auf seinem Zimmer und hat nichts gehört. Vielleicht spielt er zu viel Schlagzeug oder er hört zu laute Musik. Sicher sind seine Ohren schon kaputt von dieser Scheiß-Punkmusik.«

»Ihr Sohn hört ganz ausgezeichnet. Vor Kurzem wurde seine Hörfähigkeit vom Schularzt untersucht. Wir kennen das Ergebnis.«

»Und? Was sagt eine solche Untersuchung schon aus?« Verzweifelt suchte Erica nach weiteren Argumenten. »Eine solche Untersuchung ist …«

»Aber Mama«, wurde sie von Chico unterbrochen. »Es hat doch keinen Sinn.«

»Was hat keinen Sinn?«, hakte Huber nach.

»Ich habe … Ich wollte …«, stammelte der blasse Punk.

»Sei still!«, fuhr ihn seine Mutter an. »Sei still und sprich kein Wort mehr mit diesen Männern!«

Sie erhob sich und ging an ihrem sitzenden Sohn vorbei, wobei sie ihm mit der rechten Hand verstohlen die Wange streichelte. Dann stellte sie sich zwischen ihn und Huber. Sie betrachtete den Hauptkommissar ernst, aber mit einer Spur Hochmut.

»Chico ist ein guter Junge. Er hat niemanden erschossen.« Sie hielt ihren Kopf jetzt noch ein bisschen stolzer, als sie es ohnehin schon immer getan hatte, und schaute dem Polizisten furchtlos in die Augen. »Sie brauchen doch bloß einen Täter, weil Ihnen sonst Ihre Vorgesetzten und die Presse auf die Füße steigen. Und Sie brauchen den Täter schnell. Also nehmen Sie den Jüngsten aus der Reihe der Verdächtigen, der kann sich am wenigsten wehren.«

Huber winkte gelangweilt ab. »Warum veranstalten Sie eine solche Szene, Frau Flores? Sie wissen genau, dass ich bloß meine Arbeit mache. Nicht mehr und nicht weniger.«

Der dicke Polizist lehnte sich zurück und zündete sich eine Zigarette an.

»Ich mache keine Szene, sondern verlange eine faire Behandlung für meinen Sohn!« Erica trat zwei Schritte auf den dicken Polizisten zu und stemmte die Arme in ihre wunderbaren, runden Hüften. »Was wäre, wenn ich den Mord zugeben würde? Sie hätten dann ein Geständnis und einen Täter.«

»Ich hätte aber gerne den Richtigen«, meinte Huber stoisch. »Also helfen Sie mir als Täterin nicht.«

Genüsslich blies er den Rauch zur Decke.

Erica strich sich die Haare hinter die Ohren und starrte stumm am Hauptkommissar vorbei zur Vitrine der Gebirgsschützen.

»Dann nehmen Sie mich.« Der Schnitter sprach leise, doch man verstand jede Silbe. »Ich habe den Eilmann erschossen. Ich geb's zu.«

Huber nahm einen tiefen Zug, und in seiner Stimme schwang plötzlich etwas Zorn mit: »Passen Sie auf, was Sie sagen, Herr Schnitter. Irreführung der Behörden ist kein Kavaliersdelikt.« Er wollte dem Alten eine Chance geben, sofort einen Rückzieher zu machen.

»Welches Motiv hätten Sie denn gehabt, Herrn Eilmann zu erschießen?«, fragte Hubers Assistent Spätzle und erntete dafür einen bösen Blick seines Chefs. »Sie wollten doch sogar ein Geschäft mit ihm abschließen.«

»Das werde ich Ihnen erzählen.« Schnitter räusperte sich. »Der Bub soll aber vorher hinausgehen, die Details sind nichts für ihn.«

Huber gab seinem Assistenten ein Zeichen, er solle den Jungen aus dem Zimmer begleiten.

Nachdem Spätzle wieder Platz genommen hatte, begann der Alte: »Ich habe Sie vorher ein bisserl angelogen. Ich hab mit dem Eilmann zwar über Immobilien geredet, aber wir haben auch über seine Geschäfte gesprochen.« Er nahm sich die Zeit, sich in aller Ruhe in der Runde umzusehen. »Sie wissen, womit dieser Herr Eilmann sein Geld verdient hat?«

Huber nickte, doch er sagte nichts. Er überließ dem Schnitter das Feld.

»Mit Autos und Mädchen.«

Huber nickte erneut.

»Als er besoffen war, hat er mir Fotos gezeigt von zwei jungen Frauen, die nicht mehr gespurt haben – Sie kennen die Fotos? Die Drecksau hat den armen Mädchen Säure ins Gesicht schütten lassen, damit die anderen wissen, was passiert, wenn sie nicht mehr parieren. Er hat mir die Fotos gezeigt und gesagt, das wäre die einzige Sprache, die diese Weiber verstehen.« Die Augen in dem pergamentartigen Gesicht waren nur mehr Schlitze. »Am Sonntag habe ich meine Pistole mitgebracht und noch einmal mit ihm geredet. Gestern hätte er einen schönen Rausch gehabt, habe ich zu ihm gesagt. Und die Sache mit den Mädchen würde doch nicht stimmen. Vielleicht habe er bloß angeben wollen. Da hat er gelacht und geprahlt, dass er morgen schon wieder in Köln sein müsse. Zum Zureiten, hat er gesagt. Er hätte da so ein junges Stütchen … Und die jungen Weiber müssen halt irgendwann lernen zu gehorchen.«

Mir wurde schlecht, wie der Schnitter das so kalt erzählte.

»Ich habe noch gewartet, bis er in seinem Zimmer war und der Umzug losgegangen ist. Dann bin ich rauf und habe das Schwein über den Haufen geschossen.«

»Sie wissen, dass Sie sich gerade um Kopf und Kragen reden?« Huber hatte schon wieder eine neue Zigarette im Gesicht.

»Er war nicht der erste Mensch, den ich umgebracht habe. Auch nicht der zehnte. Ich habe schon viele erledigt. Und wahrscheinlich waren es bis auf den Eilmann lauter nette Kerle – Handwerker, Bauern, Studenten und was weiß ich was. Dafür, dass ich all die anständigen Burschen umgebracht habe, sind mir ein paar Orden verliehen worden. Damals bin ich sogar in die Schule eingeladen worden und habe den Kindern meine Orden gezeigt. Das Eiserne Kreuz und die Silberne Nahkampfspange. Kurz vor der goldenen bin ich verwundet worden.« Er holte tief Luft. »Wahrscheinlich habe ich ein paar Hundert anständige Menschen umgebracht, und mir ist nichts passiert. Ich war sogar ein Vorbild für die Jugend. Jetzt erschieße ich ein Stück Scheiße und dafür muss ich ins Gefängnis.«

Er begann leise und hysterisch zu lachen und wollte gar nicht mehr damit aufhören.

»Wir haben die Gesetze nicht gemacht, Herr Schnitter.« Der Spätzle trat zu dem Alten und legte ihm die Hand auf die Schulter. Wahrscheinlich war es ein Zeichen, dass er verhaftet war und mitkommen sollte.

Der Schnitter erhob sich langsam. Inzwischen lachte er nicht mehr. Seine Rattenaugen zuckten, als könne er nicht fassen, was gerade mit ihm geschah. Er gab erst mir, dann dem Max und schließlich Erica die Hand. »Besuchen Sie mich mal im Gefängnis«, sagte er zu ihr. »Und bringen Sie mir was zu trinken mit, wenn es erlaubt ist – eine Flasche Jägermeister oder einen Dornkat.«

Dann wandte er sich zur Tür, wo der Hauptkommissar bereits wartete.

»Kümmert euch bitte um meine Katze und die Pferde. Wenn Sie in meinem Haus wohnen wollen, Fräulein Erica, bitte. Es ist Platz genug. Aber Sie müssen aufräumen.«

Seine Wangen waren plötzlich eingefallen, als hätte er sämtliche Zähne verloren

Wir verließen nacheinander das Nebenzimmer. Sofort war Max, der bis dahin keinen Ton gesagt hatte, beim Hauptkommissar.

»Sie können den Schnitter nicht einfach verhaften«, fuhr er den dicken Polizisten an.

»Wir können nicht bloß, wir müssen sogar«, entgegnete Schädle, mit dem eigentlich niemand geredet hatte.

»Aber er war es nicht«, reklamierte Max.

»Da könntest du recht haben«, meinte Huber und setzte wieder einmal diese dumpfe, traurige Miene auf, die ihm so gut stand. »Eine Leiche, ein Geständnis. Was will die Juristenseele mehr.« Er schaute Max in die Augen. »Was jetzt abläuft, ist klar geregelt – durch tausend Gesetze und Verordnungen! Wir nehmen den Schnitter bloß mit. Alles Weitere liegt nicht in unserer Hand. Vielleicht könnt ihr euch um einen Anwalt kümmern. Er braucht einen guten, am besten deinen Schwiegervater.«

Max wollte protestieren, doch ein kurzer Blick des Hauptkommissars genügte, um ihm klarzumachen, dass die Abläufe nun unumstößlich einem festgelegten Automatismus folgen würden. Der Schnitter hatte zugegeben, den Eilmann umgebracht zu haben. Also kam er in Untersuchungshaft. Da gab es nichts zu deuteln. Die Polizei hatte keinen Millimeter Spielraum.

In diesem Augenblick überfiel mich ein tiefes Mitleid mit dem alten Mann. Ich konnte ihn verstehen, war mir jedoch sicher, dass ich ihn an diesem Tag das letzte Mal in meinem Leben gesehen hatte. Er war nach oben gegangen, um den Eilmann zu erschießen. Das bedeutete Mord, also mindestens fünfzehn Jahre!

»Darf ich heute Nacht hierbleiben?«, fragte Chico und blinzelte hektisch, damit das Wasser schneller aus seinen Augen verschwand.

»Nein«, entgegnete Erica. »Wir haben alle viel zu tun, und ich kann mich nicht um dich auch noch kümmern.« Sie strich ihm über den Kopf. »Du musst zurück ins Beusl.«

Chico sah sie traurig an.

»Es ist besser so«, ergänzte ich, ohne von meinen Worten überzeugt zu sein.

Er wandte stumm den Kopf ab und holte die Sicherheitsnadeln aus seinen Ohren. Dann ging er zur Zenzl in die Küche, um sich von ihr zu verabschieden. Sie wollte ihm ein paar Rohrnudeln zustecken, doch er lehnte ab, und Zenzl war außer sich vor Sorge. Chico hatte noch nie eine Gabe zurückgewiesen.

Eine halbe Stunde später fuhren wir. Max kam diesmal mit. Erica hatte Kopfschmerzen und ging ins Bett. Anni kümmerte sich allein um die Gäste.

12

Max brachte uns schnell nach Heiligenbeuern. Er scherte sich nicht um die Geschwindigkeitsbeschränkungen. Die Straße war trocken, und er saß stumm und konzentriert hinter dem Lenkrad. Ich spürte, dass er konzentriert nachdachte und nicht gestört werden wollte.

Als wir mit Chico in den Studiersaal kamen, räumten die Schüler gerade ihre Schreibtische zusammen. Es war Zeit, ins Bett zu gehen.

»Ich muss die Burschen noch in den Schlafsaal begleiten. In einer Minute bin ich wieder zurück.« Zeno warf uns einen Blick zu, der klarstellte, dass wir so lange zu warten hatten.

Max und ich setzten uns aus Gewohnheit auf die Plätze, die wir in diesem Studiersaal knapp zehn Jahre zuvor belegt hatten – in die vorletzte Reihe links. Max hatte immer eine Aversion gegen die vorderen Reihen gehabt. Auf einem solchen Platz hätte er das Abitur nie geschafft. »No spick – no Chance«, wie Max sich zu Gymnasialzeiten auszudrücken pflegte.

Zeno ließ wirklich nicht lange auf sich warten. Als er zurückkam, hatte er drei Flaschen Bier dabei. Zwei davon stellte er auf das Pult vor uns hin, nachdem er sie geschickt mit dem großen Hausschlüssel von seinem gewaltigen Schlüsselbund geöffnet hatte.

»Prost.« Er hielt uns seine Flasche entgegen, und wir stießen an. »Und jetzt raus mit der Sprache. Was ist passiert?«

Max holte Luft. »Vorgestern ist ein Mann erschossen worden. In einem Fremdenzimmer in meiner Wirtschaft.

Die Polizei hat herausgefunden, dass der Chico am Sonntagnachmittag weggelaufen und eine Viertelstunde später wieder zurückgekommen ist. Danach ist ein Schuss gefallen. Im Haus waren der Chico, seine Mutter, ein alter Mann und ein Polizist in Zivil. Sonst niemand.« Max versuchte ein kleines, unbeholfenes Lächeln. »Der alte Mann hat jetzt gestanden, den Mann erschossen zu haben.«

»Warum?« Zeno rieb sich die Augen. Er sah müde aus.

»Er sagt, der Ermordete wäre ein übler Typ gewesen. Er wollte, dass der Kerl nichts mehr anstellt.«

»Stimmt das?«

Max hob die Achseln und schaute an Zeno vorbei zu dessen erhöhtem Präfektenpult hin. Von dort war früher die größte Gefahr ausgegangen, bei unseren kleinen Verbrechen während der Studierzeit erwischt zu werden.

»Du weißt es also nicht«, stellte Zeno fest.

Max schüttelte langsam den Kopf.

Zeno lehnte sich zurück und schlug die kurzen Beine übereinander, was unter der Kutte aussah, als hätte er eine Prothese.

Dann begann er: »Der Chico ist vor einem guten Jahr zu uns gekommen. Seine Mutter hat ihn hergebracht, weil sie keinen Mann und wenig Zeit für ihren Sohn hatte. Ihr war unsere Schule empfohlen worden, aus welchen Gründen auch immer. Religiöse können es nicht gewesen sein, denn Chico konnte nicht einmal das Vaterunser, als er hier ankam. Ich habe mir den Knaben angeschaut und wollte ihn eigentlich nicht nehmen. Grüne Haare und Sicherheitsnadeln in den Ohren. Nein, danke!«

Zeno nahm einen tiefen Schluck.

»Aber dann habe ich bemerkt, wie traurig er war. Ich konnte einen solchen Jungen nicht wegschicken. Also habe ich ihn genommen und ihm gleich am ersten Tag erklärt, wie es hier läuft. Er hat mich zwar nicht angeschaut, und geredet hat er auch sehr wenig. Aber die Sicherheitsnadeln sind gleich am ersten Tag verschwunden, und er hat von Anfang an gepaukt, als würde es kein Morgen geben. In Latein war er eine glatte Niete. Was will man schon erwarten: Gemischtes Gymnasium Köln oder wo immer er herkam. Aber er hat sich angestrengt, und jetzt ist er der Klassenprimus.«

Max hob ungläubig die Brauen. »Unser kleiner Punker ist Primus?«

Zeno nickte und ich trank einen weiteren tiefen Schluck.

»Pass auf, Max, dass der Kleine nicht in die Mordgeschichte hineingezogen wird.« Zeno stellte die Flasche aufs Pult und sah ihn bittend an.

»Wie soll ich das anstellen?« Max war weder Polizist noch Richter.

»Dir fällt schon was ein.« Zeno versuchte bei diesen Worten, meinem Freund in die Augen zu schauen, doch Max wich aus. »Jetzt erzähl mal. Wer, glaubst du, hat den Mann umgebracht?«

»Jedenfalls nicht der alte Schnitter«, begann Max seine Analyse. »Ich weiß aber, dass er eine Pistole hat. Es ist eine Mauser aus dem Krieg. Sie war auch geladen – mit Wehrmachtsmunition.«

»Woher weißt du das?«

»Ich war als Bub öfter beim Schnitter. Unser Braumeister ist mit ihm befreundet und hilft ihm, wenn der Hufschmied kommt. Wenn es mir langweilig wurde, bin ich verschwunden und habe die Bude durchstöbert. Und da habe ich die Pistole auf dem alten Küchenschrank gefunden. Waffen interessieren mich, seit ich Krimis lese.«

»Woher weißt du, dass sie mit Wehrmachtsmunition geladen war?«

»Ich habe im Magazin nachgeschaut. Es ist auf der Patronenhülse eingraviert.«

»Und?«

»Der Huber hat bloß gesagt, dass es ein Neun-Millimeter-Geschoß war und dass sie die Hülse gefunden haben. Wäre es eine Hülse aus Wehrmachtsbeständen gewesen, hätte er es mir erzählt. Ich kenn den Huber.« Max rieb sich die Augen. Er war müde. »Außerdem hätte der Schnitter nie in den Hals geschossen.«

»Warum?«

»Der Schnitter ist ein Profi. Er war im Krieg und hat einen Haufen Orden bekommen – als einfacher Soldat, nur für seine Schießleistung.«

»Wer war's dann?«

»Keine Ahnung.«

»Warum habe ich den Eindruck, dass du mir nicht bloß die halbe sondern lediglich ein Viertel der Wahrheit auftischst?« Zeno maß Max mit einem durchbohrenden Blick.

Mein Freund wich ihm nicht aus. »Ich überlege andererseits, ob wir die Wahrheit überhaupt wissen wollen?«

»Mein Gott, Max!« Zeno leerte seine Flasche mit einem Zug. »Wahrscheinlich gibt es niemanden auf dieser schönen Welt, der mich öfter angelogen hat als du. Jahrelang hast du geflunkert, wenn du dir einen Vorteil davon versprochen hast. Manchmal habe ich es gemerkt und manchmal nicht.« Zeno fuhr sich mehrmals mit den Händen übers Gesicht, als wollte er sich vergewissern, dass es immer noch da war. Dieselbe Nase, derselbe Mund. »Aber lüg ruhig weiter, wenn es die Sache besser macht. Lüg, wenn du damit eine Katastrophe verhindern und dem Chico helfen kannst. – Meine Absolution hast du!«

13

Vom Internat aus fuhren wir nach Weidach zum Bauernhof vom Schnitter. Ich kannte das Gebäude nicht, doch Max war schon oft dort gewesen. Wir betraten das alte Wohnhaus. Es war nicht abgesperrt, und ich fragte Max, warum.

»Das wirst du gleich sehen«, grinste er und schaltete in dem modrigen Hausgang das Licht an. Es roch nach Pferdemist und Mäusedreck, der Holzboden hatte seit längerer Zeit kein Putzwasser mehr gesehen. Plötzlich fuhr ich zusammen. Etwas hatte mich berührt. Ich schaute nach unten und sah eine mausgraue Katze, die mir um die Beine strich.

»Komm, Olga«, sagte Max und öffnete die Tür, die in die Küche führen musste.

Die Bauernhäuser im bayerischen Oberland sind alle ähnlich aufgebaut. Aus einem geräumigen Gang geht es in die große Wohnküche. Daneben befinden sich das Austragsstüberl und die Speisekammer. Die gute Stube hatte eine separate Tür. Sie wurde nur an Feiertagen oder bei hohem Besuch genutzt und auch nur dann geheizt.

Sobald es kalt wurde, spielte sich in einem Bauernhof alles in der Küche ab, dem einzigen warmen Raum im Haus. Dort wurde gekocht und gegessen, dort wusch man sich, die Kinder machten ihre Hausaufgaben und die Alten ihr Mittagsschläfchen. Normaler Besuch wurde an den großen Tisch gesetzt, der Vater trank eine oder mehrere Halbe mit dem Besucher und unterhielt sich mit ihm, was für die Kinder oft recht spannend war.

Olga folgte uns in die Küche, wo sich seit Kriegsende offenbar nicht viel geändert hatte. Wenigstens gab es einen

Kühlschrank, und Max holte Katzenfutter heraus, wofür ihn Olga dankbar umschnurrte. Er schüttete eine ordentliche Portion in eine kleine Schüssel am Boden, und die Katze machte sich gleich drüber her.

»Es heißt, der Schnitter hätt' einen Haufen Geld.« Ich sah mich neugierig in der altbackenen Küche um. Die Stromleitungen liefen in altertümlichen Rohren auf den getäfelten Wänden, der gemauerte Küchenherd hatte beeindruckende Risse, und auf der Eckbank hätte niemand Platz gefunden. Sie war mit Stapeln von Zeitungen bedeckt.

»Den Reichtum lässt er sich aber nicht anmerken«, meinte ich.

Max lachte. »Jetzt weißt du auch, warum er nicht absperrt. Die Küche ist nämlich noch der schönste Raum im ganzen Haus.«

Wir ließen die Katze in Ruhe fressen und gingen zurück in den Hausgang und von dort in den Stall. In einer großen Pferdebox standen zwei mächtige Wallache und schauten uns ruhig entgegen. Sie hatten noch genügend Heu in der Raufe, und die Tränkebecken waren neu und frisch gefüllt.

»Bei den Rössern lässt er schon was machen?«, fragte ich Max, der die Boxentür bereits aufgeschoben hatte und den beiden Pferden über die Nüstern strich.

»Das hat alles seine Geschichte.« Max musste sich gegen die Liebe der beiden Pferde ein wenig zur Wehr setzen und die riesigen Köpfe immer wieder zur Seite schieben, sonst wäre er aus der Box nicht wieder herausgekommen. Er holte etwas Getreide aus der Kiste im Eck und füllte es in die Futterschüsseln. Die beiden Fuchswallache begannen genüsslich zu fressen, und jetzt konnte Max in Ruhe ausmisten. Ich holte frisches Stroh, und danach warfen wir noch ausreichend Heu für zwei Tage in die Raufe.

»Das Haus schaut noch genauso aus wie zu der Zeit, als seine Mutter gestorben ist«, begann Max zu erzählen.

Wir waren ins Wohnhaus zurückgegangen. Max hatte aus dem Bierträger unter der Treppe zwei Flaschen herausgeholt, sie geöffnet und mir eine in die Hand gedrückt.

»Wie gesagt, ich war früher oft hier. Damals war es noch nicht ganz so verwahrlost.«

Max nahm einen großen Schluck und schob die Zeitungsstapel in der Küche etwas zusammen. Schließlich hatte wenigstens er Platz auf der Eckbank. Ich blieb stehen, denn der Sessel erschien mir hygienisch höchst bedenklich, und der einzige Stuhl wackelte rachitisch.

»Der Schnitter hat seit dem Tod seiner Mutter bloß einen Kühlschrank gekauft und hier reingestellt. Kühlschränke hat es in den Fünfzigerjahren noch nicht gegeben. Im Winter ist die ganze Bude verraucht, denn der Ofen ist nicht mehr dicht. Jedes Jahr hat er deshalb Ärger mit dem Kaminkehrer. Aber er will, dass alles so bleibt, wie es gewesen ist, als seine Mutter noch gelebt hat. Dabei ist er weder arm noch geizig. Für die Kriegsgräber spendiert er jedes Jahr einen Tausender und für den Kirchenchor dasselbe. Damit sie auf seiner Leich nicht singen, sagt er immer, wenn er darauf angesprochen wird.« Witzige Geschichten konnte sich Max besonders gut merken.

»In der Kirche habe ich ihn aber noch nie gesehen«, meinte ich.

»Dort wirst du ihn auch nicht treffen. Er trägt dem Herrgott einiges nach. Den Krieg hätte er nicht zulassen dürfen, sagt er. Deshalb geht er nicht in die Messe.«

»Warum hat er den Mord am Eilmann zugegeben? War er es oder will er jemanden decken?«

Max nahm einen großen Schluck. »Das werden wir sehen. Heut Abend rufe ich noch meinen Schwiegervater an. Er ist einer der besten Anwälte in München und hat schon viele rausgehauen, die wirklich was angestellt haben. Einen Unschuldigen kriegt er mit Sicherheit frei.«

»Aber wenn der Schnitter gar nicht raus mag?«, schoss es mir plötzlich in den Sinn. »Wenn es ihm sogar ganz recht wäre, ein paar Jährchen einzusitzen?«

»Ein interessanter Gedanke.« Max trank die Flasche aus, stand auf und ging zu dem grob geschreinerten Holzregal, auf dem einzelne Töpfe, Schüsseln und andere Küchengeräte lagerten. Er musste sich trotz seiner Länge von fast zwei Metern strecken, um das oberste Regalbrett zu erreichen. Er suchte etwas.

»Die Pistole ist weg. Sie hat immer dort oben gelegen.«

»Der Schnitter hat seine Pistole einfach hier im Regal gelassen?« Ich konnte es nicht fassen.

»Außer ihm hat niemand gewusst, wo die Pistole liegt.«

»Hat er dir die Stelle mal gezeigt?«

»Nein.« Max grinste. »Ich war, wie gesagt, früher oft mit dem Gerstl hier, und diese Küche hat viele kleine Geheimnisse, die mich alle interessierten. Und auf dem Regal habe ich die Pistole gefunden. Sie hat jahrelang dort oben gelegen. Immer wenn ich mich unbeobachtet fühlte, bin ich auf einen Stuhl geklettert, habe sie in die Hand genommen, damit herumgespielt und mich sehr wichtig gefühlt.«

»Was war das für eine Waffe.«

»Eine klassische 08. Alle deutschen MG-Schützen im Krieg hatten diese Pistole.«

»Aber er wollte doch mit Militär und Waffen nix mehr zu tun haben.«

»Er hat das Ding nach dem Krieg gefunden – zusammen mit ein paar Schachteln Munition. Damals lagen überall Waffen herum. Er hat gesagt, er habe sie behalten, damit er sich eine Kugel durch den Kopf jagen kann, wenn die Alpträume noch schlimmer werden.«

»Woher weißt du das?«

»Mein Vater hat es mir erzählt. Oder der Gerstl, unser Braumeister. Das weiß ich nicht mehr genau.«

14

Wie jeden Dienstag war abends in der Gaststube nicht viel los. Der Loidl machte am Stammtisch seine üblichen Scherze. Abgesehen von seinen vielen Wiederholungen war er ein recht amüsantes Kerlchen.

Anni bediente und fragte mich, wie es dazu kommen konnte, dass der Schnitter verhaftet worden sei.

»Er hat zugegeben, den Eilmann erschossen zu haben.«

»Der Schnitter?« Anni starrte mich ungläubig an. »Warum soll der den Kerl umgebracht haben?«

Ich zuckte die Schultern. »Einem Menschen kann man bloß auf den Schädel schauen, aber niemals hinein.«

Anni nickte, sie schien mit meiner Antwort zufrieden. Dann ging sie an den Stammtisch, wo ihr Mann Mühe hatte, geradeaus zu schauen. Sie flüsterte ihm etwas ins Ohr, dann kam sie zu mir zurück.

»Ich geh heut ein bisserl früher heim, und den Franz nehm ich mit.« Sie blinzelte. »Heut packt mich die Liebe, das hab ich in der Früh schon gemerkt.«

Sie hängte ihre Schürze hinter die Schenke, steckte mir ihren Geldbeutel zu, den ich verwahren sollte. Die Abrechnung wollte sie morgen machen. Dann gab sie ihrem Mann ein Zeichen, und die beiden verschwanden durch die hölzerne Wirtshaustür.

Ich bediente, bis der Letzte ausgetrunken und gezahlt hatte. Dann spülte ich noch die letzten Gläser und ging ins Bett.

Kaum hatte ich das Licht gelöscht, da klopfte es, und gleich darauf ging die Tür auf. Im Gegenlicht sah ich kurz die Silhouette einer Frau. Jemand kam ins dunkle Zimmer, und sofort hatte ich den Duft von Sandelholz in der Nase. Das konnte nur Erica sein!

Ich tastete nach dem Lichtschalter und hätte dabei fast die Nachttischlampe umgestoßen. Das Licht ging an, und Erica stand verloren im Zimmer. Die Augen verheult, die Schminke auf den Wangen verschmiert, stand sie mit hängenden Schultern in ihrem gestreiften Pyjama vor mir.

»Überall, wo ich hin komme, gibt's Ärger, und Leute, die mich mögen, kommen in Schwierigkeiten«, schluchzte sie.

»Komm, setz dich auf den Stuhl«, meinte ich und räumte ihn frei.

»Jetzt ist der arme Herr Schnitter im Gefängnis – wegen mir. Bloß wegen mir!« Sie blieb stehen, als hätte sie meine Aufforderung gar nicht gehört, und drückte sich ein kleines, buntes Damentaschentuch abwechselnd in die Augen und dann wieder unter die Nase.

»Hat er den Eilmann erschossen?«

Erica zuckte die Schultern. »Keine Ahnung.« Ein weiterer Schneuzer. »Ich weiß es wirklich nicht.«

»Du warst es also nicht.«

Sie schüttelte den Kopf.

»Warum bist du gekommen?«

»Ich wollte dir sagen, wie leid mir das alles tut.«

»Das hättest du mir auch morgen sagen können.«

»Außerdem kann ich heut Nacht nicht allein sein.« Sie hob den Kopf und schaute mich mit verquollenen Augen an. »Ich wollte fragen, ob ich bei dir schlafen kann.«

Mir blieb die Luft weg.

»Kein Sex«, stellte sie gleich klar. »Aber ich fühle mich so entsetzlich und habe eiskalte Füße. Ich kann es nicht mehr ertragen. Immer Geheimnisse, immer Märchen, immer Heimlichtuerei.«

»Mein Bett ist nicht besonders groß«, wagte ich einzuwenden.

»Ich brauche nicht viel Platz.« Schon hatte sie die Decke zurückgeschlagen und lag neben mir. Ihre Füße waren wirklich Eiszapfen und suchten sich sofort ein warmes Plätzchen zwischen meinen Waden.

»Meinst du wirklich, das geht so?«

»Nix reden«, sagte sie, drehte sich ganz zu mir her und drückte sich eng an meine Seite, ohne mir irgendwelche Zärtlichkeit vorzugaukeln.

Ich war hellwach. Schließlich war ich ein junger Mann und hatte Gefühle. Jede Menge! Und sie kam einfach daher, legte ihren perfekten Körper neben den meinen, als würde mich das kalt lassen.

»Also Erica«, begann ich. Ich gedachte eine Grundsatzdiskussion zu beginnen, an deren Ende entweder die Rückkehr in ihr Zimmer stehen sollte oder eine wilde Liebesnacht.

Doch da hörte ich schon die ruhigen, tiefen Atemzüge einer schlafenden Frau. Ihre Zehen zwischen meinen Waden, die Arme um meine Schultern und ihren ganzen Körper gegen den meinen gedrückt war sie innerhalb einer Minute eingeschlummert.

Jetzt wurde mir klar, dass sie seit der Ankunft Eilmanns kaum noch ein Auge zu getan hatte aus Sorge um sich, ihren Sohn und jetzt auch noch um den Schnitter. Sie war aus Verzweiflung zu mir gekommen und nahm sich jetzt einfach jenes bisschen Wärme, das sie brauchte – eine sprachbegabte Wärmflasche, die für eine Weile den Mund halten sollte.

Das konnte doch nicht so schwer sein.

15

Ich hatte stundenlang wach gelegen, und mit der Zeit fand ich sogar Gefallen daran, Erica neben mir zu spüren, ihren Atem zu hören und sie zu riechen. Ich konnte mich aber kaum bewegen, so fest hatte sie mich gepackt. So blieb ich ruhig liegen, um sie nicht zu wecken.

Was für eine seltsame Frau sie doch war! Noch immer hatte ich keine Ahnung, was sich wirklich am Sonntag abgespielt hatte. Max hatte eine schlüssige Erklärung geliefert, warum der Schnitter nicht der Mörder sein konnte. Warum hatte er dann aber gestanden? War es ihm tatsächlich ein Bedürfnis, bestraft zu werden, oder wollte er den wirklichen Mörder decken? Schließlich schlief ich ein und träumte von Karin, ihren kleinen Ohrläppchen und davon, wie gut sie immer gerochen hatte.

Schon lange hatte ich nicht mehr so tief geschlafen. Der Wecker klingelte, und ich schlug die Augen auf. Ich war allein in meinem Bett. Ich fühlte mich frisch und ausgeruht, obwohl ich nur wenige Stunden geschlafen hatte. Ohne Ericas Sandelholzduft auf meinem Kopfkissen hätte ich sicher nicht geglaubt, was mir in dieser Nacht widerfahren war.

Gleich nach dem Aufstehen begegnete ich dem Kommissar Spätzle auf dem Weg zur Toilette. Der hatte blendende Laune und schmetterte mir ein markiges »Guten Morgen« entgegen. »Und wieder so schön's Wetter heut, lieb's Herrgöttle von Biberach.«

Gott sei Dank erwartete er von mir keinen fröhlichen Dialog. Er war sich selbst in seiner guten Laune genug.

Der Kerl hätte als Animateur in einer Ferienclubanlage großen Erfolg haben können, fand ich. Als Polizisten hielt ich ihn für eine Fehlbesetzung. Dieses Bürschlein mit seinem dämlichen Getue hatte sicher keinen Zugang zu den Abgründen von Verbrecherseelen. Huber war da ein ganz anderes Kaliber. Der Hauptkommissar erschien zwar verdrossen und melancholisch, war aber berechnend und schlau. Deshalb auch seine gute Quote bei der Aufklärung von Gewaltverbrechen.

Beim Frühstück las ich die Zeitung.
Überraschende Wende beim Mord in Wolfratshausen
Eilmeldung: Der 59-jährige Landwirt Ludwig S. hat gestanden, den Kaufmann Heinz E. am Sonntag erschossen zu haben. Er wurde festgenommen und sitzt in Untersuchungshaft. Zu den Hintergründen und Motiven konnte der ermittelnde Hauptkommissar Huber noch keine konkreten Angaben machen.

Die Zenzl war heute Morgen unausstehlich.
»Sperrt uns der fette Huber doch glatt die beste Kundschaft ein!«, wetterte sie.
Grantig schmiss sie eine geschälte Kartoffel in die vorgesehene Schüssel und holte sich eine Ungeschälte aus dem Topf. »Es gibt tausend Leut, die noch nie einen Fuß in unsere Wirtschaft gesetzt haben. Die laufen alle noch frei rum! Ausgerechnet den Schnitter muss er verhaften, der jeden Tag zu Mittag isst und eine schöne Zeche macht.«
Die nächste Kartoffel flog in die Schüssel.
»Er hat's halt zugegeben, und da ist dem Huber nichts anderes übriggeblieben, als ihn mitzunehmen«, versuchte ich eine Verteidigung.
»Nix anderes übriggeblieben«, echote die Zenzl voller Verachtung. »Zu faul ist er, der Herr Hauptkommissar, dass er den Richtigen sucht. Der Schnitter bringt doch nie-

manden um. Ich hab seine Eltern gekannt. Kreuzbrave Leut'! Der Bruder ist in Stalingrad gefallen, und er ist als Invalide heimgekommen. Ein solcher Mensch bringt doch niemanden um.«

»Er hat es aber zugegeben.«

»Vielleicht hat er sich nur blöd ausgedrückt.«

»Nein, er hat's zugegeben. Ich war dabei.«

Die Zenzl warf mir einen vernichtenden Blick zu. Ich stand also auch auf der anderen Seite.

Gott sei Dank kam Max und berichtete, er hätte gestern Abend seinen Schwiegervater noch erreicht. Der wollte gleich heute Morgen den Schnitter in der Untersuchungshaft besuchen.

Die Zenzl war mit den Kartoffeln fertig und stellte die Schüssel zur Seite. Sie müsse jetzt zur Beerdigung von der alten Feichtin, erklärte sie.

»Es gibt auch noch Leute, die anständig sterben«, fauchte sie, bevor sie die Küche verließ.

Max holte sich eine Tasse Milchkaffee vom Herd und setzte sich zu mir an den Tisch. Ich biss verdrossen in mein Honigbrot. Es wollte nicht recht schmecken.

»Ich habe die ganze Nacht darüber nachgedacht, was es bedeuten könnte, dass die Pistole weg ist.« Max nippte vorsichtig an der bauchigen Tasse.

»Entweder es war wirklich der Schnitter, oder der Chico hat die Pistole geholt«, vermutete ich und schob die Zeitung weg. Es interessierte mich einen Dreck, dass die Münchener Löwen wieder einmal einen neuen Trainer verpflichtet hatten. Ich überlegte, ob ich Max erzählen sollte, dass Erica mich gebeten hatte, mich um ihren Sohn zu kümmern, falls sie eingesperrt würde. Ich ließ es bleiben, denn dieses Detail machte die Sache bloß noch komplizierter. Auch von ihrem Besuch heute Nacht erzählte ich nichts.

»Die Einzige, die wirklich einen Grund hatte, den Eilmann umzubringen, ist die Erica«, begann Max plötzlich, als hätte er meine Gedanken gelesen. »Der Eilmann ist wegen ihr gekommen, und er hat sie als Gabi gekannt.«

Mehr brauchte Max nicht zu sagen, damit ich wusste, dass er sich auch noch die anderen Details ausmalen konnte. Wie hatte Erica gesagt: Max und seine Frau Elli hätten vom ersten Augenblick an darüber Bescheid gewusst, was sie früher gemacht hatte. Man brauchte es ihnen nicht zu erklären.

»Eine Frau wie die Erica bringt aber niemanden um. Sie hat ganz andere Waffen.« Max fuhr sich durch die rotblonden, nach hinten gekämmten Haare. »Eine solche Frau kann Männer in den Wahnsinn treiben. Sie könnte einen Mann sicher dazu bringen, jemanden zu erschießen. Entweder einen anderen Kerl oder sich selber.«

Augenblicklich dachte ich an Franz.

Die Küchentür ging auf, und herein kam ein schnaufender, unausgeschlafener Hauptkommissar Huber. Er hatte die Gewohnheit, plötzlich aufzutauchen, aus heiterem Himmel, wie ein Alptraum. Grußlos setzte er sich an den Tisch und ließ sich vom Max Milchkaffee bringen. Mürrisch presste er etwas heraus, das wohl wie Danke klingen sollte.

»Woher die gute Laune?«, fragte Max, und ich befürchtete, der Polizist würde gleich explodieren.

»Wenn du von lauter Idioten umgeben bist, vergeht sie dir bald, die gute Laune.« Huber probierte den Kaffee, verzog das Gesicht und schaute in die Tischplatte.

»Reden Sie gerade von Ihrem Assistenten?«, fragte Max mit hämischem Grinsen und brachte einen Aschenbecher.

Huber holte eine Zigarette aus seinem alten Etui und zündete sie an. Wenn er daran zog, verschwand sein Gesicht hinter der Hand.

»Pah, Assistent«, nörgelte Huber. »Ein hirnloser Idiot ist dieser Spätzle, wie ihr ihn nennt. Der macht sicher Karriere bei seiner chronischen Fantasielosigkeit. Er sollte doch die Brauerei und die Wirtschaftsgebäude durchsuchen. Nach einer halben Stunde war er fertig und auch noch stolz drauf, dass es so schnell gegangen ist. Außerdem vergafft er sich auch noch in eine der Hauptverdächtigen.«

»Sie meinen in die Erica.«

»Den Schnitter mein ich nicht«, blaffte Huber. »Jetzt hockt er schon wieder bei einer Vernehmung im Untersuchungsgefängnis, um dem Alten die letzten Geheimnisse zu entlocken. Vernehmungen und Laboruntersuchungen! Solche Dinge machen meinem Assistenten Spaß. Solide Polizeiarbeit langweilt ihn anscheinend.«

»Und?«, fragte Max. »Ist bei den Vernehmungen was Neues rausgekommen?«

»Was soll schon Neues herauskommen? Der Schnitter bleibt bei seiner Aussage, er hätte den Eilmann mit seiner alten Armeepistole, einer 08, erschossen. Die Pistole habe er nach Kriegsende in der Scheune gefunden, wo eine Gruppe versprengter Landser die Nacht verbracht und sich bei dieser Gelegenheit gleich ihrer Waffen entledigt hatte. Die Pistole nebst Munition habe er mitgenommen, das übrige Schießzeug aber liegengelassen. Seit Kriegsende liegt das Ding auf dem Küchenregal, ›falls er sie mal braucht‹.«

»Das haben wir verstanden«, entgegnete Max, dem es offensichtlich zu langsam ging.

»Die Patronenhülse, die wir neben dem toten Eilmann gefunden haben, hatte zwar das passende Kaliber, aber keine Armeeprägung.«

»Oh«, machte Max, als hätte er noch nie über dieses Detail nachgedacht.

»Danach will er die Pistole in die Loisach geschmissen haben. Er sagt aber nicht, wo.« Huber versuchte es erneut mit dem Milchkaffee.

»Das heißt: Er war's mit Sicherheit nicht.«

»Exakt.« Huber warf einen begehrlichen Blick auf den Hefezopf, den die Zenzl gestern gemacht hatte.

Ich schnitt dem Hauptkommissar ein Stück ab und reichte es ihm ohne Teller. Seiner Figur nach ging es ihm weniger ums Geschirr als ums Essen selbst.

»Der Spätzle will es aber nicht wahr haben, weil es in seinen Kopf nicht hineinpasst, dass jemand einen Mord gesteht, den er nicht verübt hat.« Huber redete drauflos, ohne Rücksicht darauf zu nehmen, dass sein Mund voller Hefegebäck war.

Max grinste über beide Ohren.

»Ach Max, möchtest du nicht Assistent bei mir werden.« Huber sah ihn voller Zuneigung an.

»Wir würden bloß immer streiten«, meinte Max. »Außerdem hätte ich bei der Bezahlung einige Änderungsvorschläge.«

»Die hätte ich auch«, grantelte Huber und schlang das letzte Stück Zopf hinunter. »Vielleicht ist der Schnitter aber auch ein ganz durchtriebenes Bürschchen, das uns falsche Fakten zu seinem Geständnis liefert. Zum Schluss hat er mit einer anderen Pistole geschossen, von der wir nichts wissen – oder er hat die 08 mit anderen Patronen geladen.«

»Ebenfalls möglich.« Max wiegte seinen langen Kopf hin und her.

Nun erhob sich der Polizist, wünschte uns einen schönen Tag und verschwand.

16

»Stell dir vor, wie die Elli schauen wird, wenn sie heimkommt.« Max biss sich auf die Unterlippe. »Euch kann man wirklich nicht alleine lassen, wird sie sagen. Kaum ist man ein paar Tage weg, schon liegt eine Leiche rum und die beste Kundschaft sitzt im Knast.«

Die Küchentür ging auf, und herein kam der Braumeister Gerstl. Er war ein runder, untersetzter Herr mit klugen braunen Augen und breiten, langen Koteletten – der dritte Gerstl schon, der als Braumeister beim Bräu arbeitete. Sein Vater und Großvater hatten dieselbe Funktion innegehabt, und alle drei hatten es geschafft, erst Lehrmeister des jungen Bräu zu sein und wenige Jahre später dessen Angestellte. Eine solche Situation bedurfte enormen Fingerspitzengefühls.

»Stimmt es, dass die Polizei gestern den Schnitter verhaftet hat?« Gerstl hatte den grauen Trachtenhut mit der Spielhahnfeder abgenommen, den er sonst den ganzen Tag lang trug, sogar bei den Mahlzeiten.

Max nickte und bot ihm einen Stuhl an.

»Bin so frei!« Gerstl ließ seine gut zwei Zentner auf den Stuhl fallen. Als Max ihm einen Kaffee offerierte, winkte er ab. Seiner Meinung nach trank ein anständiger Braumeister ab dem Frühstück nur noch eigene Erzeugnisse. Vormittags Helles, mittags ein Dunkles, dann ein kleines Nickerchen, anschließend ein Weißbier, das munter macht, und abends gerne auch mal ein Pils.

Max erzählte ihm nun im Schnelldurchlauf vom Geständnis und der Verhaftung. Der Gerstl schaute von Minute zu Minute finsterer, dann schnaufte er plötzlich tief ein und setzte ein ernstes Gesicht auf, als hätte er eine wichtige Entscheidung getroffen.

»Der Schnitter war's nicht«, verkündete er mit seiner tiefen Bassstimme. »Dafür lege ich meine Hand ins Feuer. Auch wenn er es zugegeben hat.«

»Warum bist du so sicher?«, fragte Max ernst. Er hielt viel auf den Gerstl und seine Erfahrung.

»Der Schnitter könnt' niemanden mehr umbringen. Dafür kenn ich ihn zu gut. Wir waren schließlich zusammen im Krieg.«

»Und?« Max ließ das nicht als Erklärung gelten.

»Ich kenn den Schnitter, seit ich denken kann.« Der Braumeister fuhr sich mit der Zunge über die spröden bläulichen Lippen. »Wir sind beide Jahrgang einundzwanzig und waren schon in der Schule nebeneinander gesessen. Er hat vom Lehrer oft Prügel gekriegt, weil er frech war und seine Eltern bloß kleine Bauern – Weidacher Fretter haben wir sie genannt. Ich war auch frech, aber mein Vater war Braumeister. Der Lehrer hat mich höchstens mal an den Haaren gezogen, mehr nicht. Dafür hat er Weihnachten und Ostern ein Fass Bier gekriegt.«

Er überlegte einen Moment, wie er fortfahren sollte. »Der Schnitter war nicht besonders gut in der Schule, bloß beim Fußballspielen. Schließlich hat er eine Maurerlehre angefangen, aber nicht lange durchgehalten. Denn für einen Maurer war er nicht kräftig genug. Dann hat er Schneider gelernt, aber er konnt' nicht lange still sitzen und sich aufs Nähen konzentrieren. Sein Meister hat ihn oft geschimpft und zum Schluss bloß noch einfache Flickarbeiten machen lassen. 1940 sind wir eingezogen worden, am selben Tag. Wir sind auch in dieselbe Einheit gekommen: 4. Gebirgsdivision. In der Grundausbildung hat sich der Schnitter noch schwer getan, vor allem beim Kraxeln. Aber dann hat er zum ersten Mal in seinem Leben etwas in die Finger gekriegt, womit er wirklich was anfangen konnte.«

»Und das war?«, fragte ich gespannt.

Es gefiel mir außerordentlich, die Geschichte vom Schnitter nun aus der anderen Perspektive zu hören.

»Ein Maschinengewehr!«

Der Bräu stockte und sah uns abwechselnd an. »Bei der ersten Schießübung hat er schon besser getroffen als unser Ausbilder. Der hat es nicht glauben können und dem Schnitter immer wieder ein paar Schuss eingelegt. Der Schnitter hat gezielt und getroffen. Er hat geschossen, als hätte er nie in seinem Leben was anderes gemacht. Bald hat er an Wettbewerben teilgenommen, erst in Bayern, dann in ganz Deutschland. Er hat alle gewonnen. Der Schnitter, mein Schulfreund und Kamerad, war der beste MG-Schütze der Division, vielleicht sogar der ganzen Wehrmacht. Das hat er sogar schriftlich. Mich hat er zu seinem Helfer auserkoren – schließlich waren wir Freunde und wollten zusammenbleiben. Der Schnitter war ein Star. Er hatte einen Auftritt in der Wochenschau, und die Vorgesetzten haben große Stücke auf ihn gehalten.«

Gerstl hustete und fuhr fort.

»Es war Krieg, und wir sind an die Front nach Russland. Ich war immer mit dem Schnitter zusammen. Ich musste aufpassen, dass es keine Ladehemmung gibt, dass immer genug Munition da ist und dass der Lauf gekühlt oder ausgewechselt wird. Er hat reingehalten und mit traumwandlerischer Sicherheit getroffen: Stoßfeuer, wenn ein einzelner Feind aufgetaucht ist, Dauerfeuer auf Brusthöhe, wenn die Russen in breiter Front vorgerückt sind. Zwei, drei Schuss pro Mann, mehr braucht's nicht, hat er gesagt. Er hat immer vorher schon gerochen, woher der Feind kommt. ›Auf den Instinkt vom Schnitter ist Verlass‹, hat unser Leutnant gesagt. ›Auf die Scharfschützen musst du aufpassen‹, hat der Schnitter mir oft erklärt. Die stehen weiter hinten, eigentlich außer Schussweite. Aber wenn man eine Garbe im Halbkreis knapp über sie drüberzieht, hat man gute Chancen, sie zu erwischen oder wenigstens zu erschrecken, hat er gesagt.«

Es war mucksmäuschenstill in der Küche.

»Der Schnitter hat in den Gefechten nicht mal einen Streifschuss abgekriegt, obwohl wir immer da waren, wo es besonders grob zuging – grad als hätte er einen Panzer gehabt oder einen besonderen Schutzengel. Mit kaltem Gesicht hat er mehr Menschen umgebracht als jeder andere, den ich kenne. Deshalb bin ich mir sicher, dass er es nie wieder tun würde.«

So todernst hatte ich den Gerstl noch nie reden hören.

»Sicher?«, fragte ich.

Gerstl nickte. Er hatte Tränen in den Augen, stand auf und verließ die Küche.

Ein paar Augenblicke herrschte noch betretene Stille, dann meinte Max, er werde seinen Schwiegervater anrufen und ihm berichten, was der Gerstl gesagt hat.

»Warum?«, fragte ich und sah Max aus den Augenwinkeln an.

»Wenn der Gerstl sagt, dass es der Schnitter nicht war, dann war er es auch nicht! Außerdem ist der Schnitter meine beste Kundschaft und spielt mit meiner Frau jeden Nachmittag Schach.« Max hob den rechten Zeigefinger. »Wir brauchen also einen anderen Täter. Am besten den Richtigen.«

Jetzt aber ging ihm der schmale Mund auseinander, und es erschien ein gerissenes, mir wohlbekanntes Grinsen in seinem Gesicht. »Der Richtige muss es aber nicht unbedingt sein. Ein Unbekannter tut's auch.«

17

Am Nachmittag schon tauchte Max' Schwiegervater, Dr. Guthor auf. Trotz des warmen Wetters trug er wie immer einen gut geschnittenen dunklen Anzug mit Weste, darüber einen teuren Trenchcoat, der ihn aussehen ließ wie den älteren Bruder von Humphrey Bogart.

Guthor hasste es, in der Küche zu sitzen und danach nach Bratenfett und Sauerkraut zu stinken, wie er sich ausdrückte. Aber Max wollte in Ruhe mit ihm reden. Also konnten wir nicht ins Gästezimmer. Das Nebenzimmer und das Büro wurden gerade geputzt.

Obwohl sie keine Freunde waren, stellte Zenzl dem Juristen einen Teller Schmalznudeln auf den Tisch.

Guthor machte eine abwehrende Handbewegung. Er wolle bloß einen Kaffee, sagte er, von Schmalzgebäck bekäme er Gastritis.

»Jetzt passen 'S mal auf, Herr Advikat.« Die Zenzl stemmte ihre kräftigen Arme in die mächtigen Hüften und kam zwei Schritte auf den Anwalt zu. »Von meinen Schmalznudeln hat noch keiner was 'kriegt. Auch nix Ausländisches.«

Sie knallte ihm den Kaffee vor die Nase und beachtete ihn von da an nicht mehr.

Guthor schaute indigniert, schlug die langen Beine übereinander und begann in makellosem Hochdeutsch mit hervorragender Artikulation, wobei er seinen breiten Mund so artistisch bewegte, wie kein Bayer es jemals könnte: »Ich war gerade in Stadelheim bei diesem Schnitter, wie du mich gebeten hast. Der Kerl ist als Mandant eine völlige Katastrophe, total ungeeignet für eine zielführende Verteidigung. Plappert ständig irgendwas von Schuld und solchem Zeug. Aber er nennt keine Fakten! Für den Mann kann ich nichts tun!«

Guthor setzte seine randlose Brille auf. Jetzt wurde es fundamental, und ich bedauerte die armen Jurastudenten, die seine Vorlesungen besuchen mussten. Seit zwei Semestern hatte Guthor einen Lehrauftrag an der Münchner Uni und darin seine wahre Berufung gefunden. Denn er dozierte für sein Leben gern.

»Wenn man es recht betrachtet, interessiert es eigentlich niemanden, was ein Angeklagter zu seiner Verteidigung sagt, schon gar nicht den Richter. Meinetwegen soll mich ein Mandant anlügen. Das bin ich erstens gewöhnt, zweitens kann es für den Verlauf des Prozesses und seinen Ausgang ohne Weiteres auch mal von Vorteil sein. Aber dass sich einer gar nicht verteidigt, sondern ständig von seiner tiefen Schuld schwafelt, habe ich noch nicht erlebt.« Er verdrehte die blitzblanken grauen Augen und wiederholte sich, was ein wichtiges Stilmittel der anwaltlichen Rhetorik darstellt. »Bei aller Liebe, mein Bester. Für den Kerl kann ich wirklich nichts tun. Gar nichts!«

Max wirkte nicht überrascht. »Was passiert jetzt mit ihm?«

»Das ist doch sonnenklar.« Guthor hob die Brauen. »Er hat ein Geständnis abgelegt, das diese Karikatur von einem Angeklagten noch dazu ständig wiederholt. Außerdem hat die Polizei eine sachdienliche Aussage zum Mordwerkzeug. Er konnte auf Anhieb das Kaliber und den Projektiltyp des tödlichen Geschoßes nennen, obwohl es in keiner Zeitung gestanden hatte. Neun Millimeter, Vollmantel. Er war Maschinengewehrschütze im Krieg, und die hatten alle eine Pistole für den Nahkampf. Vielleicht hat er seine eigene Pistole mit nach Hause genommen oder er hat eine gefunden. Schließlich lagen die nach Kriegsende zu Dutzenden herum.«

»Und das heißt?«, fragte Max.

»Er ist juristisch einwandfrei der Mörder.« Guthor drehte die Handflächen nach oben, um anzudeuten, dass er nichts in der Hand habe, womit er den Schnitter entlasten oder ihm sonst wie helfen könnte.

Aber Max ließ nicht locker. Er hatte ein gänzlich anderes Verständnis von Gerechtigkeit als sein Schwiegervater. Max nannte seine Version »justitia pragmatica«, aber dafür gab es keinen Lehrstuhl.

»Was müsste passieren, dass man den Schnitter doch noch frei bekommt?«

Guthor hob erneut die Brauen. »Weihnachten und Ostern müssten auf einen Tag fallen, mein Lieber. Und wir bräuchten natürlich neue Fakten!«

»Zum Beispiel?«

»Zum Beispiel müsste die Tatwaffe auftauchen.«

»Und wenn seine Fingerabdrücke drauf sind?«, hakte Max nach.

»Dann ist er natürlich endgültig geliefert«, erklärte Guthor und nippte am Kaffee, der ihm aber anscheinend nicht schmeckte. Im Büro und im Bistro gegenüber nähme er gerne einen Espresso oder einen Cappuccino, hatte er einmal gesagt. Natürlich mit italienischem Kaffee. Hier traute er sich aber nicht, einen Espresso zu verlangen, denn so etwas gab es bei der Zenzl nicht und die hätte ihm gleich wieder den Kopf gewaschen.

»Wo ist die Knarre eigentlich?«, fragte ich. »Wenn es der Schnitter war, muss er doch wissen, wo das Ding steckt.«

Guthor wandte sich mir zu. »Er sagt, er hätte sie in die Loisach geworfen.«

»Wo?«

»Das sagt er wiederum nicht.«

»Warum?«

»Darüber habe ich mir auf der Fahrt hierher auch schon meine Gedanken gemacht.«

Guthor zog mit seinem beweglichen Froschmaul eine Schnute und drückte beide Zeigefinger dagegen. »Soll ich euch eine ehrliche und völlig unprofessionelle Antwort geben?«

Max und ich nickten.

»Weil er es nicht weiß!«

Guthor hatte den Teller mit den Schmalznudeln schon eine Weile nicht mehr aus den Augen gelassen und zog ihn nun zu sich her. Dann nahm er mit spitzen Fingern eine der Köstlichkeiten und riss ein kleines Stück davon ab. Vorsichtig schob er es in den Mund und biss die Hälfte davon herunter. Mit schiefem Kopf kaute er ausgiebig, schluckte und schob schließlich den Rest in den Mund.

»Sehr gut schmeckt das, Zenzl. Sie sind eine Zauberin.«

Zenzl brummte etwas, das vielleicht ein »Danke«, vielleicht auch ein »Leck mich am Arsch« gewesen sein mochte.

»Wie kommst du darauf, dass er es nicht weiß?«, fragte Max seinen Schwiegervater und rutschte nun ganz nach vorne auf die Stuhlkante.

Guthor nahm den Rest der Schmalznudel, biss ab, kaute und nuschelte mit vollem Mund: »Sonst würde er es doch sagen, oder?« Noch ein Bissen. »Er hat zugegeben, dass er es war. Er kennt die Tatwaffe und deren Kaliber und hat alles Belastende der Polizei erzählt, damit sie ihn ja einsperrt und sonst niemanden mehr verdächtigt.« Ein letzter Bissen und das Stück Schmalznudel war verschwunden. Guthor kaute genüsslich, ehe er fortfuhr: »Wenn er jetzt noch sagt, wo er die Waffe ins Wasser geworfen hat, können die Polizeitaucher sie suchen. Wenn sie das gute Stück finden, ist die Sache endgültig durch.«

»Und warum tut er das nicht?«, fragte ich erstaunt über die kühle Logik des Anwalts.

»Ganz einfach! Weil er die Waffe nicht in die Loisach geworfen hat!« Guthor leckte sich den Puderzucker von den Fingern und setzte an zu einem Vortrag über das Wesen der Strafverteidigung: »Ich sage immer: Wenn jemand ein Geständnis ablegt, dann soll er am besten gleich alles zugeben. Das gibt Punkte beim Richter und später beim Strafmaß. Für den geständigen Angeklagten kann man einiges herausholen, wenn es sich nicht gerade um einen Serienmörder handelt.« Guthor lachte, und ich überlegte, ob sich der Schnitter nicht wie ein solcher fühlte. »Ich habe es diesem Herrn Schnitter erklärt, und er hat es verstanden. Auf den ersten Blick sieht er aus, als wäre er bescheuert, aber das ist er ganz und gar nicht. Ich habe ihm also erklärt, er soll jetzt endlich erzählen, unter welcher Brücke die Pistole liegt. Dann wären die Ermittlungen abgeschlossen, und wir können uns auf seine Verteidigung und das Strafmaß konzentrieren. Da hat er ein verkniffenes Gesicht aufgesetzt, und es war kein Ton mehr aus ihm herauszukriegen. Nein!. Dieser Schnitter ist geständig und sagt alles, was er weiß.« Guthor klopfte den Puderzucker von seiner Anzugjacke. »Aber was er nicht weiß, kann er halt nicht sagen.«

»Mit anderen Worten: Jemand anderer hat den Kerl umgebracht.« Max war ganz Ohr.

»Gut möglich.« Guthor verschränkte die Arme. »Aber die Polizei hat den Fall praktisch schon zu den Akten gelegt. Man hat eine Leiche und einen geständigen Mörder. Mehr braucht die simple Polizistenseele nicht!«

»Und die Tatwaffe liegt irgendwo rum – möglicherweise mit den Fingerabdrücken des wirklichen Täters. Aber niemand interessiert sich mehr dafür.«

Guthor nickte.

»So was habe ich mir schon gedacht«, nuschelte Max und sog die Luft tief ein. Er war wieder auf der Jagd.

Dann beugte er sich zu seinem Schwiegervater über den Tisch »Sicher hast du jetzt keine Zeit mehr. Aber vielleicht magst du heute Abend wiederkommen. Mein Vater hat einen schönen Rehbock in seinem Revier. Der wechselt in der Aumühle jeden Abend zur Dämmerung an derselben Stelle und würd bloß auf dich warten, hat er gesagt.«

Guthor hob die Brauen. »Ein Bock, sagst du? Und dein Vater würde ihn mir überlassen.« Er leckte sich die fleischigen Lippen, die mit einem Mal trocken geworden waren. »Heute Abend, sagst du?«

»Es ist Vollmond. Außerdem schönes Wetter.«

Guthors Augen strahlten. »Würde mich freuen, mal wieder eine Büchse in die Hand zu nehmen. Ich sehe ja kaum noch was anderes als meinen Schreibtisch und Gerichtssäle. Wann soll ich da sein?«

»Um sieben, das reicht.« Max gab ihm die Hand.

»Ich werde kommen.« Guthor winkte mir und der Zenzl noch einen Gruß zu, dann war er draußen.

Wir räumten den Tisch ab und stellten das gebrauchte Geschirr in die Spülmaschine.

»Dafür wird dein Vater dich umbringen«, knurrte die Zenzl in Richtung Max.

»Wofür?«, wollte ich wissen.

»Den Bock hat sich der Bräu für Kirchweih aufgehoben.« Sie grinste. »Und jetzt soll ihn der damische Advikat abschießen. Tststs.«

»Das hat schon seinen Grund«, meinte Max und verließ die Küche Richtung Gaststube.

»Der Max hat immer einen Grund«, sinnierte die Köchin und schaute mich mit schiefem Kopf an. »Jetzt geh schon und hilf dazu, dass die Dinge beim Bräuwirt wieder ins Lot kommen.«

18

Als Bauernbuben sind wir in den Krieg geschickt worden, als Mörder sind wir wieder heimgekommen
Der Schnitter

Max verschwand für zwei Stunden. Er sagte, er hätte etwas mit einem Hopfenhändler zu klären. Kaum war er weg, da schüttete es aus allen Kübeln. Zwei Stunden lang, bis Max wieder zurückkam.

»Warum hast du deinem Schwiegervater nicht von der Patronenhülse erzählt?«, fragte ich ihn. »Hätte der Schnitter mit seiner Waffe geschossen, wäre auf der Hülse eine Prägung.«

Max schüttelte den Kopf. »Der Schnitter hätte die alten Patronen gegen neue tauschen können.« Er hob den rechten Zeigefinger und grinste. »Außerdem wollt ich ihn nicht zu sehr verwirren. Wie Ludwig Thoma schon sagt: Er ist Jurist und auch sonst von mäßigem Verstande.«

Dann machte Max einen ganz neuen Vorschlag: Wir sollten nachsehen, ob wir die Tatwaffe nicht doch irgendwo finden. Der Huber hat eine unglaublich gute Nase und er hat sicher einen Grund gehabt, warum der Spätzle alles gründlich absuchen sollte. Hätte der seinen Auftrag anständig ausgeführt, hätte er zwar einige Stunden gebraucht, aber mit großer Wahrscheinlichkeit auch irgendwas Interessantes gefunden.

»Vielleicht wollte ihn der Huber bloß eine Weile nicht sehen und hat ihm deswegen den Auftrag gegeben«, versuchte ich einen Scherz.

»Glaub ich nicht«, raunte Max und begann sogleich mit der Suche.

Zuerst schauten wir in der Brauerei. Dort gab es die wenigsten Verstecke, und wir waren nach einer guten halben Stunde fertig.

»Ich brauch jetzt einen Schluck«, meinte Max und holte einen guten Willi und zwei Schnapsgläser aus dem Wandschrank im Brauerstüberl. In diesem Augenblick ging die Tür auf, und der Gerstl trat ein.

»Und? Schon was Neues?« Der alte Braumeister holte sich auch ein Glas, schenkte ein und stürzte den Inhalt ohne Zögern hinunter.

Plötzlich stiegen ihm Tränen in die Augen, und ich merkte, dass er stockbesoffen war. Seit dem Mittagessen war er in der Brauerei verschwunden. Dort fand sich immer jemand, mit dem er sein geliebtes Märzenbier ausgiebig probieren konnte.

»Der Schnitter ist mein bester Freund«, begann er mit leiser Stimme und richtete sich in seinem Stuhl auf. »Vielleicht sogar mein einziger. Oft schon bin ich mit irgendeiner schnöseligen Gesellschaft am Tisch gesessen, hab genickt und gelacht und einem jeden Deppen recht gegeben, damit er nur weiterhin unser Bier säuft und wir den Absatz wieder nach oben bringen, damit ich niemanden entlassen muss.«

Er beugte sich nach vorne und stützte die Ellbogen auf den Oberschenkeln ab. »Der Schnitter war allein an seinem Tisch und hat von Zeit zu Zeit zu mir hergeschaut, hat ein paar Halbe und dazu den einen oder anderen Schnaps getrunken und war todfroh, dass er es sich aussuchen kann, mit wem er sich unterhält. Ich hab's ihm angesehen, dass er todfroh war. Oft hat er gesagt: Gerstl, du tust mir leid, weil du dich mit jedem hochgestellten Deppen unterhalten musst, als wenn's kein Depp wär. Und da hat er recht. Einem jeden muss man schön tun als Braumeister, einem jeden.«

Er ließ sich nachschenken und hielt das kleine Schnapsglas in seiner fleischigen Pranke.

»Der Schnitter hat immer nur mit den Leuten geredet, die er mag. Es ist ihm wurscht, ob einer einen guten Posten hat oder Geld. Völlig wurscht!« Er stürzte den Schnaps hinunter, dann wandte er sich zu Max. »Deine Frau, die Elli, die mag er. Deswegen spielt er jeden Tag Schach mit ihr. Aber am liebsten mag er die Erica, weil die ihn an das Mädel erinnert, das er in der Ukraine kennengelernt hat – damals vor dem unseligen Winter. Olga hat sie geheißen. Schullehrerin ist sie gewesen und fast so groß wie er. Ihren Kopf mit den dicken dunkelbraunen Haaren hat sie getragen wie eine Königin, grad wie die Erica. Der Schnitter war damals ein schneidiger Kerl, jung, flink und immer auf Zack. Er hat gerade die Nahkampfspange bekommen – als Einziger in der Kompanie. Der Schnitter hat sich vor nichts gefürchtet, vor gar nix.«

Der Gerstl bekam schon wieder feuchte Augen, und ich schenkte ihm nach.

»Schwarze Milch am Morgen, wir trinken und trinken«, murmelte er.

Das war der Anfang eines Gedichts von Paul Celan. Ich kannte es vom Deutschunterricht aus der Schule.

»Der Tod ist ein Meister aus Deutschland – sein Auge ist blau – Er trifft dich mit bleierner Kugel – er trifft dich genau.«

Jetzt lachte er ungut, um uns schließlich mit besoffenen Augen anzustarren.

»Arrogante Arschlöcher sind wir gewesen, damals. ›Heute da gehört uns Deutschland und morgen die ganze Welt.‹ So sind wir losgezogen in unser großes Abenteuer, die schneidigen Gebirgsjäger mit ihrem Meisterschützen, dem Schnitter. Und wir haben gesiegt am Anfang, wir haben immer gesiegt. Es war nicht einfach. Es wird viel verlangt an der Front. Da wird viel geblutet, viel gefroren und viel verreckt. Und beim ersten wirklichen Schusswechsel scheißt sich jeder in die Hosen, das könnt ihr mir glauben. Aber wir haben gemeint, wir machen das für unsere Familien, für die Heimat. In Wirklichkeit haben wir es für die Schweine gemacht, die hinter der Front in aller Ruhe unschuldige Leute umgebracht haben: Juden, Zigeuner und andere. Wir haben ihnen den Weg freigeräumt. Viel zu leicht sind sie uns vor die Läufe getrieben worden, die russischen Infanteristen. Sie waren reines Kanonenfutter, hatten keine vernünftige Ausbildung, keine Taktik und Politkommissare, die jeden auf der Stelle erschossen haben, der nicht ins feindliche Feuer laufen wollt'. Wir haben zuerst überhaupt keinen Respekt vor den Russen gehabt, wir haben gemeint, sie wären wirklich schlechter als wir. Eine minderwertige Rasse, hat man uns schon in der Ausbildung erzählt.«

Der Gerstl bellte ein hässliches Lachen.

»Aber in den Bergen, im Kaukasus, da haben wir sie kennengelernt, diese minderwertige Rasse. Da ging es Mann gegen Mann. Es waren harte Burschen, die russischen Gebirgsjäger, zäh und tapfer. Wir haben uns nicht lange halten können in den Bergen. Dann haben sie uns rausgeschmissen.«

Er fuhr sich mit der Hand über das Gesicht und forderte noch einen Schnaps.

»Der Schnitter war damals ein junger Kerl und hat in der Ukraine was mit der Olga angefangen. Er war richtig verliebt in das Mädel und sie in ihn. Jedenfalls hat ihr der Schnitter versprochen, dass er wiederkommt, wenn der Krieg vorbei ist. Er hat noch wochenlang nach unserem Abzug aus der Gegend von nichts anderem geredet. In den eroberten Gebieten würde man Bauern brauchen, und er wollte sofort hin. Zusammen mit seiner Olga wollte er einen großen Bauernhof, nicht so ein kleines Sacherl wie daheim in Wolfratshausen. Er wollte hundert Hektar haben und überall Weizen anbauen. Mit dem würde er dann Schweine mästen, damit sie ein gutes Fleisch geben. Jeden Tag hat er von der Olga geredet, wie schön sie ist und wie gut sie riecht. Dann hat er immer feuchte Augen bekommen und nach Südosten, in Richtung Ukraine geschaut. Vielleicht sollte sie nach dem Krieg einen anderen Namen annehmen, hat er überlegt. Olga klingt so slawisch. Am besten sollte sie Maria heißen oder Margot. Eine Zeit lang hat er von nix anderem geredet.«

Der Gerstl schüttelte den Kopf, als könne er die düsteren Erinnerungen dadurch loswerden.

»Und dann ist der Winter gekommen, ein grausamer Winter, bei dem ein Wind über das Land gepfiffen hat, so kalt und beißend, wie ihr es euch nicht vorstellen könnt. Und dann hat es geheißen, dass diejenigen, die beim Requirieren von Vieh mithelfen, eine Sonderration Zigaretten bekommen. Wir haben damals gern geraucht und gemeint, das Requirieren wäre eine leichte Sache. Ein paar Kühe zusammentreiben und fertig. Zuerst haben wir die letzten Tiere aus der Kolchose geholt. Neun Rinder. Aber das war dem Feldwebel zu wenig, wir mussten zehn Stück auftreiben, sonst hätte er keine Ruhe gegeben. Also haben wir Hütte für Hütte in dem Dorf durchsucht. Schließlich sind wir zu einer Kate gekommen, da war eine Frau drin gesessen, nicht alt, vielleicht fünfunddreißig. Dazu drei Kinder, lauter Mädchen.

Alle waren verlaust, verdreckt und ausgehungert. In einer Ecke ist eine magere Kuh gestanden, im anderen Eck war ein Haufen Heu. Wir sind hin zu der Kuh, denn der Feldwebel hat gesagt, das wäre unser zehntes Rindvieh und danach wären wir fertig. Die Frau ist sofort dazwischen. Sie hat geweint und in Russisch auf uns eingeredet, wir sollten die Kuh dalassen. Keiner von uns konnte Russisch, aber alle haben verstanden, was sie gemeint hat. Der Schnitter und ich wären gerne wieder abgezogen und hätten ihr die Kuh gelassen. Aber wir waren nicht allein. Der Spieß und einer von der Verpflegungsstelle waren dabei. Also haben wir der Kuh ein Halfter umgelegt und aus der Kate geführt. Die Kinder haben geschrien, und die Frau hat uns auf Knien angebettelt, dass wir ihr das Vieh dalassen. Als sie gesehen hat, dass es nichts hilft, hat sie uns verflucht. Sie konnte bloß ein paar Brocken Deutsch, weiß der Teufel woher. Aber es hat gereicht, um dem Schnitter Angst zu machen.«

Für den Rest der Geschichte brauchte der Gerstl noch einen Schnaps.

»›Du machst Olga tot‹, hat sie geschrieen und auf den Schnitter gedeutet. ›Du machst Olga und Kinder tot.‹ Das hat sie uns ein paar Mal hinterhergeschrieen.

Der Schnitter war von dem Tag an ein anderer. Ein paar Tage später hat er sich etwas Proviant besorgt und ist wieder hin zu der Hütte. Er wollte es der Russin geben, obwohl so etwas strengstens verboten war und ihn den Kopf hätte kosten können. Sie war aber nicht mehr da. Auch ihre Kinder waren fort.«

Der Gerstl sah mich mit rot unterlaufenen Augen an.

»Als er wieder zurück war, hat er gesagt, für ihn wär der Krieg jetzt vorbei. Das darfst nicht sagen, hab ich ihn ermahnt, sonst wirst sofort an die Wand gestellt. Das ist mir wurscht, hat er gesagt. Es ist nicht recht, was wir tun, und ich mag nimmer. Einen Tag später ist er zu mir gekommen und hat mich gefragt, ob ich ihm ins Knie schießen könnt. Dann stellen sie uns beide an die Wand, hab ich ihm gesagt. Nicht, wenn es keiner mitkriegt, auf Patrouille zum

Beispiel. Ich wollte erst nicht, um nichts in der Welt. Es war saugefährlich, außerdem hatten wir doch einen Eid auf den Führer geschworen. Aber er hat mir so lange zugesetzt, bis wir es wirklich gemacht haben. Auf dem nächsten Patrouillengang hat sich der Schnitter hinter einen Baum gestellt und das linke Knie rausgehalten. Ich hab ihm aus dreißig Meter draufgeschossen. Selber hat er es nicht machen können, wegen der Schmauchspuren.«

Der Gerstl machte eine Pause und holte tief Luft.

»Der Schnitter ist gleich ins Lazarett gekommen und von dort nach Hause. Mit einem steifen Bein hat man ihn nicht mehr brauchen können zum Kriegführen. Aber nachdem der Schnitter weg war, hat mich eine unglaubliche Angst gepackt, eine richtige Panik. Ich wusste, dass ich den Krieg an der Front nicht überleben würde … nicht ohne den Schnitter. Schließlich habe ich beschlossen, dass ich unbedingt weiterleben will – eine große Entscheidung zur damaligen Zeit.

Beim nächsten Heimaturlaub bin ich zum Pfarrer und hab ihm gesagt, dass ich nimmer an die Front kann, weil ich es dort nimmer aushalte vor Angst. Der hat mich weggeschickt, weil er mir nicht helfen könnte. Und Feigheit wär eine Sünde, hat er gemeint.

Also bin ich zu meinem Onkel Oskar, und der hat mir geraten, in die Partei einzutreten, dann kann er was für mich tun. Der Krieg wär eh nicht mehr zu gewinnen, und wenn ich zur Partei gehe, kann er sich bei einem Spezl für mich einsetzen und ich krieg einen guten Posten irgendwo in der Etappe. Einen Bierbrauer kann man überall brauchen. Und so ist es gekommen: Kaum habe ich das Parteibuch in der Hand gehalten, da bin ich abkommandiert worden als Koch in ein Feldlazarett nach Pommern.«

Er machte eine Pause und schnaufte heftig wie nach einer schweren Arbeit.

»Ich bin nicht stolz auf das, was ich getan hab, aber ich hab nicht anders können. Mein Vater hat es mir nie verziehen, dass ich den braunen Banditen in den Arsch gekrochen bin. Aber ich war krank vor Angst, nachdem der Schnitter nicht mehr in meiner Einheit war. Ich hab gewusst, dass ich ohne ihn nicht lebend heimkomme. Meine Kompanie ist ein paar Monate später wirklich in einen Hinterhalt geraten und aufgerieben worden. Zu den Kameradschaftstreffen unserer Division geh ich nicht. Irgendwie hab ich ein schlechtes Gewissen den anderen gegenüber, die keinen Onkel Oskar hatten.«

Er nahm noch einen Schnaps.

»Und der Schnitter?«, fragte Max mit tonloser Stimme. Seinem betroffenen Gesicht nach hatte auch er die Geschichte zum ersten Mal gehört.

»Der Schnitter hat seit dem Zeitpunkt keine Frau mehr angeschaut. Saufen ist das einzig Gute an dieser Scheißwelt, hat er oft gesagt. Er ist nie zum Tanzen gegangen – hätte er auch nicht gekonnt mit seinem steifen Bein – und hat sich lieber einen tüchtigen Rausch angedüdelt, wenn er mal Geld hatte. «

»Jetzt hat er genug Geld«, meinte ich.

Der Gerstl hatte Mühe, die Augen offenzuhalten und mich nicht aus dem Blick zu verlieren.

»Ja, jetzt hat er Geld, der Schnitter.« Der Gerstl nickte mehrmals. »Vielleicht sogar mehr als der Bräu.« Er grinste ein besoffenes Lächeln in Richtung Max. »Dein Vater war's, der ihm zu dem vielen Geld verholfen hat. Der Schnitter hat mir die Geschichte schon tausend Mal in allen Einzelheiten erzählt.«

Er lachte und lachte und fiel schließlich in ein lautes, trockenes Husten. Max stand auf und schlug ihm mehrmals kräftig auf den Rücken, bis der Husten nachließ. Dann fuhr der Braumeister mit lallender Zunge fort:

»Angegangen ist alles mit der Beerdigung vom Schnitter seiner Mutter. Ich seh ihn noch heute, wie er am Grab gestanden ist. Klein, mickrig und in einem schlechten schwarzen Anzug. Ein Gesicht hat er gemacht, als würde er sich sofort auf dem Dachboden aufhängen, sobald er heimkommt. Er war ja auch in einer grauslichen Situation: keine Frau, keine Kinder, ein kaputtes Knie und ein Haufen Schulden. Ich hab ihn angeschaut und mich daran erinnert, was für ein schlechter Schüler er war und was für ein schneidiger Soldat. Ich hab dran denken müssen, wie er mir damals die Russen vom Leib gehalten hat mit seinem MG. Wahrscheinlich hat er mir mehr als einmal das Leben gerettet.

Schon bald nach der Beerdigung hat er die Wiese an der Loisach für ein Schweinegeld verkauft und seitdem handelt er mit Immobilien. Das kann er anscheinend genauso gut wie schießen.«

Der Gerstl war jetzt fertig mit seiner Geschichte. Man sah es ihm an. Er hatte wieder den entspannten Gesichtsausdruck, den Männer um die sechzig mit gutem Einkommen, guter Ernährung und problemloser Verdauung haben. Mit beiden Händen hielt er sich am Tisch fest, richtete sich auf und kam schließlich zum Stehen. Zuerst wackelig, aber es ging schon.

»So«, lallte der Gerstl. »Das ist die Geschichte vom Schnitter, und jetzt muss ich heim und mich hinlegen.«

Wir verabschiedeten uns, tranken dann noch einen Schnaps und überlegten, wo die verdammte Pistole versteckt sein könnte.

»Im Hopfen- oder Malzspeicher?«, überlegte ich.

»Nein«, wiegelte Max ab. »Die Speicher sind am Wochenende immer abgesperrt.«

»Die Werkstatt?«

»Ebenfalls.«

Max machte schließlich den Vorschlag, den ich befürchtet hatte. »Der Rossstall ist nicht weit von der Wirtschaft und immer offen.«

In dem alten Gebäude gab es tausend Verstecke und verborgene Ritzen.

Die beiden Kaltblüter drehten ihre Köpfe zu uns her, als wir den Stall betraten. Hinter dem Rappen stand die Futterkiste, an der Wand hingen Auszeichnungen und Rossbürsten. In der angrenzenden Kammer waren die teuren Prachtgeschirre untergebracht, auf die der Bräu so stolz war und die auf jedem Pferdeumzug in der Gegend zu sehen waren.

Ich öffnete die Futterkiste, und die Pferde drehten ihre Köpfe noch weiter, als erwarteten sie etwas zu fressen – ein Scheffel Getreidebruch oder ein paar Mohrrüben. Max nahm das kleine Kübelchen und füllte etwas Bruch ein. Das gab er den beiden, und sie machten sich sofort darüber her.

»Schau mal, ob du bei den Rössern was findest«, meinte Max und ging zu den Geschirren, um dort nachzusehen. »Die zwei fressen jetzt und sind abgelenkt.«

Die Stände waren mit Brettern verschlagen, die zum Teil angenagt, zum Teil etwas eingetreten waren. Ich untersuchte alle Ritzen, aber nirgends hätte eine Pistole hineingepasst. Dann räumte ich die Streu zur Seite und mistete gleich noch aus. Das war eigentlich Max' Arbeit, die er mir aber gerne überließ.

Nichts.

»Schau doch noch in der Futterkiste«, rief Max von der Schirrkammer herüber. Im Hafer herumzustochern kam für ihn nicht infrage. Er hasste es, schmutzig zu werden.

Ich krempelte den rechten Hemdsärmel auf und steckte den Arm tief in das geschrotete Getreide. Wieder und wieder zog ich die Hand vorsichtig durch die Kiste. Ich wollte auf keinen Fall einen Schuss auslösen, falls die Waffe wirklich dort sein sollte.

Plötzlich spürte ich etwas Hartes. Ich fasste nach und merkte, dass es sich um ein Metallrohr handelte: den Lauf!

Ich packte ihn und zog die Pistole aus der Kiste. Ich betrachtete sie einen Moment. Das war keine alte deutsche 08! Ich las einen Namen auf dem Gehäuse. Es war eine italienische Beretta.

»Max«, rief ich erschrocken. »Ich hab das Ding.«

Er stürzte aus der Kammer und besah sich die unscheinbare Pistole, mit der möglicherweise ein Mann erschossen worden war.

»Warte«, rief er aufgeregt. »Ich hole eine Plastiktüte, damit die Fingerabdrücke nicht verwischt werden und niemand sieht, was wir über den Hof tragen.«

Schon war er weg.

Der Mörder hatte also die Waffe hier versteckt, und Max war ihm draufgekommen. Doch eigentlich war es Hubers Instinkt gewesen, der uns hierhergeführt hatte. Der Hauptkommissar sah so harmlos aus, doch er hatte viel Erfahrung und ein unglaubliches Gespür, wie sich wieder einmal bestätigte. Der Spätzle war bloß zu faul gewesen, die Waffe zu finden.

Doch warum hat der Täter die Waffe hier im Pferdestall versteckt? Wenn er aus einer anderen Stadt gekommen war, hätte er sie wieder mitnehmen und irgendwo in einen Fluss oder Weiher werfen können.

Der Täter musste also von hier stammen. Er musste sich auskennen und sich in den Pferdestall wagen. Er musste wissen, dass das Futter in der Kiste für einige Wochen reichte. Entweder konnte er die Pistole wieder herausholen, wenn die Luft rein war, oder er hatte einen großen Vorsprung und war bis dahin über alle Berge.

Das Bild bekam mit einem Mal mehr Konturen und schließlich eine schmerzliche Präzision. Der Täter kannte sich hier aus! Und wer kam da infrage?

Der Schnitter, aber der hätte wohl seine Pistole, eine 08, genommen, wie er es in seinem Geständnis ausgesagt hatte. Oder war er raffiniert genug, eine andere Waffe zu benutzen und die Polizisten auf diese Weise in die Irre zu führen? Sobald sich herausstellte, dass nichts stimmte, musste ihn die Polizei wieder laufenlassen.

Als nächster fiel mir Chico ein, doch wie wäre der zu einer Beretta gekommen? Die Mauser 08 hätte er vom Schnitter holen können, doch eine andere Waffe war für ihn unerreichbar.

Der Franz käme ebenfalls infrage. Er hatte wieder angefangen zu saufen, nachdem der Eilmann aufgetaucht war. Das war warscheinlich kein Zufall. Hatte er sich eine Waffe besorgt, den Eilmann erschossen und die Pistole anschließend hier in die Futterkiste gesteckt?

Oder seine Frau Anni, die mit einem Schuss dem Spuk ein Ende machen wollte? Doch welches Motiv hatte sie, den Eilmann zu töten? Sie hätte sich sicher gefreut, wenn er mit Erica abgezogen wäre und die Konkurrentin damit aus dem Weg geräumt hätte.

Als Letzte blieb Erica selbst. Sie hatte gute Gründe, den Eilmann umzubringen. Sie bestritt zwar den Mord immer wieder, aber konnte man ihr trauen? Außerdem kannte sie sicher Leute, die ihr eine Waffe besorgen konnten. Möglicherweise hatte sie die Pistole aus Köln mitgebracht, denn sie wusste, es war nicht ungefährlich, den Job beim Eilmann ohne dessen Einverständnis zu beenden. Sie kannte die Fotos von den entstellten Mädchen und wollte sicher nicht so enden.

Also Erica! Ihre Fingerabdrücke mussten auf der Waffe sein! Wenn Max die Pistole jetzt holte und dem Inspektor übergab, dann würde man die Fingerabdrücke vergleichen, und sie war überführt.

Augenblicklich schoss mir in den Kopf, wie sie heute Nacht in meinen Armen eingeschlafen war. Und vorgestern hatte sie gesagt, ich würde anfangen, ihr zu gefallen. – Ich konnte sie einfach nicht ans Messer liefern. Ich musste etwas unternehmen, auch wenn es für mich nicht ganz ungefährlich war.

Kurz entschlossen holte ich aus der Schirrkammer einen Lumpen, der sonst zum Polieren der Beschläge verwendet wurde, und wischte damit die Pistole sauber: erst den Griff, dann den Lauf. Ich hörte Max zurückkommen, doch ich war noch nicht ganz fertig. Ich musste auch den Abzug und die anderen kleinen Flächen schön sauber reiben.

»Bist du verrückt?«, fuhr er mich an, als er erkannte, was ich tat. »Du vernichtest gerade Beweismittel!«

»Was du nicht sagst?«, gab ich zurück. Noch zwei Wischer, dann war ich fertig.

»Dafür kannst du eingesperrt werden. Hier geht's nicht um Ladendiebstahl, sondern um Mord.«

»Geschenkt.«

»Eine Anstellung als Lehrer kannst du ebenfalls vergessen. Die nehmen keinen Vorbestraften.«

So, jetzt reichte es mir! »Dann renn doch hin zum Spätzle und verpfeif mich!«, fauchte ich ihn an. Wie oft schon hatte ich ihm geholfen!

»Keine gute Idee.« Max wedelte mit dem Zeigefinger. »Jemand könnte draufkommen, dass du deine eigenen Fingerabdrücke weggewischt hast.« Er sah mich herausfordernd an.

»Spinnst du?« Jetzt hatte ich die Nase endgültig voll!

Ich hätte in den Ferien auch wie sonst im Sägewerk arbeiten können. Das war gut für meine Kondition, und ich war ständig an der frischen Luft, nicht in einer verräucherten Gaststube. Außerdem war die Bezahlung besser. Er hatte mich gedrängt, hier zu arbeiten. Wegen Max war ich in diese Scheißsituation gekommen. Jetzt versuchte ich, seine wichtigste Mitarbeiterin vor dem Knast zu schützen, und musste mir diesen Text anhören.

»Ich habe die Pistole abgewischt, weil ich Angst habe«, keifte ich ihn an. »Angst, dass die Fingerabdrücke vom Schnitter oder von der Erica drauf sind. Und niemand hat was davon, wenn einer von den beiden eingesperrt wird.«

Max nickte, und um seine Mundwinkel zuckte es. »Vor allem bei der Erica täts dir leid, stimmt's?«

Jetzt lachte er sein helles Bubenlachen, und es klang, als gäbe es nirgendwo auf der Welt irgendein Problem.

Dann hielt er mir die Plastiktüte hin, die er mitgebracht hatte, und ich ließ die sauber geputzte Waffe hineinplumpsen. Max wickelte die Tüte zusammen, so dass man nicht mehr erkennen konnte, was sich darin befand, und schob das Knäuel in den Hosenbund. Er schlug seine weite Trachtenjoppe darüber, und wir gingen zurück ins Haus, in den zweiten Stock – direkt ins Jagdzimmer seines Vaters.

Auf dem Weg dorthin ging mir einiges durch den Kopf. Wenn die Polizei erfahren sollte, was ich mit der Waffe gemacht hatte, konnte es blöd für mich ausgehen. Doch nur Max hatte mich gesehen. Und auf Max konnte ich mich verlassen. Max verpfiff niemanden! Im Internat gab es einen Ehrenkodex: Niemand durfte einen anderen beim Präfekten verraten. Wer diese eherne Regel brach, bekam Klassenhaue und konnte sich anschließend eine neue Schule suchen. Niemand wollte mehr etwas mit ihm zu tun haben.

Das Jagdzimmer war ein kleines, fensterloses Kämmerchen, angefüllt mit Reh- und Hirschgeweihen. In den Regalen stapelten sich ausgestopfte Hasen und Fasane. Ein großer Teil davon hatte bis vor einem Jahr in der Wirtsstube gehangen. Doch Elli hatte dafür gesorgt, dass die Staubfänger verschwanden. Es hatte zunächst Ärger mit dem alten Bräu gegeben, der einen großen Teil der Trophäen selbst geschossen hatte und sehr daran hing. Doch Elli hatte sich durchgesetzt – wie meistens.

Max ging an den von Jagdzeitschriften überquellenden Schreibtisch, zog zwei Plastikhandschuhe aus einer Schublade und stülpte sie sich über. Die Handschuhe brauchte sein Vater zum Ausbalgen von Füchsen. Nun holte er die Waffe aus der Tüte. Zunächst betrachtete er sie genau und untersuchte dann das Magazin.

»Eine 9-Millimeter-Beretta und keine Mauser 08, wie der Schnitter gesagt hat. Und es fehlt genau ein Schuss.«

Er fing an, die Waffe nochmals mit einem Lumpen sauber abzureiben. Einige Ecken hatte ich wirklich übersehen.

»Man sieht es einem solchen Mistding nicht an«, meinte er plötzlich.

»Was?«

»Dass damit ein Mensch getötet wurde.«

»Bist du sicher, dass es die Tatwaffe ist?«

Den folgenden ›Was soll die blöde Frage‹-Blick hätte er sich sparen können. Ich war so schon nervös genug.

Max packte nun die Pistole und legte sie zu den Gewehren in den Waffenschrank. Den schloss er ab und deponierte den Schlüssel im Schreibtisch, wo er immer lag. Er hätte nun Hunger, sagte er, und wir gingen nach unten.

Die Zenzl hatte eine Knöcherlsülze hergerichtet, die wir uns schmecken ließen. Dazu tranken wir ein Dunkles, denn das ist gut für die Nerven.

»Wie lang muss der Schnitter im Gefängnis bleiben?«, fragte die Zenzl und setzte sich zu uns an den Tisch. In der Gaststube war wenig los, deshalb hatte sie Zeit.

»Hoffentlich nicht mehr lange«, meinte Max und schob ein großes Stück Sülze in den Mund.

»Du meinst, er kommt mit ein paar Jährchen davon?« Die Zenzl sah ihn neugierig an. »Dein Schwiegervater soll schauen, dass er nicht zu lange eingesperrt wird, schließlich ist er unsere beste Kundschaft. Jeden Tag sechs, acht Halbe Bier, dazu der Schnaps und das Essen. Der blöde Huber hätte leicht jemanden anderen festnehmen können.«

Ich musste lachen.

»Außerdem mag ich den Schnitter. Er spendiert der Kirche jedes Jahr ein Mordstrum Kerze. Für den Chor hat er auch was übrig. Wenn er mal stirbt, bekommt er sicher eine schöne Leich.«

»Möglicherweise ist er bald schon wieder da«, mutmaßte Max. »Vielleicht hat er den Eilmann ja gar nicht erschossen, sondern es war dieser Unbekannte im braunen Sommerhemd, von dem der Schnitter immer geredet hat.«

»Ich hab am Sonntag aber keinen Fremden mit einem braunen Hemd gesehen«, meinte die Zenzl. »Und so leicht kommt mir niemand aus.«

»Vielleicht hast du's bloß vergessen, und es fällt dir wieder ein.« Max war fertig und trug seinen Teller zur Spüle.

Darüber freute sich die Zenzl, denn sie hatte genug Arbeit. Außerdem musste sie noch darüber nachdenken, was Max gesagt hatte, und das ging im Sitzen besser.

»Wie meinst du das mit dem Vergessen?«, fragte sie und wackelte unruhig auf dem Stuhl hin und her. »Glaubst du, dass ich schon ein bisserl verkalkt bin?«

»Nein.« Max lachte. »Ein bisserl dick bist, aber sicher nicht verkalkt.«

»Dir werd ich gleich …« Sie sprang mit einer Geschwindigkeit auf, die ihr niemand zugetraut hätte und wollte dem Max den Spüllappen über sein freches Mundwerk ziehen.

Da ging die Tür auf, und herein kam Dr. Guthor. Er war waidmännisch gekleidet mit brauner Bundhose und grünem Hemd. Dazu trug er Haferlschuhe und einen Hut mit einem gewaltigen Gamsbart.

»Waidmannsheil«, grüßte ich.

»Waidmannsdank«, erwiderte er zackig und sah sich um. »Komm, lieber Schwiegersohn. Wir müssen raus auf die Pirsch, es dämmert schon.«

Max machte große Augen. Man sah ihm an, dass er die Verabredung mit seinem Schwiegervater vergessen hatte.

»Gar so wird's nicht pressieren«, beschwichtigte er. »Ich muss noch rauf ins Jagdkammerl, meine Büchse holen. Der Vater hat übrigens einen neuen Kracher, den magst du dir sicher anschauen.«

»Eine neue Büchse?« Guthors Augen leuchteten.

Wenig später stand der Anwalt gebückt vor dem Waffenschrank und fragte, ohne aufzusehen: »Wofür braucht dein Vater denn eine Pistole?«

»Für den Fangschuss. Das ist praktisch, vor allem bei der Sauenjagd.« Max deutete auf die Beretta im Schrank, den er aufgesperrt hatte. »Die liegt super in der Hand.«

Guthor war ein Waffennarr und zögerte keine Sekunde. »Wirklich ein schönes Stück. Ist sie geladen?«

Max hob die Brauen.

»Natürlich nicht«, mutmaßte Guthor und drückte ab.

Der Schuss zerriss die Stille, und die Kugel fuhr in das frisch restaurierte Kanapee.

»Seid ihr verrückt«, schrie der Anwalt. »Ihr könnt doch keine geladene Waffe im Schrank liegen lassen. Das ist verboten! Außerdem ist es lebensgefährlich!«

»Du brauchst ja bloß nicht abdrücken«, fuhr Max ihn an, doch er hatte sich gleich wieder im Griff. »Komm, leg die Pistole wieder rein.«

Der arme Guthor war kreidebleich geworden und er gehorchte mit äußerster Vorsicht und sichtlichem Respekt.

Auch mir war der Schreck in die Glieder gefahren.

»Vielleicht ist es besser, wenn wir uns den Bock für einen anderen Tag aufheben«, meinte Max und untersuchte das Loch im Sofa. Der Einschuss war kaum zu sehen und die Kugel im Polster stecken geblieben. »Ich hätt heut Abend noch eine Menge zu erledigen. Kommst halt ein anderes Mal wieder. Der Rehbock läuft uns nicht davon.«

»Nein, unter gar keinen Umständen!« Guthors rundes Gesicht lief rot an, und es hätte mich nicht gewundert, hätte er vor Zorn in den Boden gestampft wie ein bockiges Kind. »Ich habe heute euren Freund, diesen Schnitter, im Gefängnis besucht und werde auch seine Verteidigung übernehmen, wenn ihr das wollt.« Er drückte das Kreuz durch, um ein Stück größer zu erscheinen, als er war. »Die Sache macht mir keinen Spaß und verdienen werde ich eh nichts dabei.« Er verschränkte die Arme und ging ins Hohlkreuz wie ein kleiner Bub, der trotzig sein Geburtstagsgeschenk einfordert. »Aber jetzt will ich auch meinen Bock!«

Max wand sich hin und her. »Du kriegst ihn ja. Aber heut ist es ganz schlecht.«

Guthor blickte mit anmaßender Beharrlichkeit auf Max.

»Pass mal auf, mein Kleiner!« Er tippte seinem Schwiegersohn mit dem Zeigefinger auf die Brust. »Ich mache hier nicht den Hanskasper. Wenn ich heute meinen Bock nicht kriege, dann tue ich nichts mehr für dich. Den Schnitter kann dann verteidigen, wer mag! Und wenn du mal wieder einen juristischen Rat brauchst, dann kannst du dich an einen Kollegen wenden.«

Max erkannte sofort, dass Guthor jedes Wort ernst meinte, und seine Lippen zogen sich zu einem schmalen Strich zusammen.

»Gut. Du kriegst deinen Bock.« Er warf seinem Schwiegervater einen bösen Blick zu. »Wir fahren gleich los.«

Jetzt strahlte Guthor über beide Ohren, und wir gingen nach unten. Die Zenzl hatte einen großen Korb mit Brot, Cabanossi und ein paar Flaschen Bier hergerichtet. Jeder Familienangehörige, der vorhatte, sich länger als zwei Stunden außer Haus aufzuhalten, bekam einen Fresskorb in die Hand gedrückt.

»Das Warten macht hungrig«, sagte sie, und Max hatte keine Chance, den Korb zurückzuweisen. Ein solcher Affront hätte einige Tage »Stummfilm« in Zenzls Küche bedeutet. Dann war sie beleidigt und redete nur mehr das Allernötigste.

An der Jagd interessierte die Zenzl lediglich der Rehbraten, der im Rohr brutzelt. Die Umstände, wie man zu dem Wildbret kam, die waidgrüne Kleidung und das elitäre Gehabe vieler Jäger hielt sie für reine Spinnerei, eine Art von Fasching für Besserverdienende.

Max trat an mich heran und flüsterte: »Versteck die Pistole in deinem Zimmer und pass auf die Fingerabdrücke auf. Die werden wir noch brauchen. Also nicht ohne Handschuhe antappen, verstehst du.« Er schnaufte genervt. »Heute können wir die Polizei nicht mehr anrufen. Aber morgen soll der Huber den Kracher holen. Dann ist der Schnitter bald wieder draußen.«

Er packte seinen Stutzen und folgte Guthor zum Auto, einem olivgrünen Landrover, den der Anwalt eigens für die Jagd gekauft hatte.

Ich ging ins Jagdzimmer und holte die Pistole mit behandschuhter Hand aus dem Waffenschrank. Das Herz schlug mir bis zum Hals, als ich sie vorsichtig am äußersten Rand des Griffs packte. Ich steckte die Waffe zitternd in die Plastiktüte, schob sie unter mein Sweatshirt und ging damit in mein Zimmer. Dort deponierte ich sie unter der Matratze.

»Was war das für ein Lärm?«, fragte Erica, als ich in den Gastraum hinunterkam.

Heute war noch wenig los, die Anni stand hinter der Schenke und trocknete Gläser. »Hat sich angehört wie ein Schuss.«

»Das große Hirschgeweih im Jagdzimmer ist runtergefallen«, log ich.

Erica schien mir nicht zu glauben, doch sie ließ es gut sein. Ich wandte mich zum Stammtisch, wo der Loidl gerade eine Wilderergeschichte zum besten gab. Es ging um einen berüchtigten Wildschützen aus Bairawies, der von der Isarbrücke gesprungen war, als ihm von beiden Seiten der Brücke die Gendarmen auf den Pelz rückten. »Mitten im Winter ist er rein in die Isar, obwohl das Wasser bloß einen Meter tief und saukalt war. Aber er hat sich nicht erwischen lassen. Ein jeder hat gewusst, dass er wildert, der Bazi. Aber erwischt hat ihn keiner!«

Solche Geschichten konnte der Loidl erzählen wie kein Zweiter. Meist hatten sie einen wahren Kern, und einiges an schmückendem Beiwerk war dazu gekommen. Doch es ging nicht bloß um die Wahrheit, sondern um eine kurzweilige Unterhaltung. Schließlich ist ein Stammtisch kein Gerichtssaal. Und möglicherweise wird dort oft noch mehr gelogen.

Der Franz war nicht da. Ich hatte ihn heute den ganzen Tag nicht gesehen. Hoffentlich hatte er sich wieder beruhigt, das Saufen aufgehört und wieder angefangen zu arbeiten.

»Im Augenblick brauchen wir dich nicht, Professor«, sagte Erica im Vorbeigehen und warf mir einen vielsagenden Blick zu. »Du kannst dich ein Stündchen hinlegen. – Das wirst du nötig haben, meine kleine Wärmflasche.«

Jetzt schaute sie zur Anni hinüber, die verdrossen zu uns herstarrte. Warum hatte sie so laut gesprochen, dass sie es hören musste? Warum tat sie so, als hätten wir etwas miteinander?

Ich ging also hinauf, legte mich angezogen ins Bett und versuchte, etwas Ruhe zu finden. Doch ich war wacher, als hätte ich zehn Tassen Bohnenkaffee getrunken. Wessen Fingerabdrücke waren auf der Beretta gewesen? Waren überhaupt welche darauf? Warum hatte Max die Waffe noch einmal gereinigt? Und warum sollte ausgerechnet sein Schwiegervater sie anfassen?

Da hörte ich die Treppe unter schweren Schritten knarzen, danach Stimmen aus Ericas Zimmer – leise die ihre, laut und gereizt dagegen eine fremde Männerstimme. Beunruhigt stand ich auf und verließ meine Kammer.

Durch die alte, schlecht schließende Holztür von Ericas Zimmer hörte ich erst Dialogfetzen, dann eine grobe, tiefe Stimme mit österreichischem Tonfall: »Halt die Goschn, Gabi! Meinst, ich wär' aus Wien hergekommen, um die Beerdigung vom Heinz zu organisieren oder ihm ein paar Blümerl aufs Grab zu legen?«

Jetzt folgte ein leises Murmeln, das ich nicht verstand, dann wieder die laute Stimme von vorher: »Halts Goscherl, hab ich gesagt.«

Wer mochte das sein? Erica nahm nie jemanden mit auf ihr Zimmer. Sie hatte ihre Prinzipien, wie jeder wusste.

Da fiel mir ein, dass sie einen österreichischen Freund von Eilmann erwähnt hatte, einen besonders brutalen Kerl namens Wolli. Er hatte Eilmann geholfen, wenn eines der Mädchen aufmüpfig wurde.

Ich drückte mein Ohr gegen das Türschloss und hörte Erica nun sagen: »Warum bist du gekommen?«

Ihre Stimme klang nüchtern, als würde sie beim Bäcker ein paar Brezen verlangen.

»Ich wollt mal schauen, wie's dir so geht in der Fremde«, sagte der Mann.

»Danke der Nachfrage«, meinte Erica. »Mir geht's gut, und dir gebe ich jetzt noch ein Bier aus, dazu einen Klaren. Dann kannst du wieder heimfahren zum Heurigen.«

»So einfach geht das nicht«, lachte der Kerl. »Du bist letztes Jahr einfach abgehauen. Ohne ein Wort. Wir haben uns Sorgen g'macht und dich überall gesucht, aber du warst wie vom Erdboden verschluckt. Ohne Abschiedsbussi und ohne die Ablöse zu zahlen.«

»Heinz hat einen Haufen Geld mit mir verdient, das muss reichen.«

»Tut's aber nicht, meine Klaane, tut's aber nicht.«

»Wie ist der Heinz überhaupt darauf gekommen, dass ich hier arbeite?«

»Zufall, Spatzerl. Reiner Zufall. Einer von deine Kundschaften hat dich hier gesehen und es dem Heinz geflüstert. Der ist dann gleich runtergefahren ins schöne Bayern, um nachzusehen, wo sich sein bestes Pferderl versteckt hat. Am Samstag hat er mich angerufen und g'sagt, er hätt' dich gefunden. Er müsst' bloß noch schauen, wie er dich überreden kann, dass du z'rückkommst.«

»Ich werde aber nicht zurückkommen.«

»Des wird ma schon sehen«, sagte die Männerstimme in gemütlichem, ruhigem Wiener Dialekt: »Eigentlich sollt' ich dir bös sein, weil du meinen Geschäftspartner umg'legt hast. Aber Schwamm drüber, er ist mir eh schon ein bisserl auf die Nerven gegangen, der Heinz. Da hat's mir gar nicht so schlecht gepasst, dass du ihn erledigst.«

»Ich hab ihn aber nicht umgebracht«, sagte Erica nüchtern. »Ich nicht.«

»Ach komm!« Das folgende dunkle Lachen klang gutmütig, beinahe sympathisch. »Wer soll's denn sonst gewesen sein? Ein böser Bube aus ›XY ... ungelöst‹, der noch eine alte Rechnung offen hat? Einen solchen Unsinn glaubt kein Mensch. Nicht mal die Kiberer von der Polizei.«

»Ich war's aber wirklich nicht«, wiederholte Erica.

»Ist ja auch egal«, lachte der Fremde. »Ich habe gehört, dass jemand für dich in den Knast 'gangen ist. Die Männer müssen wirklich wahnsinnig blöd sein. Sie tun einfach alles dafür, damit sie mit dir ...«

»Sei still«, schrie Erica hysterisch. »Red nicht über Dinge, von denen du keine Ahnung hast. Wieviel willst du?«

Es folgte eine kleine Pause, dann begann die Männerstimme ohne Eile: »Die vereinbarte Ablösesumme, das sind hunderttausend. Dazu eine klaane Strafe, damit keine von den anderen Dotschen auf die blöde Idee kommt, sich ebenfalls vom Acker zu machen.«

»Wieviel?«

»Das wären noch mal hunderttausend.«

»Du bist verrückt.« Erica lachte schrill.

»Gib mir das Geld, und ich bin weg.« Die Männerstimme klang jetzt ganz ruhig. »Ich werd' auch nicht wiederkommen, darauf gebe ich dir mein Wort.«

»Dein Wort!« Erica spie die Buchstaben förmlich aus.

»Es gibt die sanfte Tour: Du gibst mir mein Geld oder du kommst mit. Wenn du noch zwei Jahre für mich arbeitest, sind wir quitt.« Er räusperte sich. »Natürlich gibt's auch die harte Tour. Dann werden deine neuen Freunde erfahren, wer du wirklich bist und was du früher gemacht hast. Dann bist du nimmer tragbar, und man wird dich anschauen wie ein Stück Scheiße. Du wirst dir was anderes suchen müssen. Dort werde ich dich wieder finden und dir in die Suppe spucken.«

Er räusperte sich erneut. »Vielleicht geht mir die Sache eines Tages aber auch auf die Nerven, und dann gibt's die ganz harte Tour. Du kennst doch die Fotos. Dem Heinz hat es Spaß gemacht, die Mädel damit zu erschrecken, der war ja auch ein bisserl pervers. Ich finde diese Säuregeschichte eher widerlich. Schaut doch echt scheiße aus – so ein großes Loch mitten im G'sicht. Man kann ja schon ein bisschen rumoperieren, damit die Suppe beim Essen nimmer direkt aus der Backe rausläuft. Aber eine hässliche Narbe bleibt immer.«

Pause.

»Ich kann's nicht mehr, Wolli. Versteh doch. Ich kann's einfach nicht mehr.«

Es war also wirklich dieser Wolli, und jetzt prustete er los, als hätte jemand den Witz des Jahrhunderts erzählt. »Natürlich kannst du's noch. Du bist ein Naturtalent, das haben alle gesagt. Gut, du bist nicht mehr die Allerjüngste, aber immer noch ganz gut in Schuss, und viele stehen auf etwas Reiferes.« Der joviale Tonfall war plötzlich verschwunden. »Also, morgen fahren wir, sonst lernst du mich von der unangenehmen Seite kennen.«

»Aber der Chico. Was soll ich denn mit meinem Jungen machen?«

»Nimm ihn mit, lass ihn da. Ist mir wurscht.«

»Ich geb dir zwanzigtausend, wenn du mich in Ruhe lässt. Morgen Vormittag, sobald die Bank aufmacht. Zwanzigtausend, mehr hab ich nicht.«

Männerlachen. »Naaa. Komm, geh'ma runter, ich hab Durst vom vielen Reden. Ich brauch jetzt ein Bier.«

»Dreißig. Dreißigtausend. Mehr kann ich wirklich nicht auftreiben.«

Jetzt hörte ich ein lautes Krachen, jemand hatte einen Teller oder einen Spiegel zerbrochen.

»Jetzt pass mal auf, meine Süße. Ich hab dir doch gerade g'sagt, wie die Sache läuft. Zwaahunderttausend will ich und keine Mark weniger. Ich weiß genau, dass du jahrelang was für dich auf die Seite geschafft hast. Du warst die Nummer eins in Köln und hast die besten Kunden g'habt. Jahrelang. Die haben dir doch immer was zugesteckt. Ich waaß doch, wie die Sache läuft. Also mach mich nicht narrisch, sonst …

»Ist gut. Beruhige dich. Ich werde mitkommen. Aber mach jetzt bitte keinen Skandal. Bitte.« Erica überlegte. »Ich muss morgen unbedingt einige Dinge erledigen. Chico kann vielleicht noch eine Weile im Internat bleiben. Er hat Freunde dort. Aber ich muss es ihm erklären … Ich will einen vernünftigen Abgang, verstehst du. Die Leute hier sind in Ordnung, und der Bub braucht einen Platz, wo er am Wochenende hin kann, einen Platz, wo man ihn mag und wo er sich wohlfühlt.«

Aus ihrer Stimme klang Verzweiflung, und ich stellte mir vor, wie ich dem Dreckskerl ein paar gezielte Fausthiebe verpasste. Doch meine Nahkampfqualitäten waren erbärmlich, und dieser Kerl würde sicher nicht lange brauchen, um dies herauszufinden und anschließend Kleinholz aus mir zu machen. Ich dachte an eine Eisenstange oder etwas Ähnliches, das ich ihm ins Gesicht schlagen könnte. Doch der größte Gegenstand in meinem Zimmer war das Griechisch-Lexikon.

»Nur mal interessehalber«, fragte Wolli so ruhig, als hätte es den Streit vorher nicht gegeben, »wer hat den Heinz erschossen?«

»Ich nicht«, schluchzte Erica.

»Ach, geh!«

»Ich schwöre.« Jetzt hatte sie eine verheulte Stimme und zog das Wasser in der Nase hoch. »Ich war's nicht, obwohl ich allen Grund dafür gehabt hätte.«

»Wer dann?«

»Ich weiß es nicht«, sagte Erica so leise, dass ich sie kaum verstand. »Ich weiß es wirklich nicht. Jetzt muss ich aber wieder runter.«

Ich rannte zu meinem Zimmer. Als ich darin verschwand, hörte ich, wie Ericas Tür auf ging. Ich warf mich aufs Bett, ohne die Schuhe auszuziehen. Ich musste nachdenken.

Dafür blieb mir aber nicht viel Zeit, denn wenige Minuten später klopfte jemand hart gegen die Tür.

»Wär' der junge Herr vielleicht so freundlich, in der Stube zu helfen. Schlafen kann er, wenn die letzten Gäste fort sind.«

Das war die Zenzl. Ich stand auf und ging an der zornigen Köchin vorbei nach unten.

»Seit die Wirtin im Urlaub ist, macht hier jeder, was er will!«, rief sie mir hinterher. »Wird Zeit, dass sie wieder heimkommt und euch die Wadel nach vorne richtet.«

19

Der Stammtisch bildete eine artenreiche Fauna mit einem sprach- und gestengewaltigen Loidl in der Funktion des Wortführers. Hin und her wogten die Dialoge und das Gelächter. Es wurde viel gescherzt – eine bewährte Form, die Gesprächspausen zu füllen.

Schließlich prophezeite der Ortsvorsitzende des Gartenbauvereins in einer hochemotionalen, apokalyptischen Rede den Untergang des Abendlandes, falls die SPD noch einmal die Wahl gewinnen sollte. Er bekam wenig Zustimmung, denn das Wolfratshausener Rathaus war in roter Hand – ein Schandfleck gewissermaßen im schwarz regierten Oberbayern.

Der Franz war immer noch nicht aufgetaucht. Gott sei Dank! Ansonsten war die Gaststube sehr gut gefüllt, Erica trug gerade ein Tablett voll Biergläser aus, Anni brachte die Brotzeiten. An einigen Tischen wurde Karten gespielt, andere Gäste wollten etwas zu essen. Der Stammtisch war brechend voll, man hatte sogar noch einige Stühle dazugestellt.

»Es sprach Prophet Ezechiel … hätt gern ein Bier, am besten hell«, rief der Loidl in die Runde, und die wenigen, die seinen Spruch noch nicht kannten, lachten.

Ich ging hinter die Schenke und zapfte die Biere, die Anni und Erica im Vorbeigehen orderten. Bald waren die Durstigen versorgt, und die Zenzl stellte eine Brotzeit nach der anderen in die Durchreiche, dazu schlug sie auf die kleine Klingel mit dem metallenen, durchdringenden Klang. Erica und Anni trugen die Teller und Brotkörbe aus und wünschten einen guten Appetit. Erica arbeitete routiniert, doch ihre Gedanken waren ganz woanders, das sah ich ihr an.

Mitten in den Wirtshauslärm kam ein großer, kräftiger, etwa vierzigjähriger Mann mit schulterlangen blonden Haaren und einem verwüsteten Gesicht herein. Er hatte einen wiegenden Raubtiergang und setzte sich geradewegs an den Ecktisch, den Stammplatz vom Schnitter. Dort saß bereits der Spätzle, ein Glas Mineralwasser vor sich und eine Zeitung vor dem Gesicht. Er sah kurz auf, als der Fremde fragte, ob er sich setzen könne, machte eine kleine, einladende Handbewegung und las weiter. Die anderen Gäste musterten den Blonden interessiert, offensichtlich kannte ihn niemand. Der Fremde nahm die kleine Tischkarte und überflog sie.

Schließlich hob er den rechten Arm, lächelte in Richtung Erica und rief mit breitem österreichischem Akzent: »Fräulein.«

Ich erkannte die Stimme sofort. Das war der Kerl, der mit Erica in ihrem Zimmer gestritten hatte.

Erica ging zu ihm und nahm die Bestellung auf. Der Blonde grinste sie an, doch Erica starrte auf ihren Bestellblock, den sie sonst für einen einzelnen Gast nie brauchte. Sie hatte ein hervorragendes Gedächtnis. Jetzt notierte sie das Gewünschte und kam gleich an die Theke.

»Ein Helles und einen Klaren für den Herrn.« Ihre Stimme klang dünn und gereizt. »Außerdem hätte er gerne noch einen Schweinebraten. Weißt du, ob die Zenzl noch was Warmes rausrückt?«

Ich hob die Schultern, und Erica ging an die Durchreiche.

»Einen Schweinsbraten gibt's nimmer«, hörte ich die Zenzl sagen. »Einen kalten Braten kann er haben oder einen Wurstsalat. Von mir aus auch Debreziner mit Kraut oder Schweinswürstel.«

Erica wandte sich um und ging zu dem Blonden. Mit gesenktem Nacken hörte er sich an, was Erica zu sagen hatte, dann hob er kurz den Kopf und brummte etwas Unverständliches.

Erica ging wieder zur Durchreiche und bestellte eine extragroße Portion Wurstsalat.

Bei ihr wär' noch keiner verhungert, keifte die Zenzl aus der Küche heraus und schloss das Glastürchen. Sie wollte also einige Minuten ihre Ruhe haben, bis sie mit den Bestellungen nachgekommen war.

»Der Schweinsbraten würde ihm vielleicht besser schmecken«, meinte ich zu Erica, als sie das Helle und den Schnaps bei mir abholte. »Wenn's einen Oscar dafür gäbe, dann hätt' ihn die Zenzl schon gewonnen.«

Erica warf mir einen feindseligen Blick zu und brachte die beiden Gläser an den Tisch des Fremden. Anschließend kam sie zurück hinter die Theke, goss sich einen Schnaps ein, kippte ihn hinunter und steckte sich eine Zigarette an.

Das hatte sie noch nie getan. Erica rauchte nur auf ihrem Zimmer oder in der Wirtsstube nachmittags zum Kaffee, wenn kaum Gäste da waren. Sonst nie.

Ich ging hin zu ihr, doch sie wandte sich ab, als wollte sie ihre Ruhe haben.

»Ich habe gehört, was du auf deinem Zimmer mit dem Blonden geredet hast«, sagte ich leise, so dass nur Erica es hören konnte.

Sie nahm einen tiefen Zug und starrte weiterhin geradeaus zu einem ominösen Punkt an der Wand.

»Na und?«, blaffte sie mich an, ohne mich anzusehen.

»Du willst wirklich morgen zurück nach Köln?«

Jetzt presste sie den rechten Arm, in dem sie die Zigarette hielt, fest an den Oberkörper und schnaufte tief ein und wieder aus.

»Oder nach Wien?«

»Warum nicht?«, flüsterte sie in meine Richtung und biss sich auf die Unterlippe.

»Weil der Kerl ein Arschloch ist«, erklärte ich ihr und trat einen Schritt näher.

»Der Pfaff der Nonne gibt den Klaps, und mir bring bitte einen Schnaps«, krakeelte der Loidl durch die Wirtsstube.

Alles lachte schallend, und damit war unsere kleine Unterhaltung beendet.

Ich schenkte den Steinhäger in das gekühlte Glas und stellte es auf den Tresen. Erica brachte es zum Loidl, der sie blöde angrinste. »Heut bist wieder b'sonders sauber beinand, Gräfin. Es ist einfach eine Freud, von so einer schönen Frau bedient zu werden.«

Er sagte es laut genug, dass auch die Anni es hörte. Die tat, als würde es sie nicht interessieren, doch ihr Gesicht wurde noch verkniffener, als es ohnehin schon gewesen war. Aus der fröhlichen Anni war innerhalb weniger Tage eine verhärmte Frau mit strohigem Haar und mürrischer Miene geworden.

Was war passiert? Erica und Anni hatten sich immer blendend vertragen und sich ohne Murren ausgeholfen. Sie hatten Scherze miteinander gemacht. Jede von beiden hatte ihre Stärken. Anni war unglaublich tüchtig, lustig und zupackend. Erica war vielleicht nicht ganz so schnell, aber zuverlässig, und sie arbeitete jeden Tag viele Stunden, beinahe wie die Zenzl.

An der Durchreiche klingelte es, und die Zenzl schob mit grimmigem Blick eine große Portion Wurstsalat in Richtung Gästezimmer.

»Das ist für den Fresssack«, rief sie so laut, dass es zumindest die Gäste in ihrer Nähe hören konnten.

Man lachte und schaute hin zu dem blonden Fremden mit den langen Haaren.

Der grinste in die Runde. »Ich ess immer ein Portion für Erwachsene«, verkündete er. Ihm schien die plötzliche Popularität nichts auszumachen.

»Wirst schon dahaam nix kriegen«, ahmte der Loidl seinen österreichischen Dialekt nach.

Erica stellte dem Blonden das Essen hin, der Spätzle wünschte einen guten Appetit und konzentrierte sich dann wieder auf seine Zeitung.

Erica ging einmal durch die Stube und kam diesmal ohne neue Bestellung zurück. Sie nahm die immer noch brennende Zigarette aus dem Aschenbecher, machte noch zwei Züge und drückte sie schließlich aus.

»Der Kerl heißt Wolli, stimmt's«, nahm ich die Unterhaltung wieder auf. »Er ist nicht gut für dich!«

Erica drehte sich um zu mir her.

»Der Wolli ist also nicht gut für mich.« Sie zog den linken Mundwinkel nach oben und schaute mich an, als wäre ich schwachsinnig. »Aber du weißt, was gut für mich ist?«

Ich brauchte nicht lange zu überlegen. »Der jedenfalls nicht.«

»Und wer sonst? Du vielleicht?« Sie verdrehte die Augen und presste die Luft aus den Backen.

»Du solltest hierbleiben in Wolfratshausen«, war das Einzige, was mir einfiel. »Die Leute mögen dich, und du hast dein Auskommen. Und wenn du schon weggehst, dann nicht, weil es ein Arschloch wie dieser Wolli will.«

»Aha«, machte Erica und wandte ihr bronzefarbenes Gesicht dem Kruzifix zu, das unübersehbar über der Eingangstür hing.

Erica war meines Wissens noch nie in die Kirche gegangen, obwohl sie von der Zenzl immer wieder dazu aufgefordert wurde. Warum starrte sie jetzt zum Kruzifix.

»Der Kerl hat keinen Respekt vor dir und wird dich benutzen wie ein Stück Holz«, beschwor ich sie.

»Wie ein Stück Holz«, wiederholte Erica leise und sah mich plötzlich an wie ein kleines Kind, dem man erklärt hatte, es gäbe keinen Osterhasen. »Du verstehst nichts von diesen Dingen, Professor. Gar nichts. Du kennst dich bloß in deiner kleinen übersichtlichen Welt aus und hast keine Ahnung, wie brutal es da draußen zu geht.«

Sie drehte eine Runde durch die Stube und kam mit der Bestellung für drei Weißbier zurück. Ernst stand sie an die Theke gelehnt, während ich einschenkte. Dann stellte sie die Gläser auf ihr rundes Tablett und trug sie mit festen Schritten an die Tische.

Als sie zurückkam, rief der Blonde: »Gabi, komm doch mal her.«

Alle schauten ihn an. In diesem Raum befanden sich außer den Bedienungen nur Männer. Die Frauen hießen Anni und Erica, eine Gabi gab es nicht.

»Entschuldigung, Fräulein.« Der Blonde hob beide Hände. »Sie haben mich an jemanden erinnert. An eine gewisse Gabi.« Er lächelte gewinnend in Richtung Erica. Seine Augen waren so klar, dass sie flüssig zu sein schienen. »Ihr Name ist …«

»Erica.«

Sie ging zu seinem Tisch, und er bestellte noch einmal eine Lage, also ein Bier und einen Schnaps. Sie brachte ihm das Gewünschte mit einem bitteren Zug um den Mund. Dann kam sie zurück an den Tresen und zündete sich eine zweite Zigarette an.

»Er ist ein Schwein, und du musst dich von ihm fernhalten.« Ich ging hin zu ihr und bemerkte die Mischung aus Parfüm und Angst. Trotz des vielen Qualms konnte ich ihre Panik förmlich riechen.

»Ich weiß viel besser als du, was für eine miese Ratte dieser Wolli ist.« Tief sog sie den Rauch ein und stieß ihn durch Mund und Nase in drei, vier Schüben wieder aus.

»Du kannst dir nicht vorstellen, was er mit den Mädchen macht, die nicht parieren.«

Ihre schönen braunen Augen hatten einen trüben Schleier.

»Dann bleib halt hier. Der Max und ich, wir passen schon auf dich auf.«

»Max und du als meine Leibwächter«, lachte sie bitter. »Ich glaub, du hast zu viele dumme Bücher mit Happy End gelesen.«

»Es sprach Prophet Ezechiel, hätt gern ein Bier, am liebsten Hell.« Der Loidl winkte mit seinem Glas in unsere Richtung. Über den Spruch lachte niemand mehr.

Anni war bereits gegangen. Es reichte eine Bedienung, denn der Durst ließ im Laufe des Abends nach.

Da ging die Tür auf, und Max kam herein, gefolgt von seinem Schwiegervater, der ein dickes grünes Zweiglein neben seinem wuchtigen Gamsbart auf dem Hut trug.

»Eine Lokalrunde!«, schmetterte Guthor in den Raum. Sein kantiges Gesicht glänzte vor Freude, und er sah beinahe aus, als wäre er ein netter Mensch. »Feiert mit mir, meine Freunde! Ich habe heute den besten Bock vom Landkreis geschossen!«

»Das hab ich auch schon mal, und danach ist mir die Alte davon«, rief der Loidl, und alles lachte. Der Scherz war neu.

Max und Guthor suchten einen Platz und setzten sich zum Spätzle und dem Fremden.

»Ist es erlaubt?« Guthor stand einen Meter vor dem Blonden, der gerade die letzten Blätter seines Wurstsalates in den Mund schob.

»Bitte sehr.« Wolli wischte sich mit dem Handrücken die Essigsoße vom Kinn und machte eine einladende Geste zu den freien Plätzen ihm gegenüber. Der Spätzle rückte hinauf an den Kopf des Tisches.

Guthor setzte sich akkurat auf den Platz vom Schnitter, dem Blonden gegenüber, die Joppe zog er aus, den Hut ließ er zum Zeichen seines Triumphes auf dem Kopf.

Max kam zu mir hinter die Schenke und flüsterte mir ins Ohr: »Die Pistole hast du gut aufgeräumt?«

Ich nickte. »Unter der Matratze.«

Dann zählten wir die Gäste und schenkten 28 Schnäpse ein, die Erica auf einem Tablett austrug. Wer keinen mochte, schob ihn dem Nebenmann zu. Zurückgegeben wurde jedenfalls keiner.

Dann stand der kleingewachsene Loidl auf, nahm das Schnapsglas und hielt es in die Höhe. »Benedictum, benedactum – in Afrika laufen die Frauen nackt rum – bei uns, da tragen sie Kleider – leider«, rief er seinen Trinkspruch in die Runde. »Waidmannsheil.«

»Waidmannsdank!« Guthor war aufgesprungen, grüßte mit dem Glas in der Hand zu jedem Tisch hin und kippte das Stamperl hinunter. Danach schüttelte er sich wie eine junge Gams nach dem Gewitterregen.

Es beutelte die meisten der Schnapstrinker, denn Max hatte für die Lokalrunde sein »Pickel- und Mitesserwasser« herausgeholt, wie er das Gesöff nannte, einen Obstler vom Brantle, einem alten Bergbauern aus Gaißach, der jeden Dreck vergor, um noch einen Liter Geistlichkeit zu gewinnen. Max mochte den alten Knaben und ließ ihm das Geschäft mit dem Schnaps jedes Jahr wieder zukommen. Er fand, in einer guten Wirtschaft müsse es auch einen schlechten Schnaps geben, damit man erkennt, wie der Gute schmeckt. Außerdem gehen die späten Gäste schneller, wenn der Schnaps brennt wie Feuerwasser.

»Für einen guten Rehbock ist ein Schnaps aber schon eine bisserl wenig«, beschwerte sich der Loidl lautstark und drehte das hochgehaltene Glas, um anzudeuten, dass nichts mehr drin sei. Der Loidl soff alles, er zierte sich nie.

»Dann noch mal 'ne Lage, Herr Professor!«, rief Guthor in meine Richtung und ließ sich auf die Bank zurückfallen, zufrieden mit sich, seinem Rehbock und der ganzen Welt.

Ich schenkte ein, die Erica trug aus, und Guthor war inzwischen mit seinen Tischnachbarn in ein Gespräch vertieft, bei dem alle drei immer wieder hell auflachten. Sie schienen sich gut zu verstehen. Auch der Spätzle war nach den beiden Schnäpsen aufgetaut.

»Ich muss mit dir reden«, raunte ich Max zu.

»Keine Zeit.« Er bückte sich zur Schankanlage und kontrollierte das Fass, ob es für heute noch reichen würde oder ob er ein frisches aus der Kühlung holen müsse.

»Der Blonde am Tisch von deinem Schwiegervater erpresst die Erica« zischte ich. »Sie muss morgen mit ihm nach Köln oder Wien, sonst erzählt er überall herum, was die Erica früher gemacht hat – oder er schüttet ihr zum Schluss noch Säure ins Gesicht.«

Max richtete sich auf, das Fass reichte noch.

»Was hat sie denn früher gemacht?«

Kaum hatte Max die Frage ausgesprochen, da veränderten sich seine Augen. Er starrte mich an, und ich wusste, dass er sich auskannte und ich ihm keine Details erzählen musste.

»Wenn sie ihm nicht zweihunderttausend Mark gibt, muss sie zwei Jahre für ihn arbeiten, so wie sie früher für den Eilmann gearbeitet hat. Erica wird morgen mit ihm wegfahren. Das hat sie mir selbst gesagt.«

Max glotzte auf die Schankuhr, als wäre er eingefroren.

»Drei Helle und ein Dunkles«, bestellte Erica über den Schanktisch hinweg und blieb stehen.

Ich zapfte das Gewünschte, und sie war wieder fort.

»Der Blonde ist ein brutales und rücksichtsloses Dreckschwein, soviel habe ich mitgekriegt. Erica hat eine Scheißangst vor ihm. Sie kennt ihn und weiß genau, wozu der Kerl fähig ist.«

Max klopfte sich die Knie sauber. »Aber wir sind auch nicht auf der Brennsuppe dahergeschwommen.« Er schaute mich kurz an. »Ich muss rüber zur Zenzl und nachdenken.«

»Wie kannst du bei der Zenzl nachdenken? Die nörgelt doch ständig und wird dich ausschimpfen, weil du dich auf der Jagd herumgetrieben hast, während die Gaststube bumsvoll war.«

»Die Zenzl bringt mich oft auf gute Gedanken, außerdem ist mir nach einem sauren Wurstsalat. Ich hab einen schlechten Magen von dem vielen Ärger in den letzten Tagen.«

Schon war er draußen. Ich folgte ihm.

Die Zenzl stand mitten in der Küche, die Arme verschränkt und mit unlustigem Gesicht.

»Habt's wieder den Methusalem vom Revier geschossen?«, maulte sie.

»Musst das Fleisch halt ein bisserl einlegen und machst ein Ragout«, erklärte Max, ohne sie anzusehen. »Aber die jungen Rehböck haben halt noch nichts auf dem Kopf, und einen solchen mag der Schwiegervater nicht schießen.«

»Und die alten Jäger haben nix drin«, entgegnete die Zenzl, und jeder konnte sich denken, wen sie damit meinte.

20

»Der Abschuss muss gefeiert werden«, rief Guthor in die Runde und gab noch einen Schnaps aus.

In seiner ansteckenden Begeisterung redete er so laut, dass ich an der Theke jedes Wort verstehen konnte. »Wir also raus und sofort rauf auf den Jägerstand. Der Max meinte, der Wind wäre günstig. Wegen der Witterung, Sie verstehen?«

Der Blonde nickte und nahm einen kräftigen Schluck. Der Spätzle trank inzwischen auch ein Helles, die Zeitung hatte er zur Seite gelegt.

»Wir sitzen kaum richtig da auf unserem Waidmannshintern, da spitzt der kapitale Bock schon raus – erst ganz vorsichtig, aber schließlich ist er doch in ganzer Kraft und Herrlichkeit erschienen ... Und ich ... die Büchse hoch, über Kimme und Korn gelinst ... und Peng.«

Guthor nahm sein Bierglas und stieß mit seinen Nachbarn an.

»Blattschuss!«

Er riss seinen grünen Hut in die Höhe und knallte ihn wieder auf den Kopf.

Elli hatte mir einmal erzählt, ihr Vater würde nur selten trinken. Außerdem vertrage er nicht viel. Mit drei Schnäpsen wäre er schon voll knülle, wie sie sich ausdrückte.

Sein blondes, langhaariges Gegenüber schien ein ganz anderes Kaliber zu sein. Der »Wolli« genannte Kerl schüttete Bier und Schnaps hinunter, ohne irgendeine Wirkung zu zeigen. Der Spätzle nippte an seinem Hellen und starrte der Erica hinterher, sobald er meinte, sie würde es nicht mitkriegen. Aber ich bekam es mit, und es ging mir gewaltig auf die Nerven, wie er sie impertinent angaffte.

Allmählich leerte sich die Wirtsstube. Schließlich war morgen Werktag, und alle mussten zur Arbeit. Lediglich am Stammtisch saßen noch die, die immer da saßen. Dem Loidl schien es heute außerordentlich zu gefallen, hatte er doch besonders viel Publikum für seine Sprüche.

Guthor redete auf seine Tischnachbarn ein und verbrüderte sich schließlich mit den beiden. Den Blonden wollte er sogar küssen, doch der hielt ihn mit der ausgestreckten Linken auf Distanz.

»Wann du mich abbusselst, dann bring ich dich um«, erklärte er mit einem schiefen Grinsen und erhobenem rechten Zeigefinger, und keiner wusste, ob er es vielleicht sogar ernst meinte.

Schließlich kam Max aus der Küche zurück. Er hatte eine Dose Kaffeepulver dabei und stellte sie neben die Schale mit den Zitronenscheiben, die ich fürs Weißbier brauchte.

Ich fragte ihn, was er mit dem Kaffee anstellen wolle.

»Das ist kein Kaffee«, nuschelte er und holte eine Flasche Rum aus dem Schnapsregal.

In vier große Wassergläser gab er je einen tüchtigen Schluck Rum, in eines davon einen gehäuften Löffel weißes Pulver aus der Kaffeedose und schließlich füllte er alle vier Gläser mit Cola auf. Er packte sie mit beiden Händen und ging damit an den Tisch seines Schwiegervaters. Dem stellte er eines vor die Nase, das zweite bekam der Blonde und das dritte der Spätzle, der sich zunächst zierte und meinte, er sollte eigentlich schon lange im Bett sein, denn morgen wäre wieder ein harter Tag. Zum Vierten setzte er sich selbst, und schließlich stießen alle vier an und tranken.

Der Spätzle griente schon wieder dämlich in Richtung Erica.

Guthor begann zum x-ten Mal von seinem phänomenalen Abschuss zu berichten. Der Blonde verdrehte die Augen und meinte, es habe wohl noch nie jemand so viel über einen einzigen Schuss geredet. Außerdem wäre dieses Gesöff der schlechteste Cuba Libre, den er jemals getrunken hätte.

Max fragte ihn nun, wo er denn herkäme und wo er wohne. Der Blonde meinte, er hätte noch keine Bleibe und würde gerne hier beim Bräu übernachten. Wenn es noch ein Zimmer gäbe, fügte er hinzu. Und wenn es kein Zimmer mehr gäbe, dann bleibe er bei der schönen Bedienung über Nacht. Guthor johlte über den tollen Scherz, und der Spätzle sah ihn feindselig an.

Max meinte, sie hätten schon noch ein Plätzchen für ihn. Erica solle ein schönes Zimmer herrichten. Noch zwei Mal stießen sie an, dann brauchten sie ein neues Getränk.

»Was willst du trinken, Wolli? Ich lad dich ein, weil du meinen Schwiegervater so lange ertragen hast.« Auch Max war inzwischen per Du mit dem Fremden.

»Was heißt hier ertragen«, beschwerte sich der Anwalt mit schwerer Zunge. »Wir haben …, wir haben uns blendend unterhalten. Fachgespräche, Jägerlatein. Wie es uns eben gefällt!«

»Außerdem haben wir ein paar gemeinsame Bekannte«, erklärte der Blonde.

»Gemeinsame Bekannte ist wohl nicht der richtige Ausdruck«, korrigierte ihn Guthor glucksend. »Ich habe sie verteidigt!« Angestrengt blies er die Luft aus den Backen. »Ansonsten möchte ich mit den Herren nichts zu tun haben.« Er zog Max am Ärmel zu sich heran, damit er nicht so laut reden musste. »Es waren zwei Typen aus der Szene und ich habe dafür gesorgt, dass sie nicht so lange hinter Schwedischen Gardinen verschwanden, wie sie es eigentlich verdient gehabt hätten.«

»Aus welcher Szene?«, fragte Max mit Unschuldsmiene, und die beiden anderen prusteten wie auf Befehl los.

Der Spätzle saß ernst dabei und wollte zahlen. Die Unterhaltung hatte einen Verlauf genommen, der ihm gar nicht gefiel.

»Wenn ich mal Ärger habe, greife ich auf dich zurück, Friedhelm. Und verhaften lass ich mich bloß von dir, mein lieber Lothar.« Der Blonde nahm sein leeres Glas und schaute es nachdenklich an. »Habt ihr hier auch was Genießbares, ihr Landeier? Einen Mai Tai zum Beispiel?«

»Was ist ein Mai Tai?«, fragte Max und winkte mich an den Tisch.

»Frag die Gabi, die weiß, was ein Mai Tai ist.« Der Blonde lachte und Guthor lachte mit, ohne zu wissen, warum.

»Wer ist Gabi?«, fragte Max.

»Bei euch heißt sie ja anders.« Wolli rieb sich die Augen. »Erica glaub ich, sagt ihr zu ihr.«

Erica hatte alles mitbekommen, kam an den Tisch und stellte die leeren Gläser auf ihr Tablett.

»Einen Mai Tai wollen die Herren?«, fragte sie kühl und geschäftsmäßig.

Max stand auf und ging mit ihr an die Theke. Er wollte sich erklären lassen, wie man diesen Mai Tai mixt. Erica holte einige Flaschen aus dem Regal, dazu Eis aus dem Gefrierfach und einiges andere.

Max machte mir ein Zeichen, ich solle mich an den Tisch setzen und mit den drei unterhalten. Da mir nichts anderes einfiel, erzählte ich ihnen einen äußerst grenzwertigen Witz. Nachdem ich ihn mit der schlüpfrigen Pointe abgeschlossen hatte, lag Guthor vor Lachen beinahe auf dem Boden. Der Blonde schlug mir mehrmals auf die Schulter und erklärte, ich würde ihm ausgezeichnet gefallen. Überhaupt seien die Piefkes gar keine so üblen Typen.

Ich gab das Kompliment in Sachen Ösis zurück, vermied es aber, ihn zu berühren. Mit diesem Kerl wollte ich auf keinen Fall mehr zu tun haben als unbedingt nötig.

Der Spätzle wollte jetzt endlich zahlen, aber Guthor winkte ab und meinte, Erica solle alles auf seinen Deckel schreiben. Selten habe er einen so bombastischen Abend erlebt. Außerdem würden Leute wie der Lothar die bösen Buben verhaften, mit denen er dann eine Stange Geld verdienen könne.

Max brachte die neuen Drinks, und Erica kassierte die restlichen Gäste ab. Auch der Loidl sollte endlich zahlen, da sie Schluss machen wollte und die Runde um Max eben Freunde der Familie wären und außerdem auch gleich ins Bett gehen würden. Der Loidl beschwerte sich, aber es half nicht. Er musste heimgehen.

Auch Spätzle verabschiedete sich umständlich und grinste dabei Erica an wie ein schwachsinniger Pavian.

Der Mai Tai schmeckte wirklich nicht schlecht, aber der Blonde meinte, in Wien dürfe man eine solche Brühe nicht einmal einem Esel ins Ohr schütten.

»Das wär Tierquälerei, und dafür kommst du in Österreich in den Bau«, erklärte er, und Guthor schüttelte sich vor Lachen.

Ansonsten wurde der Blonde jetzt ruhiger. Als ich noch einen weiteren Witz erzählte, glotzte er mich mit seinen hellblauen, etwas hervorstehenden Augen an und bemühte sich, mich nicht aus dem Blick zu verlieren. Die Pointe kapierte er offenbar schon nicht mehr, lachte aber synchron zu Guthor.

Schließlich meinte er, er wolle jetzt ins Bett, und zwar am liebsten mit der Gabi, die jetzt Erica heiße.

Das wollten die meisten, die hierherkämen, entgegnete Max gut gelaunt. Aber vorher könne man doch noch einen Absacker nehmen.

»Das Einzige, was ich heute noch zu mir nehmen könnte, wäre ein gutes Wurstbrot«, entgegnete der Blonde und bemühte sich, aufrecht zu sitzen.

»Streichwurst?«, fragte Max.

Wolli nickte.

Max ging zur Theke und wartete, bis Wolli in die andere Richtung schaute. Dann nahm er die Kaffeedose und verließ damit die Gaststube Richtung Küche. Ich folgte ihm.

»Was soll das?«, fragte ich, als er mit der Brotmaschine zwei Scheiben Roggenbrot abschnitt. »Warum betreibst du einen solchen Aufwand für den Trottel?«

»Damit wir ihn kriegen, und zwar richtig«, flüsterte Max mit einem Schalk in den Augen, der einen großen Spaß ankündigte. Er holte die Streichwurst aus dem Kühlschrank, schnitt ein Stück ab und legte es in eine kleine Schale. Dann öffnete er die Kaffeedose und streute eine ordentliche Ladung weißes Pulver drüber.

»Was ist das?«, wollte ich wissen.

»Ein Beruhigungsmittel für Pferde.«

»Und woher hast du es?«

»Wir brauchen es für den Rappen, wenn der Hufschmied kommt. Ohne Beruhigungsmittel schlägt er alles kurz und klein. Aber fünf Löffelchen von dem Zeug, und er ist fromm wie ein Lamm.«

»Und wie viel hast du dem Wolli jetzt schon verpasst?«

»Mit dem Streichwurstbrot dürften es auch gut fünf Löffelchen sein.«

»Spinnst du?«, fuhr ich ihn an. »Was machst du, wenn er an dem Zeug eingeht?«

Der kräftige Wolli mochte vielleicht zwei Zentner wiegen, aber der Rappe hatte sicher an die achtzehn.

Max ließ sich von mir nicht beirren, mischte das Pulver mit stoischem Gesicht in die Streichwurst und würzte ausgiebig mit Salz und Pfeffer nach. Dann strich er die Wurst liebevoll auf das Brot, legte die zweite Scheibe drauf und schnitt es in der Mitte auseinander.

»Weißt du, Kaspar, wir haben keine andere Wahl.« Max legte die beiden Hälften auf einen kleinen Teller und wandte sich Richtung Tür. »Und wenn uns der Wolli wirklich krepiert, dann ist es auch kein großer Verlust für die Menschheit.«

Schon war er draußen, und ich folgte ihm.

In der Gaststube saßen nur mehr der Blonde, der Anwalt und Erica. Sie hatte schon wieder eine Zigarette in den Fingern, und auch die anderen rauchten.

»Endlich was zu essen«, frohlockte Gutohr und schon hatte er die eine Hälfte des Wurstbrotes gepackt.

Max erschrak. Am liebsten hätte er seinem Schwiegervater das Brot aus den Fingern gerissen. Doch dann wäre Wolli natürlich misstrauisch geworden. Also hielt er dem Blonden den Teller hin, damit er sich wenigstens die zweite Hälfte nahm.

»Die Dame zuerst.« Er blinzelte Erica zu.

»Mir ist der Appetit vergangen«, meinte Erica. »Ich werde ins Bett gehen, wenn's gestattet ist.«

»Bleib doch noch ein bisschen.« Wolli biss ins Wurstbrot und redete mit vollem Mund weiter. »Wenn ich hier allein mit den alten Säcken sitzen bleibe, dann werden wieder eine Menge schmutziger Witze erzählt. Und das mag meine Mutti nicht.«

Er lachte gleichzeitig mit Guthor los, und auch Max und ich bemühten uns um Fröhlichkeit.

Erica verdrehte die Augen, wünschte noch eine gute Nacht und war draußen. Ich schenkte dem Blonden ein letztes Bier ein, doch einige Minuten, nachdem er das Brot gegessen hatte, zeigte es Wirkung.

»Jetzt werd ich mich wohl besser hinlegen«, stammelte Wolli und wollte sich erheben. Dafür brauchte er einige

Anläufe, und es funktionierte bloß, weil er sich gut am Tisch einhielt.

Guthor war bereits eingeschlafen und schnarchte. Sein Gesicht, das nach rechts gedreht auf der Tischplatte ruhte, zeigte ein zufriedenes Lächeln. Sicher träumte er von seinem Bock und den Jagdgründen in der Aumühle.

»Hab ich einen Wurf!«, stellte Wolli fest und steuerte mit entschlossenem Gesichtsausdruck Richtung Tür. Doch nach wenigen Metern versagten ihm die Beine den Dienst, und er fiel donnernd zu Boden.

»Hab ich einen Wurf«, wiederholte er wie blöde und wollte sich aufrichten.

»Wolli, wir helfen dir.« Max und ich waren sofort bei ihm und zogen ihn in die Höhe.

»Ich hab doch gar nicht so viel g'soffen«, flüsterte er schließlich und ließ den Kopf sinken. Jetzt hing er zwischen uns wie ein Mehlsack.

»Er muss nach oben«, meinte Max und packte richtig zu.

Wir schleppten den schweren Mann auf den Flur und dann die Treppe in den ersten Stock hinauf. Bei jeder Stufe schlugen seine Füße hart auf, doch mein Mitleid hielt sich in Grenzen.

»Hoffentlich hat unser Kommissar einen guten Schlaf«, schnaufte Max.

Doch wir hatten kein Glück.

Spätzle stand schon an der obersten Stufe und erkundigte sich, ob er uns helfen könne.

»Frag nicht so blöd«, keuchte Max.

Spätzle ignorierte Max' schlechte Laune und packte mit an. »Was habt ihr dem armen Wolli denn ins Bier getan. Der ist ja stockbesoffen.«

»Ein Betäubungsmittel vom Tierarzt«, meinte Max trocken, und Spätzle lachte sein unbeschwertes Idiotenlachen über diesen guten Witz.

Zu dritt ging es wesentlich leichter, und wir deponierten Wolli im ersten Zimmer rechts, wo der Eilmann erschossen worden war. Nachdem wir den Bewusstlosen aufs Bett geworfen hatten, verabschiedeten wir uns von dem hilfsbereiten Polizisten.

Als wir alleine waren, untersuchte Max Wollis Kleidung und fand eine Pistole in seinem Jackett. Er legte die Waffe wortlos zur Seite.

»Hol die Erica«, befahl er und sah immer wieder auf den unregelmäßig atmenden Wolli. »Und sag ihr, sie soll ihre Polaroid und den Schminkkoffer mitbringen.«

Ich verließ das Zimmer und bemühte mich, beim Schließen der Tür keinen Lärm zu machen. Der Spätzle sollte auf keinen Fall was mitkriegen.

Ich klopfte leise an Ericas Zimmertür.

»Ich schlafe schon«, hörte ich ihre hellwache Stimme aus dem Zimmer.

»Mach auf, Erica.« Ich klopfte erneut, aber nicht lauter, damit nur ja der Spätzle nichts merkte. »Max braucht deine Polaroid.«

»Wofür?«

»Wofür braucht man wohl eine Kamera?« Schön langsam ging mir ihr Gezicke auf die Nerven. Für wen veranstalteten wir den ganzen Zirkus, wenn nicht für sie?

Die Tür ging einen Spalt weit auf, und Erica streckte mir die Kamera entgegen. Sie war noch angezogen und hatte dunkle Schatten unter den Augen. So viel konnte ich sogar im dämmrigen Ganglicht erkennen.

»Du sollst auch kommen und deinen Schminkkoffer mitnehmen.«

»Wofür?«

»Ich weiß es nicht.«

»Lüg mich nicht an! Ihr habt doch irgendwelche Schweinereien im Sinn.«

Jetzt reichte es mir. Auch meine Geduld war nicht unbegrenzt. Ich schob die Tür auf und trat ins Zimmer. Es wirkte klein, denn es war angefüllt mit allem möglichen Kram. Nicht ganz geräuschlos schloss ich die Tür hinter mir und packte sie an beiden Oberarmen.

»Reiß dich bloß zusammen! Der Max kennt einen Weg, wie du Ruhe vor dem Wolli bekommst. Also nerv hier nicht rum. Wir machen das alles nur deinetwegen, und mir steht die Sache allmählich bis hier.« Ich deutete auf Unterkante-Oberlippe.

»Was habt ihr denn vor?« Erica starrte mich verschreckt an.

»Keine Ahnung, aber der Max hat einen Plan, und seine Pläne sind meistens ziemlich gut. Jetzt nimm endlich dein Schminkzeug und komm!«

Sie warf ein paar Utensilien in ein kleines Köfferchen, das auf dem Tisch mit dem großen Spiegel stand. Ohne ein weiteres Wort gingen wir zu Wollis Zimmer.

Als Erica ihn sah, erschrak sie: »Was habt ihr mit ihm angestellt?«

Max machte ein unschuldiges Gesicht wie ein Schulbub, den man beim Spicken erwischt hatte.

»Der Wolli hat den Ruf, er könne saufen wie ein Kamel und würde nie blau.« Sie untersuchte seine Augen und fragte anschließend Max: »Hast du ihm eins mit deinem Friedensengel übergezogen?«

Friedensengel war der Spitzname des Gummiknüppels, der immer einsatzbereit hinter der Theke hing.

»Nein.« Max schüttelte den Kopf. »Nein! Keine rohe Gewalt! Das lehne ich ab! Wolfratshauser Braukunst, moderne Pharmakologie und Tiermedizin kämpfen heute Nacht Seite an Seite den Kampf der Gerechtigkeit!«

»Red nicht so geschwollen daher«, fuhr ihm Erica über den Mund. »Was hast du vor?«

»Wir werden ein paar hübsche Bilder von ihm machen«, grinste Max. »Ein paar Fotos von Wolli, wie ihn keiner kennt.«

»Was meinst du damit?« Ericas Gesicht war angespannt, ihre Stimme rauh.

»Du musst ihn herrichten wie eine Tunte, dann beginnt die Show.«

»Nein!« Erica schüttelte energisch den Kopf. »Mag sein, dass er jetzt besoffen ist und schläft. Aber wenn er wieder nüchtern ist und von den Fotos erfährt, dann ...«

Sie stockte und starrte zu Wolli hin.

»Was ist dann?«

»Dann bringt er dich um. Kein Witz. Du wärst nicht der Erste. Er macht dich kalt – oder uns alle.«

Max lachte, und es war wieder sein unbeschwertes Bubenlachen, das er nie in seinem Leben verloren hat.

»Du hast ganz schön Schiss vor dem Kerl?«

»Ich kenne ihn. Und ich weiß, wozu er fähig ist.« Mit kalten Augen sah sie zu dem zwei Köpfe größeren Max hoch.

»Er ist aber ned deppert, oder?« Max ahmte Wollis Dialekt nach.

»Nein, blöd ist er nicht.«

»Dann wird uns auch nix passieren.« Max nahm die Kamera und fingerte an ihr herum. »Und jetzt genug gequatscht. Mach ihm einen schönen sinnlichen Erdbeermund und rote Bäckchen.«

Erica stellte das Köfferchen auf den Nachttisch und holte den Lippenstift heraus. Damit zog sie dem reglosen Wolli einen breiten Kussmund. Etwas Lippenstift schmierte sie ihm auf die Wangen und verrieb ihn, damit sie Farbe bekamen.

»Passt es so?« Sie sah zu Max hoch, der mit der Kamera neben ihr stand.

»Ich weiß nicht.« Er sah unzufrieden in meine Richtung.

»Jetzt schaut er aus, als wollte er als Tunte auf den Deininger Faschingsball.«

»Genau«, stimmte Max mir zu. »Zuviel Provinz! Da fehlen Raffinesse und Großstadtflair.«

Erica hatte verstanden.

»Also die Augen.« Sie kramte nun tiefer in ihrem Köfferchen und holte Lidschatten, Kajalstift und einiges andere heraus. »Das dauert aber ein bisschen.«

Max nickte. »Dann kann der Kaspar inzwischen die Pistole holen.«

»Die Pistole vom Wolli liegt dort am Waschbecken, wo du sie hingelegt hast«, meinte ich.

Max verdrehte die Augen. »Ich brauch aber die Pistole, mit der unser Freund Eilmann erschossen wurde.«

»Warum?«

»Kannst du dir das nicht denken?«

Es dauerte bloß einige Augenblicke, dann fiel der Groschen.

»Gut, ich bin gleich wieder da.«

Leise öffnete ich die Tür, schlich über den Gang zu meinem Zimmer und zog rasch die Waffe unter der Matratze hervor. Mit der zusammengerollten Plastiktüte in der Hand kam ich zurück auf den Gang und wollte in Wollis Zimmer.

Da ging plötzlich die Tür vom Spätzle auf, und der Kommissar stand in seinem gestreiften Schlafanzug auf dem Gang. Die Hose hatte wirklich eine Bügelfalte.

»Kann ich helfen. Ist irgendwas mit dem netten Österreicher? Geht's ihm nicht gut?« Seine Stimme war huldvoll und buttersamariterweich. »Ich habe erst vor Kurzem einen Erste-Hilfe-Kurs absolviert.«

Mein Gott – konnte mich dieser Kerl nicht einfach in Ruhe lassen!

»Wir brauchen keine ....« Mir fiel ums Verrecken keine vernünftige Ausrede ein. Weder für die eingewickelte Waffe in meiner Rechten, noch für meinen Aufenthalt auf dem Gang.

»Der Wolli hat sicher zuviel getrunken.« Jetzt kam dieser Unglücksmensch auch noch ein paar Schritte auf mich zu. »Da heißt es aufpassen, damit er ja nicht an seinem Erbrochenen erstickt. So ist es Janis Joplin und Jimmy Hendrix ergangen. Am besten stabile Seitenlage, dann kann nix passieren. Wissen Sie, wie man einen Bewusstlosen in eine stabile Seitenlage bringt?«

Ich stand da. Stockstarr. Und der Spätzle hatte sich bereits an mir vorbeigedrängt und die Türklinke zu Wollis Zimmer in der Hand. Drinnen würde er Erica sehen, wie sie dem Österreicher die Augen schminkt, und ich hatte keine Ahnung, wie wir ihm das erklären konnten.

Jetzt half nur mehr Angriff!

»Hauen Sie ab, Sie neugieriger Jungbulle«, schrie ich ihn an. »Kümmern Sie sich um Ihre Angelegenheiten und helfen Sie dem fetten Hauptkommissar, dass er endlich den Fall Eilmann zu Ende bringt.«

Er zog die Hand von der Türklinke, als wäre sie elektrisch geladen, und starrte mich ungläubig an. »Ich wollte doch bloß helfen.«

»Jetzt sperren Sie auch noch den armen Schnitter ein. Einen Kriegsveteranen, der sicher niemandem etwas getan hat.« Ich kramte in meinem Gehirn, was ich ihm sonst noch an den Kopf werfen könnte.

»Aber er hat sich doch selbst angezeigt«, entschuldigte sich der Kommissar weinerlich. Er verstand die Welt nicht mehr.

»Ja natürlich!« Ich verschränkte die Arme und nickte mehrmals. »Man kennt ja die Methoden der Kriminalpolizei, wenn sie einen Schuldigen brauchen.«

»Was soll das heißen?« Endlich verließ er den Pfad der Langmütigen und wurde zornig.

»Gar nichts«, entgegnete ich und hielt seinem Blick stand. »Ich meine bloß, dass sich ein jeder um seine Arbeit kümmern soll: Sie fangen den Mörder, und zwar den Richtigen. Und ich wische die Kotze von dem freundlichen Österreicher auf. Gute Nacht!«

»Gute Nacht«, murmelte der Polizist und trat den Rückzug an.

Ich blieb auf dem Gang stehen, bis der Spätzle endlich in seiner Bude verschwunden war. Dann schnaufte ich tief durch und drückte die Klinke.

»Du schreist ja ganz schön rum, mitten in der Nacht«, maulte Max.

»Der Spätzle wollte wissen, was hier los ist.«

»Und? Hast du's ihm gesagt?« Max hatte seinen Humor wiedergefunden.

Dann nahm er mir die Pistole ab, wickelte sie aus und ging damit zum Waschbecken. Mit dem Handtuch wischte er sie ein weiteres Mal sauber, bis in die kleinste Ritze. Dann ging er damit zum Wolli, der inzwischen richtig gut aussah. Der Lidschatten stand ihm besonders.

Max nahm Wollis Rechte und drückte die Finger von allen Seiten auf die Waffe.

»Was soll das?«, fragte Erica.

»Wir werden dem Wolli die Tour vermasseln«, meinte Max. »Ab morgen hast du Ruhe vor dem Saukerl … Picture please!«

Nun begann das Fotoshooting, das der Wolli – ganz Profi aus der österreichischen Hauptstadt – routiniert und regungslos über sich ergehen ließ.

21

»Auf, auf in Gottes Namen«, rief Max und stürmte in mein Zimmer. An diesem morgendlichen Auftritt schien er immer mehr Gefallen zu finden.

»Es ist scheißfrüh«, beschwerte ich mich und drückte den Kopf ins Kissen. »Die Wirtschaft macht erst um neun auf, und ich hab kaum ein Auge zu getan.«

»Schlafen kannst du, wenn die Polizei wieder weg ist.« Max riss mir die Bettdecke herunter.

»Wieso Polizei? Ist der Wolli …?« Ich war sofort hellwach.

»Nein, der lebt noch und schläft seinen Rausch aus.« Max ging langsam zurück zur Tür. »Aber der Huber ist in zehn Minuten da und hat dem Spätzle einen tüchtigen Anschiss verpasst.«

»Warum?«

»Weil wir die Pistole gefunden haben und nicht sein Assistent.«

Jetzt war er draußen und knallte die Tür hinter sich zu.

Ich stieg aus dem Bett und tappte zum Waschbecken. Dort putzte ich mir die Zähne und wusch mich mit kaltem Wasser.

Nach meiner Katzenwäsche ging ich hinunter in die Küche, wo die Zenzl bereits am Herd werkelte.

»Guten Morgen, Zenzl«, grüßte ich sie und holte mir eine große Tasse aus dem Regal. In einer Kanne auf dem Herd war der Milchkaffee.

»Habt's recht g'soffen gestern?«, fragte sie. Natürlich erwartete sie keine Antwort oder gar eine Rechtfertigung.

Schließlich war das hier ein Wirtshaus und kein Abstinenzlerheim.

Ich schnitt mir ein schönes Stück von dem Zopf ab, der mitten auf dem Tisch stand, tauchte es in den Kaffee und biss das durchtränkte Stück ab. »Wie mein Opa«, dachte ich und überlegte, wie viele Eigenarten meiner Altvorderen ich wohl schon angenommen hatte und wie viele noch dazukommen würden.

»Hier rein«, hörte ich den Max auf dem Gang sagen, und gleich darauf erschien er mit dem Huber in der Tür.

»Guten Morgen«, grüßte er zur Zenzl und dann zu mir her.

Ihm folgte sein Assistent Spätzle, der zum Gruß nur stumm nickte. So still kannte ich ihn gar nicht.

»Guten Morgen«, brummte ich und tauchte wieder den Zopf in den Kaffee.

Da sah ich den Plastikbeutel in Hubers Hand. Er hielt ihn unaufgeregt wie ein Maurer seine Brotzeittüte. Schließlich legte er das gute Stück auf den Tisch, und jetzt war die Waffe deutlich zu erkennen.

Die drei setzen sich.

Ich hatte vor Aufregung den Zopf zu lange im Kaffee gelassen. Jetzt plumpste ein großes Stück hinein. Es spritzte und machte eine kleine Sauerei rund um meine Untertasse. Ich stand auf, um ein Tuch zu holen.

»Wie gesagt, ich habe die Pistole in der Getreidekiste im Pferdestall gefunden – heut früh beim Ausmisten.« Max holte drei Tassen aus dem Regal.

Dann kam er mit der Kanne und schenkte Milchkaffee ein. Spätzle wollte nur halb voll.

»Natürlich habe ich gleich angerufen.« Max setzte sich als Letzter und sah sich zufrieden um, als wollte er vom Huber gelobt werden. »Es ist komischerweise eine Beretta und keine 08, wie der Schnitter behauptete.«

Huber deutete diskret zum Zopf, und ich schnitt ihm ein Stück ab.

»Warum liegt die Waffe nicht in der Loisach?«, überlegte der Hauptkommissar und nahm den Zopf entgegen.

»Weil's der Schnitter halt nicht war.« Max wollte jetzt auch ein Stück. »Das mit der 08 hat er sich bloß ausgedacht. Wahrscheinlich hat er seinen Kracher irgendwann weggeschmissen.« Max beugte sich vor, um leiser reden zu können. Es gab der Szene etwas von einer Verschwörung. »Ich war mit Kaspar bei ihm zu Hause. Wir haben die Viecher gefüttert und geschaut, ob die Waffe noch da ist.«

»Und?«, fragte Spätzle.

»Sie war weg.« Max machte eine gut dosierte Pause. »Da habe ich wirklich gedacht, der Schnitter wär's gewesen – obwohl der Schuss in den Hals natürlich auf einen Stümper hindeutet. Und der Schnitter ist, was das Schießen angeht, alles andere als ein Stümper.«

Spätzle nickte, doch Huber sah Max ausdruckslos an. Ich hatte den Eindruck, Huber wusste, dass er von Max gerade eine Mischung aus Wahrheit und Lügen serviert bekam, deren Wahrheitsgehalt in den Details nur Max selbst kannte. Möglicherweise noch sein Assistent Kaspar.

»Jetzt haben wir die Waffe, mit der der Eilmann wahrscheinlich erschossen wurde.« Max biss in den Zopf.

»Das werden die Ballistiker feststellen«, erklärte Spätzle und erntete einen mitleidigen Blick seines Chefs, denn darauf wäre wohl niemand sonst gekommen. »Außerdem werden wir schnellstens dafür sorgen, dass die Fingerabdrücke von der Waffe mit denen der Verdächtigen verglichen werden.«

»Aber warum hat der Schnitter zugegeben, er hätte den Eilmann erschossen?« Dem Huber schmeckte der Zopf offensichtlich, und er bröselte auf die Wachstuchdecke, obwohl er sich die Linke unters Kinn hielt.

»Weil er Angst hatte, dass der Chico oder die Erica in Verdacht geraten.« Max sah Huber und Spätzle weiterhin abwechselnd an. »Alle sind schließlich ein bisschen verliebt in unsere Schöne.«

»Aber der Mann ist doch fast sechzig!«, entrüstete sich Spätzle.

»Auch ältere Herren haben Gefühle«, meinte Huber ärgerlich und rührte vier Löffel Zucker in seinen Kaffee.

Da ging die Küchentür auf, und herein kam Herr Guthor. Das grüne Jägerwams passte hervorragend zu seiner Gesichtsfarbe, und das Hütchen mit dem inzwischen reichlich ramponierten Gamsbart saß schief auf seinem Kopf. Das Tannenzweiglein war ihm jedoch im Laufe des Abends verlorengegangen.

»Meine Güte.« Max schlug die Hand vor den Mund, sein Erstaunen war nicht gespielt. »Dich hab ich ja ganz vergessen.«

Guthor war anscheinend jetzt erst in der Gaststube aufgewacht, oder Erica hatte ihn geweckt.

»Der Herr Advokat«, begrüßte ihn Huber freundlich. »Darf ich Ihnen meinen neuen Mitarbeiter Schädle vorstellen.«

Er machte eine Geste zu seinem Assistenten hin.

»Wir kennen uns bereits«, stellte Spätzle klar. »Gestern Abend haben wir auf den Bock vom Herrn Guthor angestoßen.«

Max brachte seinem Schwiegervater eine Tasse Milchkaffee, essen wollte er nichts. Guthor nahm einen Schluck, streifte sich endlich das blöde Jägerhütchen vom Kopf und legte es neben seine Tasse auf den Tisch.

Mit glasigen Augen schaute sich der Anwalt in der Runde um. »Ich kann mich nicht erinnern, jemals in meinem Leben so betrunken gewesen zu sein wie gestern. Als hätte mir jemand KO-Tropfen ins Bier geschüttet.«

Max schaute unbeteiligt zum Zopf und schnitt sich noch ein Stück ab.

Jetzt fiel Guthors Blick auf die durchsichtige Plastiktüte auf dem Tisch. Seine Augen zuckten zunächst, doch plötzlich kam Bewegung in den verkaterten Mann.

»Was haben Sie da?« Er deutete mit offenem Mund auf die Tüte, als würde sich darin eine Klapperschlange befinden.

»Möglicherweise die Waffe, mit der dieser Eilmann erschossen wurde«, erklärte Spätzle eifrig.

»Möglicherweise«, relativierte Huber.

»Und wo?« Guthor begann den Satz noch einmal. »Ich meine: Wo ist die Waffe gefunden worden?«

»In der Futterkiste im Pferdestall«, erklärte Huber.

»Wer hat sie gefunden?« Guthor war jetzt hellwach.

»Ich.« Stolz prostete Max seinem Schwiegervater mit der Kaffeetasse zu.

»Aber wie kommt die Pistole da hin?« Guthor strich die glatten, dunklen Haare nach hinten.

»Das weiß bloß der Mörder.« Huber hatte seinen Zopf fertig gegessen und spülte mit dem Rest aus der Tasse nach.

»Wir werden zunächst schauen, ob sich Fingerabdrücke auf der Waffe befinden«, ergänzte Spätzle. »Wenn ja, werden wir sie mit denen vom Herrn Schnitter vergleichen. Wahrscheinlich haben wir dann die letzte Sicherheit, dass er es war.«

»Und wenn nicht?«, fragte Max.

»Dann müssen wir wieder von vorne anfangen«, stöhnte Huber und erhob sich schwerfällig. Er wurde immer unbeweglicher. »Offensichtlich hat der Mörder schnell ein Versteck für die Tatwaffe gebraucht. Da ist er in den Stall und hat sie in der Futterkiste verschwinden lassen.«

»Aber wer ist so blöd und versteckt die Tatwaffe dort, wo sie sicher gefunden wird?«, fragte ich in die Runde.

»Die Futterkiste ist randvoll mit Haferbruch«, befand Max. »Es dauert Wochen, bis die Knarre dort entdeckt wird, wenn man nicht danach sucht.«

»Möglicherweise ist der Täter gestört worden, musste die Waffe loswerden und konnte kein anderes Versteck mehr finden«, erklärte Spätzle.

»So wird's gewesen sein«, meinte Huber und wandte sich zum Gehen. An der Tür drehte er sich noch einmal um und fragte in Richtung Guthor: »Sie sind doch der Anwalt vom Schnitter?«

Guthor nickte.

»Dann werde ich Ihnen das Ergebnis der Untersuchung gleich zukommen lassen.« Huber grinste. »Wo soll ich anrufen? In Ihrer Kanzlei oder hier beim Bräuwirt?«

»In der Kanzlei natürlich«, entgegnete Guthor ohne jeden Humor.

Huber hob die Hand zum Abschied, dann waren die beiden Polizisten draußen.

In der Küche herrschte nun einige Augenblicke gespannte Ruhe. Guthor schnaufte deutlich hörbar und schenkte Max und mir schließlich einen dieser Blicke, die den Empfänger um Jahre altern lassen.

»Ich kenne die Pistole, oder?« Der Advokat beugte sich über den Tisch zu seinem Schwiegersohn hin und funkelte ihn zornig an.

»Ich denke schon.« Max gähnte. Die Müdigkeit war echt, er wollte seinen Schwiegervater sicher nicht weiter provozieren.

»Es ist die Pistole, die ich gestern …« In Zenzls Anwesenheit mochte er den Satz nicht vollenden.

Max nickte.

»Und wie konnte diese Pistole im Pferdestall gefunden werden?«

Max zuckte die Schultern. »Ich war gerade beim Füttern, da …«

»Erzähl mir keinen Unsinn«, zischte sein Schwiegervater ihn an. »Warum?«

Max beugte sich nun über den Tisch und flüsterte so leise, dass ich es kaum verstand: »Damit du dich richtig reinhängst beim Schnitter.«

Die Zenzl rauschte zur Küchentür. »Ich geh zum Bäcker, Semmeln und Brezen holen«, rief sie uns zu und war draußen.

Jetzt konnten wir uns endlich in normaler Lautstärke unterhalten.

Guthor übertrieb es gleich ein wenig und schrie Max an: »Natternbrut! Was fällt dir ein, mich hierher zu locken und dann dazu zu bringen, die Tatwaffe anzufassen. Jetzt sind meine Fingerabdrücke auf der Pistole, und ich kann in die höchsten Schwierigkeiten geraten.«

»Das stimmt«, meinte Max und schlug betreten die Augen nieder.

»Kannst du mir verraten, warum du das getan hast?«

»Weil es der Schnitter nicht war«, sagte Max mit einem gepanzerten Lächeln.

»Und?«

»Damit der wirkliche Täter auch nicht gefunden wird.«

»Damit machst du dich strafbar.«

Max hob die Brauen. »Ich weiß.«

»Du tust es aber trotzdem?«

»Hör auf!«, sagte Max und schaute seinen Schwiegervater neugierig an. »Du machst doch auch solche Sachen. Oft genug weißt du genau, dass dein Mandant eine üble Ratte ist, und trotzdem sorgst du dafür, dass er freikommt oder weniger lange einsitzt, als er es eigentlich verdient hätte.«

»Das kann man ja wohl nicht vergleichen.« Guthor räusperte sich. »Ich empfehle meinen Mandanten gelegentlich eine bestimmte Aussage oder Vorgehensweise. Natürlich bin ich parteiisch, das gehört zu meinem Beruf. Aber was ich tue, ist nicht strafbar, jedenfalls nicht im juristischen Sinn. Du dagegen manipulierst Beweismittel.«

»Ein großer Unterschied! Im juristischen Sinn!« Max hob den Kopf, den Blick im Nirgendwo verloren.

»Natürlich. Denk mal drüber nach.«

»Krieg ich jetzt Schimpfe?«

»Ein paar hinter die Ohren bräuchtest du. Aber Gott sei Dank sind meine Fingerabdrücke nicht aktenkundig.«

»Sonst hätte ich es natürlich auch nicht riskiert«, verteidigte sich Max.

»Und wahrscheinlich werden meine Fingerabdrücke auch nicht untersucht.«

»Damit habe ich gerechnet.« Max verspürte nicht die geringsten Gewissensbisse, so gut kannte ich ihn.

»Aber jetzt zurück zu unserem Fall«, murmelte Guthor, der meinem Freund anscheinend gar nicht richtig böse war. »Wer war's? Wer hat den Eilmann erschossen?«

Max sah seinen Schwiegervater eindringlich an, und ich hatte plötzlich das Gefühl, dass er ihn doch irgendwie mochte.

»Ich denke, es ist besser, wenn du es nicht weißt.«

»Weißt du es denn?«

»Der Schnitter war's jedenfalls nicht.« Max stand auf, um die Kaffeekanne an den Tisch zu holen und jedem nachzuschenken. »Ich habe von einem Mann in einem braunen Hemd gehört, der sich zur Tatzeit hier herumgetrieben hat.«

Dieses Ablenkungsmanöver trieb ein kleines Lächeln auf das unrasierte Gesicht des Anwalts.

Er hatte Max immer für eine schlechte Partie gehalten. Seine Tochter, so dachte er, hätte schon etwas Besseres verdient gehabt als einen Brauer in einer Kleinstadt in Oberbayern. Das hatte er Max oft genug spüren lassen. Diese kleine Revanche machte Guthor klar, dass Max ihm ohne Weiteres gewachsen war. Er hatte seinen Schwiegervater hereingelegt, das musste er eingestehen.

»Du weißt es also auch nicht«, resümierte der Anwalt.

»Schau, dass du den Schnitter schnell aus dem Knast rauskriegst«, empfahl Max. »Der Rest wird sich finden.«

Guthor winkte ab. »So schnell geht das nicht, du Bengel. Schließlich hat dieser Schnitter den Mord zugegeben.«

»Er braucht sein Geständnis doch bloß zu widerrufen«, meinte Max trocken.

»Natürlich braucht er es bloß zu widerrufen«, ereiferte sich Guthor und sprang auf, was aber seinem Kopf nicht gut tat. Er griff sich sofort an die Schläfen. »Aber dieser Schnitter hört mir doch gar nicht zu. Er faselt ständig was von Schuld und Sühne und solchem Unsinn. Er sagt, er hätte es verdient, im Knast zu sitzen. Er hätte genug verbrochen.« Guthor zögerte. »Wisst ihr, was er damit meint?«

»Der Schnitter hat halt etwas, was dir völlig abgeht«, bemerkte Max und stand ebenfalls auf.

»Und das wäre«, fragte Guthor, und man konnte ihm seine Kopfschmerzen ansehen.

»Ein Gewissen.«

Das hatte gesessen!

Guthor sah verdattert drein und nestelte schließlich an seinem Hut herum, um ihn ein wenig in Form zu bringen.

»Mein lieber Schwiegersohn.« Er war mit dem Hut so weit zufrieden und setzte ihn jetzt auf. »Ein Gewissen mag in moralischer Hinsicht eine phantastische Sache sein. Aber jeden Luxus kann selbst ich mir nicht leisten.«

Dann war er draußen.

22

»Jetzt wollen wir uns doch mal um unseren lieben Besuch aus Wien kümmern«, meinte Max und ging voraus in den ersten Stock. Vor der ersten Tür rechts holte er noch einmal tief Luft, dann drückte er die Klinke und betrat forsch das Zimmer. Wolli lag im Bett, alle Viere von sich gestreckt. Er war wirklich ein kräftiger Kerl mit breiten Schultern und muskulösen Oberarmen, die durch das Unterhemd noch betont wurden.

Max setzte sich an den Bettrand, ich blieb stehen.

»Die Sonne scheint durchs Kellerloch – ein könn' mia noch«, zitierte Max den verstorbenen Eilmann und stieß Wolli sanft in die Seite.

Der Österreicher bewegte sich geringfügig.

»Es ist schon hell draußen, und wenn du dich nicht beeilst, bekommst du kein Frühstück mehr.« Jetzt schüttelte Max ihn an der Schulter.

Wolli grunzte unwillig.

»An deiner Stelle würde ich aufstehen«, fuhr Max fort. Die Ruhe dieses Augenblicks war trügerisch. »Es könnte sein, dass bald die Polizei kommt und von dir wissen will, was du hier machst.«

Beim Wort Polizei kam Bewegung in den Ruhenden.

»Was wollen die damischen Kiberer von mir? Ich hab nix ang'stellt«, nuschelte Wolli ins Kissen.

»Dem Hauptkommissar ist sein Hauptverdächtiger abgesprungen. Und jetzt wird er schauen, wo er einen neuen findet. Da kommt ihm ein Geschäftsfreund des Ermordeten sicher gelegen«, erklärte Max.

Wolli prustete, drehte sich zur Seite und schlug schließlich die Augen auf. Er stank wie ein Kübel mit drei Tage altem Tropfbier.

»Wir wollen keinen Ärger haben mit unseren Gästen, verstehst du?« Max gähnte.

»Mit mir gibt's kaan Ärger.« Wolli kam jetzt ganz in die Höhe und versuchte, sich den Schlaf aus den Augen zu reiben. Dann stand er unsicher auf und ging zum Waschbecken, wo er sich kaltes Wasser übers Gesicht und in den Nacken laufen ließ. Er packte das Handtuch und rieb sich trocken. Anschließend strich er mit beiden Händen die langen blonden Haare nach hinten, warf einen Blick in den in den Spiegel – und erstarrte.

»Wer war des«, brüllte er los und glotzte fassungslos auf sein Spiegelbild.

Mit der Katzenwäsche hatte er die Schminke noch mehr verschmiert, als er es im Schlaf bereits getan hatte. Er sah aus, als wäre er gerade von einem Faschingsball heimgekommen.

»Wer war des?«, brüllte er erneut, diesmal noch lauter, und kam auf uns zumarschiert wie ein angeschossener Tiger. Er sah wirklich gefährlich aus mit seinen breiten Schultern und den beeindruckenden Oberarmen.

»Kannst du dich nicht mehr erinnern?«, fragte Max vom Bett aus. Er hatte sich nicht bewegt, schaute dem Österreicher jedoch scheinbar überrascht entgegen.

»Nein.«

»Du warst gestern Abend gar nicht zu bremsen und wolltest unbedingt von der Erica geschminkt werden. – Das hättest du schon lange gewollt, hast dich aber nie getraut, dein Innerstes nach Außen zu kehren.«

»Red keinen Schmarrn, sonst fängst eine«, blaffte Wolli.

Er hatte sich in Schlagweite vor meinem Freund aufgebaut, den Körper etwas nach vorn gebeugt.

»Das ist kein Schmarrn«, verteidigte sich Max. »Wir haben für dich sogar Aufnahmen zur Erinnerung gemacht.«

Er zog einige Polaroidfotos aus der Joppentasche und sah sie zunächst selbst der Reihe nach durch. Schließlich hatte er das Richtige gefunden »Hier bist du sehr gut getroffen, finde ich. Ein bisschen tuntig vielleicht, aber sonst sehr hübsch.«

Max hielt Wolli ein Foto hin, auf dem er geschminkt und nur mit Unterhemd und Unterhose bekleidet im Bett lag.

Der blonde Hüne fing an zu pumpen wie ein Maikäfer und starrte zunächst auf die Fotografie, dann auf meinen Freund. Max hatte wirklich gute Nerven, dass er immer noch so ruhig dasaß. Doch hätte er nicht diese Ruhe und Selbstsicherheit ausgestrahlt, hätte ihm der Hüne schon längst eine reingehauen.

»Schau mal, Wolli. Hier habe ich noch eine schöne Aufnahme.«

Max zeigte ihm ein Foto, auf dem er mehr im Profil getroffen war.

»Hätte ich mir gar nicht gedacht, dass du so einer bist.«

Max blinzelte, und Wollis Gesichtsausdruck wurde konzentriert und gefährlich.

»Vielleicht gefällt dir das Foto hier besser.« Max hielt Wolli eines hin, auf dem der Österreicher die Beretta in der Hand hielt. »Mit der Pistole ist übrigens dein Spezl Eilmann erschossen worden«, erklärte er sanft.

Wolli starrte Max an, als wäre er ein Gespenst, und ich befürchtete, dass dies nichts Gutes bedeutete.

»Du bist tot, Mann«, zischte Wolli, ohne die Stimme zu heben. »Mausetot.«

»Bleib sachlich, deine Drohungen beeindrucken hier niemanden«, meinte Max ungerührt. »Die Tuntenbilder habe ich eigentlich bloß gemacht, weil mir Typen wie du auf die Nerven gehen und du nicht freundlich zu unserer

Erica warst. Wenn du nicht sofort verschwindest oder dich noch mal hier blicken lässt, werde ich dafür sorgen, dass ganz Wien diese Fotos zu Gesicht bekommt. Der harte Strizzi als Transvestit. Das kommt sicher gut in der ›Kronen Zeitung‹. Und für den Fall, dass du auf dumme Gedanken kommst: Das ist nur ein Teil unserer Bildserie. Der andere liegt bei unserem Anwalt.«

»Du bist tot, Mann«, wiederholte Wolli, und sein Gesicht entspannte sich. Jetzt sah er wirklich gefährlich aus, und ich befürchtete, er würde jeden Augenblick über Max herfallen.

Max jedoch zeigte keinerlei Furcht. »Stör mich nicht, ich bin noch nicht fertig.« Er hielt das letzte Foto in den Händen. »Ich schlag dir jetzt ein Geschäft vor, bei dem du gar nicht nein sagen kannst: Du wirst genauso verschwinden, wie du gekommen bist. Niemand hat dich gesehen, du wirst nicht ins Gästebuch eingetragen. Das Bier von gestern Abend geht aufs Haus. Die Erica und ihren Buben lässt du in Ruhe, natürlich auch den Kaspar und mich. Sollte jemandem von uns etwas zustoßen, dann werden wir zuerst an dich denken. Es wird uns einfallen, dass ein gewisser Wolli am Sonntag nach dem Eilmann gefragt hat. Es wird nicht schwer sein, dich zu finden, denn du bist schließlich ein bekannter Unternehmer in deiner schönen Stadt. Dann wird die Wiener Polizei deine Fingerabdrücke nehmen, und die deutschen Kollegen werden sie mit denen auf der Beretta vergleichen. Der Staatsanwalt wird dich wegen Mordes anklagen, und man wird dich bis ans Lebensende ins Gefängnis stecken wegen vorsätzlichen, heimtückischen Mordes. Da gibt es ganz wenig Spielraum, auch wenn du dir eine Spitzenanwalt wie meinen Schwiegervater leisten solltest.«

»Ich hab ein Alibi für den Sonntag«, sagte Wolli trocken. »Und Zeugen!«

Max lachte. »Wahrscheinlich ein paar Spezln und junge Damen, die dir eh aus der Hand fressen.«

Wolli überlegte. »Wo ist die Knarre?«

»Die ist schon bei der Polizei. Hauptkommissar Huber hat sie heute Morgen abgeholt.«

»Und das soll ich euch glauben.« Wolli tat noch einen letzten Schritt auf Max zu.

»Wären wir sonst so freundlich zu dir?« Max legte die Fotos aufs Bett, erhob sich und ging so knapp an Wolli vorbei zur Tür, dass sein rechter Ellbogen ihn streifte. »Du kannst die Bilder zur Erinnerung behalten. Ich habe, wie gesagt, noch einige davon, die ich mir aber nicht ins Familienalbum kleben werde. Du verstehst?« An der Tür blieb Max noch einmal stehen. »Du kannst dich von Erica verabschieden und abschminken lassen. Dafür hast du fünfzehn Minuten. Danach will ich dich in Wolfratshausen nicht mehr sehen.«

Max verließ das Zimmer wie Billy the Kid nach einem erfolgreichem Revolverduell. Ich folgte ihm und war sehr stolz auf meinen Freund.

Unten in der Gaststube trafen wir Erica, die gerade lüftete und aufräumte.

»Der Wolli möchte dir Adieu sagen«, meinte Max im Vorbeigehen. »Außerdem sollst du ihm beim Abschminken helfen.«

Sie wich instinktiv zurück.

»Er mag nicht mehr hierbleiben.« Max grinste. »Übrigens haben ihm die Bilder so gut gefallen, dass er sie am liebsten alle gehabt hätte.«

»Hast du ihm Geld gegeben?«

Max hielt die Arme geöffnet wie Jesus auf den romantischen Motiven als Guter Hirt. »Meine liebe Erica! Wer denkt an Geld, wenn die Freiheit und das Glück auf dem Spiel stehen?«

23

Um zehn kam ich endlich dazu, die Zeitung zu lesen.

Wendung im Mordfall Bräuwirt

Der stadtbekannte Landwirt und Immobilienhändler Ludwig S. hat gestanden, den Mord an dem Kölner Geschäftsmann Heinz E. begangen zu haben. Der mutmaßliche Mörder sitzt in Untersuchungshaft, die Ermittlungen haben also ein schnelles Ende gefunden.

»Gott sei Dank war's der Schnitter«, sagte Anni und stellte sich zu mir hinter die Theke.

Am Tisch im Eck saßen einige Bauern. Am Stammtisch war niemand.

»Warum Gott sei Dank?«, wollte ich wissen.

»Kannst du dir das nicht denken?« Anni sprach so leise, dass niemand etwas mitbekam.

»Wegen dem Franz?«

»Warum denn sonst?« Sie schüttelte den Kopf. »Manchmal frag ich mich schon, warum die Leute Professor zu dir sagen.«

Das war deutlich!

»Hast du wirklich gemeint, dass der Franz ...« Ich wollte den Satz nicht beenden.

»Für dieses Weib machen die Männer alles, das dürfte dir ja wohl schon aufgefallen sein. Auch du schaust sie an, als könnte sie dich von der Erbsünde erlösen.«

»Ich?«

»Wenn du meinst, dass dich keiner beobachtet, glotzt du dieses Weibsstück an wie das achte Weltwunder. Die anderen Männer sind keinen Deut besser. Meiner auch nicht.« Sie lehnte sich an den Tresen und verschränkte die Arme. »Sie hat ja wirklich einen Hintern, der eine Kriegserklärung wert wäre.«

Anni drückte sich manchmal sehr plastisch aus.

»Jedenfalls kommt der Franz immer öfter hierher zum Stammtisch. Und er kommt nicht, weil daheim die Apfelschorle ausgegangen ist!«

Sie schenkte sich eine Cola ein und trank einen Schluck.

»Am Samstag ist dieser Eilmann aufgetaucht, und es war nicht schwer zu erkennen, dass unsere Gräfin ihn von früher kennt und sich vor ihm gefürchtet hat. Der Franz hat es auch gemerkt und ist dem Eilmann nach aufs Klo. Der Eilmann ist als Erster zurückgekommen, danach der Franz. Er hat sich an den Tisch gesetzt und einen Schnaps bestellt, was er schon lange nicht mehr getan hat. Dann noch einen und noch einen. Daheim hab ich ihn gefragt, warum er so viel gesoffen hätte, und er hat gesagt, dieser Eilmann wäre ein ganz übler Bursche, und er müsse auf die Gräfin aufpassen. Ich hab ihm dann erklärt, dass ihn die Gräfin nix angeht. Er wäre mit mir verheiratet. Natürlich, hat er gesagt, natürlich. Aber er hat die ganze Zeit nur an sie gedacht, das hab ich ihm angesehen. Und ich weiß, dass er sie vor dem Kerl beschützen wollte.«

Sie wandte sich mir zu.

»Professor, kannst du mir erklären, warum die Männer so blöd sind?«

Ich zuckte die Achseln. »Erklären kann ich es dir natürlich nicht, aber das Problem gibt's nicht erst seit gestern. Vor dreitausend Jahren haben die Griechen zehn Jahre lang Krieg geführt gegen Troja und sich die Köpfe eingeschlagen. Alles bloß, weil einer aus Troja einem griechischen König die Frau ausgespannt hat.«

»Da hätt meiner auch dabei sein können!«

»Red keinen Unsinn.«

»Doch! Er ist am Sonntagnachmittag vom ersten Stock runter'kommen. Ich hab ihn gefragt, was er da oben getrieben hat. Er wollte dem Eilmann klarmachen, dass er verschwinden soll, hat er gesagt. Aber die Tür sei zu gewesen, und niemand habe sich gerührt.«

»Wann war das?«

»Um drei.«

»Das passt genau.«

»Das passt genau«, äffte sie mich nach. »Ich hab eine Scheißangst gehabt, dass es der Franz war. Frauen wie die Gräfin bringen Männer mit einem Augenaufschlag dazu, einen anderen kalt zu machen.« Anni schnaufte. »Sogar wenn solche Weiber verheiratet sind oder einen Freund haben.«

Ich war baff. »Wie? Die Gräfin hat einen Freund?«

Das war eine Nachricht!

Anni wich aus. »Noch nicht lang. Ich weiß auch nicht, wie er heißt.«

»Aber du bist dir sicher?«, brachte ich gerade noch heraus.

»Todsicher!«

24

»Du hast es gewusst?«, fuhr ich Max an.

Dass er nichts sagte, war mir Antwort genug.

»Erica hat einen Freund, und kein Mensch erfährt davon, obwohl wegen ihr ein Mann erschossen wurde.«

Max sagte immer noch nichts.

»Jetzt rück raus mit der Sprache. Die Tatsachen müssen auf den Tisch!«

Max fing an zu grinsen. »Plötzlich willst du, dass alle Tatsachen auf den Tisch kommen. Aber überleg mal, was der Hauptkommissar sagen wird, wenn er erfährt, dass du die Fingerabdrücke von der Pistole gewischt hast.«

Natürlich war das meine Schwachstelle. »Du weißt, warum ich es gemacht habe?«

»Klar.« Max legte die langen Beine auf den Schreibtisch und verschränkte die Arme hinter dem Kopf. »Weil du verknallt bist in unsere schöne Gräfin – genauso wie die meisten anderen auch.«

Ich wollte widersprechen, doch er winkte ab.

»Ich weiß, dass es da jemanden gibt, aber ich kenne ihren Freund nicht. Sie ist in den letzten paar Wochen gelegentlich über Nacht nicht heimgekommen. Mehr kann ich dir nicht sagen. Die privaten Angelegenheiten meiner Angestellten interessieren mich nicht.« Jetzt sah er mich amüsiert an. »Und dir habe ich es nie erzählt, weil wir für ein paar Wochen jemanden an der Schenke brauchten und ich mir sicher war, dass du es machen würdest, wenn bei dem Job die Chance besteht, unserer Gräfin ein bisschen näherzukommen.«

»Du linke Ratte«, war das Einzige, was mir einfiel.

»Es hätte ja auch klappen können«, meinte Max. »Sicher bist du eine echte Herausforderung für unseren Engel.«

Ich merkte, wie ich sauer wurde. »Sie ist zu mir ins Zimmer gekommen«, knurrte ich.

»Und?«

»Nix und! Sie hat mir gebeichtet, was sie früher gemacht hat und woher sie den Eilmann kennt.«

»Davon hast du mir noch gar nichts erzählt.«

»Ich hab's ihr versprochen.« Plötzlich hatte ich einen schalen Geschmack im Mund. »Ich hab ihr auch versprochen, auf den Chico aufzupassen, wenn sie in den Knast muss.«

Max fuhr in die Höhe. »Ach, deshalb hast du die Beretta gleich abgewischt! Du hast gemeint, die Erica hätte den Kerl erschossen.«

»Freilich«, sagte ich. »Wer soll es denn sonst gewesen sein!«

25

Es war bereits Nachmittag, nur wenige Gäste saßen am Stammtisch. Ein junges Paar hatte nach Fremdenzimmern gefragt, und Erica hatte ihnen eines gezeigt. Jetzt saßen die beiden in der Wirtsstube, gafften aus dem Fenster und hielten sich ungeschickt die Hände. Ich beneidete die beiden, weil sie so glücklich und verliebt waren.

Voller Unmut zapfte ich gerade ein neues Fass Helles an, als die Tür zur Gaststube aufging und der Schnitter hereinhumpelte.

»Verreck Kaffeehaus«, rief der Loidl. »Haben sie dich schon wieder rausgelassen.«

Der Schnitter blieb stehen und sah sich unsicher um. Er war kaum wiederzuerkennen in seinem neuen grauen Anzug. Die dunklen Haare waren kurz geschnitten und akkurat gescheitelt. Außerdem waren die dicken Augenbrauen gestutzt, und die markanten Haarbüschel aus Ohren und Nasenlöchern fehlten.

»Dich kennt man ja gar nimmer. Geh, setz dich her zu uns und erzähl.« Der Loidl rückte zur Seite. »Gräfin, bring ein Bier und einen Schnaps. Der Schnitter wird Durst haben.«

Erica hatte gerade die Blumen in der Wirtsstube gegossen und eilte zur Schenke.

»Wie ist es dir denn ergangen im Knast?«, fragte der Loidl, nachdem sich der Schnitter gesetzt hatte.

»Die Leute im Gefängnis waren sehr freundlich. Ich kann mich nicht beschweren.« Mühsam suchte der Schnitter nach den richtigen Worten. »Ich habe den Polizisten einen Haufen Ärger gemacht. Dafür habe ich mich entschuldigt.«

»Du hast dich dafür entschuldigt, dass sie dich eingesperrt haben?«, fragte der Loidl ungläubig.

Schnitter nickte.

»Aber du hast doch zugegeben, dass du den Eilmann erschossen hast? So hat es zumindest in der Zeitung gestanden.«

Der Schnitter nickte erneut.

Als Erica das Bier vor den Schnitter hinstellte, stieß er gleich mit dem Loidl und den anderen an. Nach einem kräftigen Schluck wischte er sich den Schaum aus dem dünnen Schnurrbärtchen.

»Ich hab die Beamten angelogen.« Schnitter sah sich um und sein Blick blieb an Erica hängen, die am Tresen stand. »Das tue ich nicht gerne.«

Als hätte er es gerochen, kam Max durch die Tür und sah seinen besten Kunden am Tisch sitzen.

»Das ist aber schnell gegangen«, meinte er gut gelaunt.

»Der Huber hat mich nach Stadelheim in Untersuchungshaft bringen lassen. Als wir allein waren, hat er gesagt, er würd mir kein Wort glauben. Er wüsste zwar auch nicht, wer den Eilmann erschossen hätte. Ich wäre es aber sicher nicht gewesen. Ich habe ihn gefragt, wie er darauf kommt. Er hält mich nicht für blöd, hat er gesagt. Und nur ein blöder Mensch bringt jemanden um, setzt sich dann gemütlich in die Wirtschaft und gibt den Mord zu, sobald es jemandem anderen an den Kragen geht.«

Nach so viel Reden genehmigte er sich einen Schluck.

»Dann ist der Schwiegervater vom Max aufgetaucht. ein feiner Mann mit einem schönen Anzug und einem Benehmen wie der Erbgraf von Hornstein. Er war sich sicher, ich hätte den Eilmann erschossen. Er hat mir erklärt, was ich alles beachten soll, damit ich gut davonkomme. Ich habe ihm gesagt, es wär mir wurscht, ob ich gut davon komme. Ich hätt' genug auf dem Kerbholz, dass sie mich eine Zeit lang einsperren können. Er war nicht zufrieden mit mir, das habe ich gleich gemerkt. Er hat mir erzählt, dass er ein ganz gerissener Hund wär und schon viele Ganoven rausgehauen hätte. Ich bräuchte bloß den Mund zu halten und ihn machen lassen, dann würde mir nicht viel passieren. Ich hab ihm dann gesagt, er soll sich nicht so anzustrengen wegen meiner. Da ist er zündig geworden: Das wär gegen seine Ehre als Anwalt, hat er mich angefahren. Er strengt sich immer an. Schließlich habe er einen Ruf zu verlieren.«

Der Loidl nickte. Erica hatte sich dazugesetzt, sie wollte kein Wort verpassen.

»Heut Mittag ist der Herr Anwalt wiedergekommen und hat gesagt, die Polizei hätte jetzt Beweise, dass ich es nicht war und ich könnt heimgehen. Ich würde aber wahrscheinlich noch eine Strafe bekommen wegen …« Schnitter überlegte angestrengt, bis ihm der richtige Ausdruck einfiel. »Wegen Vorspiegelung falscher Tatsachen und Irreführung der Behörden. Ich hab ihn gefragt, ob das schlimm wär. Moralisch ja, hat er gesagt. Aber ich würd unter fünf Jahren davonkommen – das war natürlich ein Scherz. Dann habe ich mich bei allen schön bedankt und mich entschuldigt für die Umständ', die ich ihnen gemacht habe. Mit dem Taxi bin ich in die Stadt und später nach Hause, hab die Tiere gefüttert, und jetzt bin ich hier.«

Er sah sich zufrieden um.

»Mit euch zwei hätt ich was zu reden.« Der Schnitter deutete auf den Max und mich.

Dann erhob er sich und hinkte mit dem Bier in der Hand zu seinem Stammplatz am Fenster. Max und ich folgten.

»In Stadelheim haben sie keine Einzelzellen mehr gehabt«, begann der Alte ohne lange Vorrede. »Ich hab also die Zelle mit einem Heiratsschwindler teilen müssen, dem Bruno.«

Max und ich sahen uns irritiert an.

»Der Bruno hat mir erklärt, wie das läuft mit den Weibern. Das Wichtigste, hat er gesagt, ist ein sauberer Anzug und gut geschnittene Haare. Das könnte man in jedem James-Bond-Film sehen. Wenn der in die Luft gesprengt worden ist und wieder zum Stehen kommt, dann hat er zwar fünf blutende Kratzer im Gesicht, und der Anzug ist beim Teufel. Aber die Frisur ist immer noch einwandfrei.«

Ich überlegte und musste ihm recht geben.

»Ich hab ihm erklärt, es gäbe da eine Frau, bei der ich gerne ein bisserl Eindruck schinden möchte. Da hat er gesagt, so wie ich daherkäme, würde sich keine achtzigjährige Zigeunerin mit mir einlassen.«

Schnitters Rattengesicht mit dem dünnen Schnurrbärtchen schien mir heute runder und angenehmer als sonst – grad so, als hätte er eine Gurkenmaske bekommen.

»Er hat mir einen guten Friseur empfohlen«, fuhr der Schnitter fort, »und ein Bekleidungshaus für Herren in der Innenstadt. Ob ich Geld hätte, hat er mich gefragt. Daran fehlt's nicht, hab ich ihm gesagt. Warum ich dann rumlauf, wie eine Vogelscheuch, wollt er wissen. Wenn ich bei einer Frau landen wollte, dann müsst ich mich schon ein bisserl zusammenreißen. Und zum Essen müsst ich sie natürlich auch einladen – in ein erstklassiges Restaurant, am besten in der Stadt.«

Jetzt schaute er uns abwechselnd an.

»Warum erzählst du uns das?«, fragte Max.

»Weil ich euch brauch.« Nun packte der Schnitter erst richtig aus. »Die Erica bringt mir jeden Tag das Bier, und ich glaub, sie mag mich. Jetzt hab ich mich einsperren lassen für sie, und der Bruno hat gemeint, die käme mir jetzt nicht mehr aus – allein schon moralisch, versteht ihr?«

Ich nickte, doch Max macht ein ungläubiges Gesicht.

»Ich hab mir einen neuen Anzug gekauft, die Haare sind vom teuersten Friseur in München geschnitten. Der hat mich auch rasiert und die Haare aus der Nase und den Ohren rausgezupft.« Er sah uns groß an. »Ich hab gar nicht gewusst, dass das so einfach geht. Die Fingernägel sind ebenfalls sauber.« Er hielt uns seine frisch manikürten Hände entgegen. »Jetzt müssen wir bloß noch irgendwohin zum Essen, wo es teuer ist.«

»Du glaubst, deine Brautschau geht so einfach?« Max rieb sich die krumme Nase.

»Es ist ja keine Brautschau. Ich kenn die Erica schon lange.« Er wurde wieder klein und krumm. »Ich möchte ihr halt bloß sagen, dass …«

Wir betrachteten ihn wortlos, und er kam zum Ende: »Ihr müsst mitgehen, nach dem Essen könnt ihr verschwinden.« Die dunklen Augen des alten Mannes glänzten. »Ich zahl alles.«

»Wenn das so ist«, brummte Max und stand auf. »Dann werd ich einen Tisch im ›Vierjahreszeiten‹ reservieren.«

26

Erica hatte sich ein klein wenig zurechtgemacht – etwas Make-up und eine weiße Bluse zu den obligatorischen engen Jeans. Trotzdem war sie mit Abstand die schönste Frau im Restaurant des vornehmen Hotels.

»Haben die Herrschaften schon gewählt?«, fragte der Ober und machte ein distanziertes Gesicht. Für ein freundliches waren wir ihm wohl nicht vornehm genug.

»Was Gutes«, meinte der Schnitter. »Ich hätt gern ein Bier und einen Schnaps. Einen Jägermeister vielleicht.«

»Gerne«, nuschelte der Ober und sah verächtlich durch uns hindurch.

Erica wollte Rotwein.

»Einen Guten«, fügte der Schnitter hinzu.

Man führe nur erstklassige Weine, beteuerte der Ober.

Max und ich bestellten ein Bier.

Nun schauten wir in die Speisekarte. Das empfohlene Menü kostete mehr, als ich an einem Tag verdiente.

»Esst ruhig was Schönes! Wurscht, was es kostet.« Der Schnitter lächelte Richtung Erica.

Wir bestellten das Viergängemenü und waren sehr gespannt, was man uns vorsetzen würde.

»Ich hab euch eingeladen, weil ihr neben dem Gerstl, dem alten Bräu und der Elli meine besten Freunde seid. Zu meiner Entlassung wollte ich was springen lassen.«

Wir bedankten uns, auch Erica. Doch sie war auf der Hut, trank nur ein paar Schluck Wein und viel Wasser dazu. Dafür rauchte sie eine Zigarette nach der anderen – sehr ungewöhnlich für unsere Gräfin!

Die Unterhaltung plätscherte so dahin. Der Schnitter erzählte einige Details aus der Haft. Wir redeten lange darüber, dass von allen Angestellten beim Bräu, also der Zenzl, der Erica, den Bierbrauern, mir und Max, aber auch von den Stammgästen an diesem Nachmittag Fingerabdrücke genommen worden waren.

Dafür hatte sich ein Expertenteam drei Stunden im Nebenzimmer breit gemacht und einen nach dem anderen herangenommen. Jetzt hatten wir alle schwarze Fingerkuppen, und das Zeug war kaum abzuwaschen.

Nach dem Himbeersorbet verschwanden Max und ich wie verabredet. Nun hatte der Schnitter die Gelegenheit, Erica sein Herz auszuschütten. Ich war hin- und hergerissen. Ich wusste, dass er gut für sie sorgen würde und der Chico todfroh wäre, sollte sich seine Mutter für den Alten entscheiden.

Doch konnte ich ihm viel Glück dazu wünschen? Ihre Anwesenheit machte mich immer noch fundamental nervös. Ich liebte es, die Mischung aus Parfüm und ihrem Körper zu riechen, sobald ich in ihre Nähe kam. Außerdem hatte sie doch gesagt, ich würde anfangen, ihr zu gefallen. Und sie war zu mir ins Bett gekommen, um sich aufwärmen zu lassen.

Nicht zu ihrem Freund! Zu mir war sie gekommen!

Max und ich wollten die Gelegenheit nutzen. Wir liefen einige Stunden durch Schwabing. Atzinger, Engelsburg, Café an der Uni. Wir setzten uns in die Kneipen, tranken und plauderten über alles Mögliche. Die Lokale waren dieselben wie früher.

Doch es war nicht wie früher. Die Unbeschwertheit fehlte.

27

Es war noch vor eins, als wir nach Hause kamen. Wir gingen sofort ins Bett, denn morgen mussten wir wieder früh aufstehen. Nur wenige Tage nach der alten Feichtin war auch ihr Ehemann gestorben. Das gab die nächste große Beerdigung, und es waren viele Vorbereitungen zu treffen.

Ich hatte meinen Pyjama angezogen und putzte mir gerade die Zähne, da ging die Tür auf. Im Zimmer stand Erica und sie war nicht gut aufgelegt.

»Was habt ihr euch dabei gedacht?«, fuhr sie mich an.

Ich spuckte den Zahnpastaschaum ins Waschbecken und spülte Mund und Zahnbürste gründlich und ohne Eile.

»Wobei gedacht?«, fragte ich schließlich und gurgelte.

»Stell dich nicht blöder, als du bist.«

Mit blöd hatte sie wohl recht. Ich war blöd genug gewesen, wegen ihr die Fingerabdrücke von der Waffe zu wischen. Das konnte mich in Teufels Küche bringen.

»Hat es dir nicht gefallen?« Ich trocknete mir den Mund ab, setzte mich aufs Bett, bot ihr aber keinen Platz an. »Das Essen war doch super.«

»Ihr habt mich mitgeschleppt wie ein Stück Vieh«, keifte Erica. »Dann seid ihr einfach verschwunden, damit mich der Schnitter verliebt anglotzen kann.« Ihre Augen wurden hart. »Er hat den teuersten Kognak bestellt, damit ich sehe, wie viel Geld er hat!«

»Jeder weiß, dass der Schnitter ein reicher Mann ist. Du doch auch.«

»Aber warum tut er so, als könne er mich mit seinem Scheißgeld kaufen?«

»Das hat ihm ein Heiratsschwindler geraten, den er im Knast kennengelernt hat. Außerdem wirft jeder in den Ring, was er hat«, erklärte ich. »Ich zum Beispiel habe einen Luxuskörper, ein reines Herz, aber kein Geld. Und mich willst du auch nicht.«

»Ach, Kaspar«, winkte sie ab. »Wenn das alles so einfach wäre.«

Sie nahm die Jeans vom Stuhl und setzte sich.

»Du sagtest, ich würde anfangen, dir zu gefallen«, begann ich vorwurfsvoll. »Und dann kommst du auch noch in mein Bett, um dir die Füße aufzuwärmen.«

Sie nickte schuldbewusst.

»Ich krieg immer noch rote Ohren, wenn ich daran denke«, versuchte ich einen Scherz.

Erica lachte wirklich ein klein wenig und sah wunderschön aus dabei.

»Du hast einen Freund.« Ich wollte nicht lange drum herum reden.

Sie wurde ernst und widersprach nicht.

»Wer ist es?«

»Das kann ich dir nicht sagen.«

»Warum nicht?«

»Es würde die Sache noch viel komplizierter machen.«

»Noch komplizierter? Das geht doch gar nicht.«

»Doch!«

»Kannst du mir wenigstens verraten, wer den Eilmann umgebracht hat?«

Sie schüttelte den Kopf.

»Dann erzähl mir alles, was du weißt.«

Sie schaute mir in die Augen. Mein Gott! Was hatte sie für wunderschöne, mandelförmige Augen – wie eine orientalische Prinzessin.

»Gut.« Ich schraubte meine Anforderungen noch einmal zurück. »Dann lüg mich wenigstens nicht an.«

Sie schlug die Augen nieder. Der Deal war also gemacht.

»Was der Eilmann von mir wollte, habe ich dir schon erzählt.«

Sie holte die Zigaretten aus der Hosentasche und zündete sich eine an. Die Tasse, die ihr als Aschenbecher gedient hatte, stand immer noch an Ort und Stelle, mit den alten Kippen drin. Die stanken zwar ziemlich, erinnerten mich aber an ihre Besuche.

»Der Franz hat als Erster mitbekommen, dass mit dem Eilmann irgendwas nicht stimmt. Der Franz fühlt sich anscheinend ein bisschen wie mein Beschützer oder großer Bruder oder was weiß ich.«

Sie nahm einen tiefen Zug.

»Die Anni hat mich mal zu sich nach Hause eingeladen, und seitdem schaut er mich so komisch an. Am Samstagabend hat er mich gefragt, ob es Ärger mit dem Fremden gäbe, und ich habe blöderweise ja gesagt. Jedenfalls ist er hinter dem Heinz her aufs Klo. Dort hat es eine kleine Auseinandersetzung gegeben, und der Heinz hat solche Raufereien nie verloren. Er war zwar ein bisschen fett, aber sehr kräftig und hat früher geboxt. Dem Franz hatte er gleich erklärt, dass man sich mit ihm besser nicht anlegt. Die zwei sind wieder zurück, als wäre nichts gewesen. Doch der Franz hatte ein blaues Auge und erzählte am Stammtisch, er wäre gestürzt und hätte sich am Waschbecken das Gesicht angeschlagen. Für ihn war die Sache noch nicht erledigt, und er ist am Sonntagnachmittag rauf zum Heinz. Er hatte einen Schlagring dabei oder so was Ähnliches. Der Eilmann würde schon verschwinden, hat er mir versprochen. Wie er das fertigbringen wollte, hat er nicht gesagt.«

Erica sah mich traurig an.

»Die Tür zu Eilmanns Zimmer war zu, also ist er unverrichteter Dinge wieder runtergekommen. Die Anni hatte schon auf ihn gewartet. Was er dort oben verloren hätte, hat sie ihn angefahren. Das würde sie nichts angehen, hat er gesagt. Seitdem ist die Anni sauer auf mich.«

»Also war's der Franz?«

Erica zuckte die Achseln.

»Woher hatte er die Pistole?«

Wieder Achselzucken.

»Warum habe ich das Gefühl, dass du mich auf eine falsche Fährte locken willst?«

»Hast du das?«

»Ist es wegen Chico?«

Sie stand auf und sah mich versonnen an. »Möglich. Für meinen Kleinen würde ich wahrscheinlich alles tun.«

Sie drehte sich um und war draußen.

28

»Hoffentlich ist mir das Fräulein Erica nicht beleidigt«, sagte der Schnitter und schaute betroffen in die Tischplatte.

»Warum sollte sie beleidigt sein?«, fragte ich und setzte mich zu ihm.

Ich war als Bedienung eingeteilt, Erica und Anni würden erst um halb elf kommen zum Leichenschmaus für den alten Feicht. Zum Glück besaß die Familie einen großen Hof. Die beiden Beerdigungen würden sie nicht ruinieren.

»Es hat ihr überhaupt nicht gefallen, dass ihr gestern abgehauen seid.«

»Aber so war es doch abgesprochen.«

»Aber ein bisserl hinterfotzig war es schon.«

»Findest du?« Seit gestern duzten wir uns.

»Sie hat gemeint, dass wir vier schick essen gehen. Schließlich sind wir zu zweit dagesessen, und ich habe nicht gewusst, was ich mit ihr reden soll. Aus Verlegenheit habe ich einen sündteuren Kognak bestellt. Er hat mir nicht einmal geschmeckt. Fräulein Erica hat auch nicht viel gesagt, und schließlich waren wir beide froh, als wir im Taxi gesessen und nach Hause gefahren sind.«

»Was hättest du ihr denn gerne gesagt?«

Die dunklen Nagetieraugen vom Schnitter streiften durch den Raum.

»Ich hätte ihr gern gesagt, dass ich für sie sorgen könnte, wenn sie das will. Wir könnten das Haus umbauen. Platz ist genug.«

»Aber du hast dich nicht getraut, die Sache anzusprechen?«

Er schüttelte den Kopf, packte das Schnapsglas und stürzte den Doornkaat hinunter.

»Es gibt nicht viele Frauen, die mir etwas bedeutet haben«, begann er.

Ich fürchtete, dass er nun zu einer Beichte ansetzen würde – ich hatte mich nicht getäuscht.

»Meine Mutter, dann ein Mädel mit langen braunen Zöpfen aus der Nachbarschaft. Die hat sich aber für den Gerstl entschieden, und ich hab so getan, als tät es mir nix ausmachen. Dann waren wir im Krieg in der Ukraine. Dort gibt es die schönsten Frauen der Welt. Ich hatte gerade meine Nahkampfspange bekommen und bin rumgelaufen wie ein Pfau. Da hab ich die Olga getroffen, eine junge Lehrerin. Ich hab ihr versprochen, dass ich nach dem Krieg wiederkomme, um sie zu heiraten.« Jetzt hatte er kleine, runde Tränen in den Augen. »Sie hat ein bisserl ausgesehen wie das Fräulein Erica. Dieselben dunklen Augen, dieselben glänzenden braunen Haare und dieselbe Art, den Kopf zu halten. Hoffentlich ist ihr nichts passiert, nachdem sie sich mit einem deutschen Soldaten eingelassen hat. Manchen Mädchen haben sie nach dem Krieg die Haare abgeschnitten und auf einem Schandwagen durch die Stadt gefahren. Aber mit den meisten haben sie kurzen Prozess gemacht. Seitdem habe ich keine Frau mehr angerührt. Mir gefallen andere Dinge.«

Er deutete auf sein Schnapsglas. »Und in Stadelheim treffe ich diesen Heiratsschwindler.«

Er lachte und schüttelte den Kopf. »Ich habe ihm erzählt, dass ich im Gefängnis bin, damit der Erica nichts passiert. Du bist verliebt, hat er zu mir gesagt. Er wäre auch schon mal verliebt gewesen, hat er gesagt, aber das wäre schlecht für sein Geschäft. Dann hat er mir erklärt, was ich tun muss, um die Dame meines Herzens zu erobern. Und gestern sitze ich in meinem neuen Anzug im ›Vierjahreszeiten‹ und komme mir so blöd vor wie noch nie in meinem Leben.«

»Du hast den Eilmann nicht umgebracht?«, unterbrach ich seinen Monolog.

»Nein.« Jetzt schmunzelte er mit schmalen Lippen. »Den nicht.«

»Weißt du, wer es war?«

»Nein, interessiert mich auch nicht.«

»Wann ist deine Pistole verschwunden?«

»Keine Ahnung. Vor einem halben Jahr habe ich mal die Küche geputzt, und damals war sie noch da. Als ich am Montag nachschaute, nicht mehr.«

»Könnte es sein, dass sie der Chico …«

»Der Chico macht so etwas nicht«, unterbrach mich der Schnitter und deutete auf sein Schnapsglas. Er wollte noch einen.

»Hast du die Patronen im Magazin gewechselt?«

Der Schnitter starrte mich verwundert an. Offensichtlich verstand er die Frage nicht.

»Waren noch die Originalpatronen in der Pistole?«

»Natürlich.« Er sah mich befremdet an. »Wer hätte die Munition denn austauschen sollen? Und warum?«

»Wofür hast du die Waffe behalten?«

Er zögerte, dann brummte er. »Um der Sache ein Ende zu setzen, wenn es zu arg wird.«

»Womit?«

»Mit den bösen Träumen.«

Ich verstand, erhob mich wortlos und brachte ihm den Schnaps.

29

Die Tür ging auf, und Hauptkommissar Huber kam herein, direkt auf den Tisch vom Schnitter zu. Sein rechter Arm war dick eingebunden.

»Was haben Sie denn angestellt?«, fragte ich ihn vom Tresen aus.

»Amouren«, meinte der Polizist und setzte sich zum Schnitter.

»Damit habe ich auch schlechte Erfahrungen«, meinte der Alte und bedeutete mir mit einer Geste, dass ich dem Polizisten einen Schnaps auf seine Kosten bringen sollte.

»Ich habe mich um den verschwundenen Hund gekümmert«, erklärte Huber, nachdem er es sich bequem gemacht hatte. »Am Montag ist doch der Pudel von der Starnberger Bürgermeisterin entführt worden. Einfach weg, von einer Sekunde auf die andere. Die Bürgermeisterin war sich sicher, politische Gegner würden dahinterstecken – wegen der Umgehungsstraße. Aber es gab kein Bekennerschreiben, keine Forderungen, nix.«

Huber bekam sein Bier und einen Schnaps dazu. Er dankte und trank einen Schluck.

»Da habe ich mir überlegt, ob der Hund weggelaufen ist und nicht mehr heimfindet oder totgefahren wurde. Aber die Bürgermeisterin meinte, ihr Sascha hätte sich nie weiter als bis zur nächsten Kreuzung getraut. Also habe ich mir überlegt, unter welchen Umständen ihr Sascha vielleicht Dinge tut, die er sonst nicht täte.«

»Aha«, sagte der Schnitter feierlich. »Die Liebe.«

Ich musste lachen.

Der Polizist trank erneut, und auf seiner Oberlippe blieb ein Saum Bierschaum zurück, den er mit der linken Hand abwischte.

»Genau, die Liebe.« Jetzt musterte er den Schnitter, der seinem Blick nicht auswich. »Ich habe also den Weber-Wacki geholt, einen Dackelmischling und berüchtigten Triebtäter, vor dem keine Hundedame sicher ist. Den habe ich zum Haus der Bürgermeisterin mitgenommen. Zunächst hat er drei Wiener gefressen, um sich zu stärken. Dann hat er Witterung aufgenommen und ist los wie die Feuerwehr in Richtung Andechs. Ungefähr vier Kilometer außerhalb von Starnberg ist er zu einem Aussiedlerhof hin und wollte nicht mehr weiter. Dort ist ein völlig verdreckter, abgemagerter Pudelrüde herumgelaufen, der Sascha. Der Wacki ist gleich hin zu seinem Konkurrenten und hat ihn am Kragen gepackt. Der Pudel hat gejault und ist zu mir her. Ich hab ihn ins Auto gesteckt und bin zur Bürgermeisterin gefahren und die sofort weiter zum Tierarzt.«

»Der Fall wäre schon mal gelöst«, freute ich mich. »Und was ist mit dem Arm?«

»Der Wacki hat mich gebissen, als ich ihn abholen und wieder heimbringen wollte. Wenn er die Liebste direkt vor der Nase hat, interessieren ihn keine Wiener mehr, und er schnappt nach jedem, der ihn um sein Vergnügen bringen will. Der Wacki wird vor dem Hof sitzenbleiben, bis er zum Zug kommt.«

Respektvoll schwieg die Runde einige Augenblicke.

»Gibt's schon neue Erkenntnisse zu unserem Mord?«, fragte ich.

Huber nickte. »Auf der Waffe waren eine Menge Fingerabdrücke, alle von einer einzigen, ermittlungstechnisch nicht registrierten Person. Der Spätzle konnte gar nicht glauben, dass der Täter die Abdrücke nicht weggewischt hat, bevor er die Waffe in der Futterkiste versteckte.«

Huber beobachtete genau, wie der Schnitter und ich auf das Gesagte reagierten.

»Die Fingerabdrücke auf der Tatwaffe werden jetzt noch mit den Abdrücken am Tatort und denen der anderen Verdächtigen verglichen. Gestern waren doch die Spezialisten hier und haben eure Fingerabdrücke genommen. Wir stehen also kurz vor der Lösung des Falles.«

Huber steckte sich eine Zigarette an.

»Der Kollege Schädle arbeitet momentan mit Hochdruck. Er ist unglaublich tüchtig und engagiert, eigentlich absolut überqualifiziert für unsere Stelle als Kommissar in Starnberg. Ich habe es schon im Ministerium gemeldet.«

Es war nicht schwer zu erraten, dass der Spätzle dem Huber schwer auf die Nerven ging und der Hauptkommissar nicht ruhen würde, bis er den ihn endlich weggelobt hatte.

30

Die Trauergemeinde kam wie ein Hochwasser und überflutete alle Räumlichkeiten. Jeder wollte sofort zu trinken und zu essen haben. Eine oberbayerische Leich' macht hungrig und durstig.

Ich schenkte ein, was der Zapfhahn hergab, Anni und Erica trugen aus. Dann ging das Fenster zur Küche auf, und die Zenzl schob ein Tablett voller Braten nach dem anderen in die Durchreiche. Gut eine Stunde lang gab es kein Verschnaufen. Die Bedienungen rannten durch das Gästezimmer, und ich zapfte ein Bier nach dem anderen. Schließlich räumten Erica und Anni das Geschirr ab, und es wurde ruhiger. Die Damen bestellten Kaffee, die Männer einen Schnaps oder die dritte Halbe.

»Kann ich schnell weg, ich muss den Chico aus dem Beusl holen.« Erica wischte sich den Schweiß von der Stirn. »Heimfahrtswochenende.«

Max, der mir die letzte Viertelstunde an der Schenke geholfen hatte, streifte sie mit einem Blick, dann hatte er einen Entschluss gefasst.

»Wir machen das.« Mit einer Kopfbewegung in meine Richtung stellte er klar, wen er mit »wir« meinte. »Wir haben noch mit dem Zeno zu reden – eine alte Sache.«

Erica warf erst Max, dann mir einen seltsamen Blick zu, doch sie hatte keine Argumente, um zu widersprechen.

»Danke«, warf sie uns hin und kümmerte sich wieder um die Gäste.

Eine gute halbe Stunde später waren wir in Heiligenbeuern, wo der Klosterhof vor Autos und Schülern überquoll. Chico kannte den schwarzen BMW und kam gleich angeschlurft, einen kleinen Koffer in der Rechten. An seinen grünen Haaren war er leicht zu erkennen.

»Wo ist die Mama?«, wollte er wissen und machte zunächst keine Anstalten einzusteigen.

»Sie muss arbeiten.« Max griff nach hinten und öffnete die Tür auf der Fahrerseite von innen.

Chico zögerte, dann zog er die Tür auf, feuerte den Koffer auf die Rückbank und stieg in den Wagen.

Sofort hatte er sein Metalldöschen in der Hand und fummelte seine Sicherheitsnadeln heraus.

Max legte den ersten Gang ein.

»Ich habe mit dir zu reden«, begann er, gleich nachdem wir das Klostergelände verlassen hatten.

»Warum?« Chico rutschte nach unten in den Polstersitz und sah uns gelangweilt an.

»Weil du den Eilmann erschossen hast.«

Die Langeweile war augenblicklich aus Chicos Gesicht verschwunden, und er schnellte in die Höhe.

»Spinnst du?«, fuhr er Max an. Seine Hände flatterten durch die Luft. »Wie kommst du darauf?«

»Ein Zeuge hat gesehen, wie du ins Zimmer vom Eilmann gegangen bist«, log er. »Dann hat es geknallt.«

»Du spinnst wirklich«, wiederholte Chico und drehte sein mageres Gesicht mit den dunkelbraunen Augen zum Fenster.

»Wenn du mir nicht sagst, warum du es getan hast, gehe ich zum Huber. Ist dir das lieber?«

Chico überlegte eine Weile, dann begann er: »Es hat mich also jemand gesehen.« Er schluckte. »Warum rennt dieser Jemand dann nicht selbst zum Huber?«

Max zuckte die Achseln. »Mein Informant will keinen Ärger – wegen deiner Mama, du verstehst?«

»Und jetzt?«

»Jetzt will ich die Wahrheit wissen. Der Huber hat dich gefragt, was du am Sonntagnachmittag getrieben hast, und du bist uns die Auskunft immer noch schuldig. Du warst ungefähr eine halbe Stunde weg.«

Chicos Gesicht wurde spitz, ich konnte es durch den Rückspiegel beobachten.

»Der Huber wird eine Antwort verlangen, und es ist besser, wenn du zunächst mir und dem Kaspar erzählst, was passiert ist. Vielleicht können wir dir helfen. Kein Mensch möchte, dass du im Knast landest.«

»Was ist mit dem Schnitter? Der hat es doch zugegeben und sitzt jetzt im Gefängnis.«

»Er war's aber nicht«, sagte ich. »Er ist auch schon wieder draußen.«

»Das habe ich mir gleich gedacht.« Ein argwöhnischer Ausdruck erschien in Chicos Gesicht. »Ich war's aber auch nicht.«

»Und das sollen wir dir glauben?«, meinte Max und setzte den Blinker Richtung Königsdorf.

»Ich war's nicht, auch wenn es so aussieht. Ich habe die Pistole vom Schnitter geklaut, das gebe ich zu. Aber ich habe niemanden erschossen.« Er redete ruhig und distanziert wie ein Polizist oder ein Notar.

»Dann sag, was du weißt. Kaspar und ich sitzen nämlich auch ganz schön in der Tinte.«

»Wieso?«

»Das erzähl ich dir vielleicht später. Also fang an.«

Chico holte tief Luft: »Der Eilmann war ein übler Bursche. Er tat immer so nett und freundlich. Meine Mama war eine Weile mit ihm zusammen. Ich war damals noch sehr klein und freute mich immer, wenn wir in den Tierpark gingen und ich ein Eis kriegte. Dann fing sie an, bei ihm zu arbeiten. Wir hatten plötzlich eine eigene Wohnung und ein kleines Auto. Sie hat mich jeden Tag in die Schule gebracht, musste aber abends oft Überstunden machen. Sie war immer gut angezogen, und meine Klassenkameraden kriegten große Augen, wenn sie meine schöne Mama sahen. Ich war mächtig stolz auf sie. Niemand hatte eine so schöne Mutter!

Der Eilmann besuchte uns immer seltener. Wenn, dann hat mir der Heinz, wie ich ihn nennen sollte, immer was mitgebracht und mich mit seinen glasigen Augen angestarrt. Ich konnte den Kerl immer weniger leiden. Trotz der Geschenke.«

Er schüttelte den Kopf, als könnte er dadurch die trüben Gedanken loswerden.

»Dieser Eilmann war nicht gut für meine Mama. Ich merkte es, wenn er bei uns war. Sie war dann völlig verändert, lachte bei jedem seiner Scheißscherze und tat so gutgelaunt. In Wirklichkeit war sie auf der Hut. Aber der Kerl hatte eine unglaubliche Macht über sie. Ich spürte es förmlich. Schließlich sind wir aus Köln abgehauen.«

»Und habt euere Namen gewechselt«, ergänzte ich.

»Woher weißt du das?«

»Deine Mama hat es mir erzählt.«

Er schürzte die Lippen und nestelte an den Sicherheitsnadeln in seinem Ohr herum.

»Andere Leute können einfach umziehen. Wir mussten bei Nacht und Nebel abhauen. Die Möbel haben wir einfach dagelassen. An einer Autobahnraststätte hat Mama mir einen neuen Ausweis in die Hand gedrückt und gesagt, ich würde jetzt Chico heißen, sie Erica.«

»Nicht mehr Gabi.«

Chico nickte. »Ich wusste, dass dieser Eilmann dahintersteckt. Wegen ihm konnten wir nicht umziehen wie andere Leute. Wegen ihm mussten wir die Namen wechseln. Mama sagte es nie, aber ich wusste Bescheid. Mama hat dann den Job beim Bräu angenommen, wir hatten auch gleich zwei Zimmer, und ich wurde ins Beusl geschickt. Dort hatte ich schnell Freunde. Ich kann mich nicht beschweren.«

»Und da taucht der Eilmann wieder auf«, sagte Max.

»Da tauchte der Eilmann wieder auf«, wiederholte Chico ganz anders, als Max es gesagt hatte. In seiner Traurigkeit lag etwas Endgültiges. Er legte sich auf dem Rücksitz zurück und verschränkte die Hände hinter dem Kopf. »Ich habe ihn am Samstagnachmittag getroffen, als er gerade aus seinem Zimmer kam. Natürlich erkannte ich ihn sofort wieder. Er grinste mich an, als würde er sich freuen, mich zu sehen. Ich gab ihm die Hand und sagte irgendwas von Zufall. Da hat er gelacht und meinte, man müsse dem Zufall gelegentlich etwas nachhelfen.«

Chico schloss die Augen und schwieg einige Sekunden.

»Da wusste ich, was die Stunde geschlagen hatte.« Chicos Stimme war jetzt anders – härter und lauter. »Eilmann war nicht hier, um uns zu besuchen, sondern um meine Mutter zu holen. Ich war nicht wichtig, das spürte ich.«

Jetzt schlug er die Augen wieder auf und fixierte mich über den Rückspiegel.

»Also bin ich runter zur Mama, die gerade nicht viel zu tun hatte. Sie hatte mit dem Eilmann schon gesprochen. Sie meinte, wir könnten noch ein paar Tage in Wolfratshausen bleiben, vielleicht bis zum Monatsende. Dann müsse sie in Köln wieder anfangen. Warum, habe ich sie gefragt. Sie sagte, sie würde dem Eilmann Geld schulden. Ich glaubte ihr nicht. Außerdem könne sie doch weiter hier arbeiten und dem Eilmann jeden Monat Geld schicken. Ich könnte doch auch was dazuverdienen. Sie schüttelte bloß den Kopf. Wir müssen zurück, sagte sie. Sie würde auch lieber bleiben, aber …«

Jetzt stiegen ihm Tränen in die Augen, und er wandte den Kopf ab, damit wir ihn nicht weinen sahen.

»Am Samstagabend ging der Eilmann in die Gaststube , fraß wie ein Schwein und soff einige Halbe. Beim Schnitter am Tisch blieb er sitzenn. Die beiden unterhielten sich lange. Also holte ich den Reserveschlüssel zu seinem Zimmer aus der Küche, ohne dass die Zenzl es merkte, und ging rauf in seine Bude. Ein kleiner Reisekoffer stand im Eck. Über dem Stuhl hing sein Jackett. Das interessierte mich mehr als der Koffer. In der Brieftasche war eine Menge Geld, mindestens tausend Mark, dazu Pass, Führerschein und so weiter. Außerdem waren noch zwei Fotos von jungen Frauen drin, denen was Schlimmes passiert war. Sie hatten riesige Geschwüre auf den Wangen wie Lepra. Darüber habe ich mal einen Film gesehen. Im Nachtkästchen fand ich eine Pistole. Damit hatte ich irgendwie schon gerechnet.«

»Die Pistole hast du mit genommen?«, wollte ich wissen.

»Nein, das hätte ich mich nie getraut.«

»Hast du deiner Mutter von der Waffe erzählt.«

»Ja, aber sie sagte, Eilmann hätte immer eine Pistole dabei. Manchmal würde er teure Autos an seltsame Typen verkaufen, und da wäre es besser, bewaffnet zu sein.«

»Hast du ihr geglaubt?«

»Natürlich nicht.« Er schniefte. »In der Nacht habe ich kein Auge zugetan. Ich wollte nicht weg von hier. Mama auch nicht. Die Leute mögen sie. Also habe ich am Sonntag gewartet, bis der Eilmann nach dem Mittagessen in sein Zimmer ging. Ich klopfte, und er machte auf. Ach du bist es, sagte er. Ich hatte mit deiner Mutter gerechnet. Dann versuchte ich ihm zu erklären, dass wir nicht zurückwollten nach Köln. Ich könne ja hierbleiben, hat er gemeint. Bloß die Mama muss mit. Sie habe noch Schulden bei ihm, und die müsse sie abarbeiten. Das könne sie doch auch, wenn sie hier beim Bräu bleibt und ihm Geld schickt.

Nein, hat er gesagt, das könne sie nicht. Und dann hat er mir erklärt, was meine Mama in Köln gearbeitet hat.«

Er sah mit erwachsenen Augen aus dem Seitenfenster.

»Ich wusste es vorher schon«, flüsterte er und fuhr mit brüchiger Stimme fort. »Ich sagte ihm, sie will das nicht mehr. Er meinte bloß, das Leben wäre kein Wunschkonzert. Er habe ihr früher geholfen, und jetzt müsse sie eben ihre Schuld zurückzahlen. Und wenn sie keine Lust dazu hätte, könnte es passieren, dass ihr schönes Gesicht unter dieser Entscheidung leiden würde. Dann hat er mir die zwei Fotos gezeigt, die ich schon kannte. Ich wusste, dass er Ernst machen würde und ich mit Worten nicht weiterkäme. Also ging ich raus aus dem Zimmer und zum Haus vom Schnitter. Ich holte die Pistole, um ihn über den Haufen zu schießen. Ich hatte so eine Stinkwut, und es war mir scheißegal, ob ich erwischt werde. Hauptsache, dieser Kerl könnte meiner Mutter nichts mehr tun. Als ich über die Loisachbrücke zurückkam, die kalte Pistole unter dem Hemd, fiel mir plötzlich ein, was mir der Schnitter ein paar Wochen zuvor gesagt hatte, als wir an der Loisach beim Angeln waren: Er hätte eine Menge Leute auf dem Gewissen, sagte er. Gut, es war Krieg, aber er hat sie umgebracht. Er hat eine unglaubliche Schuld auf sich geladen und mit dieser Schuld müsse er nun weiterleben. Das wäre ein Scheißleben, sagte er.«

Pause

»Ich wollte kein solches Leben, und dann ist mir Pater Zeno eingefallen. Was würde er von mir denken, wenn er erfährt, dass ich jemanden erschossen hätte? Also …«

Er stockte.

»Also was?« Max wurde ungeduldig.

»Also habe ich die Knarre in die Loisach geschmissen.«

»Ehrlich?«

»Ehrlich!«

»Und dann?«

»Dann bin ich heim, habe mich in meinem Zimmer verkrochen und gehofft, dass irgendwas passiert. Dass der Eilmann verschwindet oder dass ihn jemand umlegt.«

Pause

»Du hast den Schuss gehört, oder?«, wollte Max wissen.

»Ich habe gar nichts gehört«, fauchte Chico. »Nicht die Blasmusik, nicht die Böller und auch keinen Schuss. Ich habe im Bett gelegen mit Ohropax in den Ohren und auf ein Wunder gehofft. Mehr nicht. Am Abend hat mich meine Mutter ins Beusl gebracht, und ich habe die ganze Nacht kein Auge zugetan. Am nächsten Tag habe ich die Schulaufgabe versaut, und am Nachmittag ist der Kaspar gekommen und hat erzählt, jemand hätte den Eilmann umgebracht. Am liebsten hätte ich ihn abgeknutscht vor Freude, aber ich musste cool bleiben und durfte mich nicht verraten. Ich war mir sicher, dass Mama es war.«

»Glaubst du das immer noch?«

Chico überlegte und bekam dabei ein nachdenkliches Gesicht.

»Sie würde niemanden umbringen. Das kann sie gar nicht. Aber vielleicht könnte sie jemanden dazu bringen, es für sie zu tun. Den Schnitter zum Beispiel. Der hat schon so viele auf dem Gewissen, da käme es auf den einen doch gar nicht mehr an.«

Auch eine Logik!

31

Kaum war ich wieder hinter der Schenke, da ging die Tür auf, der Spätzle eilte herein und kam auf mich zu.

»Die Sache ist im Wesentlichen aufgeklärt«; erklärte er. »Wir haben die Tatwaffe und brauchen jetzt bloß noch die Fingerabdrücke auszuwerten. Frau Flores und Herr Schnitter können es nicht gewesen sein. Deren Abdrücke sind schon verglichen worden.«

Der junge Kommissar glühte vor Tatendrang – ein von seiner Wichtigkeit begeisterter Idiot. Er strahlte über beide Ohren.

Nun beugte er sich über den Tresen. »Der Schnitter hat sein Geständnis bloß abgelegt, weil er nicht wollte, dass die Erica in Verdacht gerät. Er dachte, sie wär's gewesen.«

Ich sah mich in der Gaststube um. Die meisten Trauergäste waren schon heimgegangen.

»Er erklärte mir, bei ihm wär es doch wurscht, ob er im Wirtshaus sitzt oder in einer Gefängniszelle. Freilich wär es schöner daheim, aber die Erica wär immer so freundlich zu ihm. Und sie ist noch so jung und hat einen Buben, um den sie sich kümmern muss. Die Getränke würden ihm im Gefängnis halt abgehen und die Gesellschaft, aber sonst?«

Spätzle nickte verständnisvoll. »Fest steht, dass der Eilmann von einem Fremden erschossen wurde, der den Tatort durch die Hintertür verließ und seine Waffe in der Futterkiste im Pferdestall versteckte. Möglicherweise wollte er sie später wieder abholen. Beim Betreten der Wirtschaft ist der mutmaßliche Täter von Herrn Schnitter gesehen worden. Er war mittelgroß und trug ein braunes

Hemd. Das werden wir heute noch an die Zeitungen raus geben.«

»Mögen Sie ein Bier? … Auf Kosten des Hauses.« Ich wartete seine Antwort nicht ab, sondern nahm ein Glas und füllte es. Dann stellte ich es vor ihn auf den Tresen. »Was werden Sie jetzt weiter unternehmen?«

Spätzle nahm er einen Schluck und begann: »Eilmann wurde sicher von jemandem aus dem Milieu umgebracht. Er hatte Feinde, das haben uns die Kollegen aus Köln bestätigt. Jeder Zuhälter hat Feinde, Eilmann aber ganz besonders. Möglicherweise hat jemand nur darauf gewartet, dass er sein Revier verlässt, um ihn dann kaltzumachen.«

»Klingt logisch«, bestätigte ich und wandte mich dem Zapfhahn zu, denn Erica hatte einige Biere bestellt.

»Wir werden also das gesamte Umfeld abklopfen, die Tatwaffe untersuchen. Im Magazin fehlen zwei Patronen. Vielleicht ergibt sich daraus eine weitere Spur.«

Ich dachte an die Kugel im Kanapee. Ruhe in Frieden, du kleines, unschuldiges Stück Metall!

»Es könnte seine eigene Pistole gewesen sein, denn sie ist nirgends registriert. Der Eilmann besaß mehrere Waffen, das wusste jeder, aber keine war auf ihn zugelassen. Möglicherweise kann sie aufgrund des Schussprofils mit anderen Verbrechen in Zusammenhang gebracht werden. Das braucht aber Zeit, und diese Zeit werden wir uns jetzt eben nehmen müssen.«

Der Spätzle redete so leise, dass man ihm nur schwer folgen konnte.

»Am wichtigsten sind natürlich die Fingerabdrücke. Zuerst werden wir die Abdrücke aus der näheren Umgebung vergleichen, das heißt Köln und Umgebung.«

Anni brauchte noch zwei Weißbier und einen Spezi. Ich drehte mich weg und zapfte das Gewünschte, war aber ganz Ohr.

»Wenn wir bei den ersten Kandidaten den Richtigen nicht finden, müssen wir weitersuchen – in Hamburg und anderen deutschen Städten. Falls das ebenfalls ohne Erfolg bleiben sollte, schalten wir Interpol ein.«

Mir rutschte das halbvolle Weißbierglas durch die Hand, und eine Sekunde später stand ich mit versauter Hose inmitten von tausend Glasscherben. Spätzle wollte Interpol einschalten. Die würden bald herausbringen, dass Eilmann mit dem Wolli zu tun gehabt hatte. Man würde Wollis Fingerabdrücke nehmen und dann …

Innerhalb einer Sekunde waren mir hundert Gedanken durchs Gehirn geschossen.

»Was ist?« Spätzle war durch den Knall des zerspringenden Glases erschrocken.

»Was soll schon sein?« Ich bückte mich, um die Scherben aufzuklauben und anschließend das Bier wegzuwischen. »Mir ist ein Bierglas runtergefallen. Mehr nicht.«

Anni stellte sich neben den Spätzle und beugte sich über den Tresen, wobei sie sich auf die Fußspitzen stellen musste, denn sie war keine eins sechzig groß. »Wenn du da unten fertig bist und eingeschenkt hast, gehst du bitte in die Herrentoilette – unser Goethe war wieder am Werk.«

Ich machte grob sauber, zapfte das Bestellte und machte mich dann mit dem Putzkübel auf den Weg zum Klo. Der Schmierfink, von dem niemand wusste, wer er war, und den alle Goethe nannten, hatte diesmal mit blauem Filzstift auf den Spiegel geschrieben:

G'suffa, g'rafft und g'spiebn
D' Wirtin g'vögelt – schuldig bliebn

Ohne Eifer entfernte ich das Poem. Ständig ging mir im Kopf herum, was der Spätzle gesagt hatte. Wenn das mit Interpol stimmte, konnte Max ganz schön in die Bredoullie kommen, und ich auch!

32

»Max, jetzt ist die Scheiße am Dampfen!«

»Nix ist so stark am Dampfen, dass ich momentan davon hören will.« Mein Freund sah von den Papieren auf, die sich auf seinem Schreibtisch aufgetürmt hatten. »Sei so gut und lass mich in Ruh. Bald kommt die Elli heim, und ich krieg einen Riesenärger, wenn die ganzen Rechnungen auf einem Haufen daliegen und nix einsortiert ist.«

»Du hast dich doch noch nie um die Buchführung gekümmert«, meinte ich.

»Aber ich hab's der Elli versprochen.«

»Du hast ihr schon öfter was versprochen.«

»Und gehalten!« Max kratzte sich an der großen, buckligen Nase. »Meistens jedenfalls.«

»Meistens«, wiederholte ich nicht ohne Ironie. »Aber jetzt geht's uns an den Kragen.«

»Warum?«

»Der Spätzle will Interpol einschalten.«

»Spinnt der?«

»Er will die Fingerabdrücke von Zuhältern aus ganz Europa mit denen auf der Beretta vergleichen!«

Max wurde blass. Einen Augenblick war es still.

»Er hat es mir gerade erzählt.«

Max stieß einen kurzen, deftigen Fluch aus. »Verdammt, daran hätten wir denken müssen!« Er schlug sich mit der flachen Hand an den Kopf.

»Was machen wir jetzt?« Ich wollte von Max eine Antwort, eine Lösung. Er hatte uns die Sache schließlich eingebrockt.

»Ich war so fasziniert von dem Gedanken, es diesem eingebildeten Wolli mal so richtig zu besorgen, dass ich unvorsichtig wurde. Jetzt sitzen wir schön in der Tinte.« Er sah vom Schreibtisch hoch. »Vor allem du.«

»Wieso ich?«, fuhr ich ihn an. »Die Geschichte mit dem Betäubungsmittel und den Fingerabdrücken auf der Waffe waren allein deine Idee.«

»Darum geht's gar nicht.« Das Folgende kam zögerlich. »Du hast die Fingerabdrücke von der Pistole abgewischt. Wenn der Spätzle davon erfährt, wird er sich überlegen, warum? Er wird sich fragen, ob es nicht deine waren.«

Das war der Gipfel!

»Wie sollte der Spätzle davon erfahren?«

»Vielleicht hat dich jemand beobachtet.«

Jetzt wurde es immer noch schöner!

»Spinnst du? Wieso sollte ich den Eilmann erschießen? Und wie hätte ich das anstellen sollen?«

»Du hättest am Sonntagnachmittag leicht hinaufgehen können, den Eilmann abknallen und anschließend die Knarre in der Futterkiste verstecken. Du warst doch eine Viertelstunde in der Kühlung, hast du erzählt.«

»Also Max, jetzt spinnst du wirklich!«

Max streckte sich ausgiebig und reckte die Hände dabei in den Himmel. »Du müsstest dich mal sehen, wie du die Erica anschaust: wie der Alkoholiker die Schnapsflasche.«

Ich merkte, wie ich rot wurde.

»Genauso der Franz.«

»Was ist mit dem?«

»Der gafft die Gräfin an wie du«, befand Max mit einem Blick aus dem Fenster. »Samstag und Sonntag hat er wieder gesoffen wie in alten Zeiten. Die Anni ist stocknarrisch wegen ihm. Gestern war sie bei mir und wollte, dass ich die Erica rausschmeiße.«

»Warum?«

»Sie würde bloß überall Unglück bringen – wo immer sie hinkommt.«

»Hat etwa der Franz ...?« Ich überlegte.

»Der Franz hat am Samstagabend vom Eilmann eine aufs Auge gekriegt. Er ist ihm auf die Toilette nachgegangen. Dort wollte er ihm klarmachen, dass er seine Finger von der Erica lassen soll.« Max grinste. »Er war in der Klemme, denn er hat zuvor vor der Gräfin ganz groß getan. Er ist ja auch ein kräftiger Kerl, aber gegen den Eilmann hatte er anscheinend keine Chance.«

»Woher weißt du das?«

»Der Franz hat es mir am Sonntag erzählt.«

»Und dann?«

»Dann hat er gesagt, er würde es dem Kerl schon noch zeigen. Ich habe ihn gefragt, was er vorhätte. Ob er den Eilmann umbringen wolle. Er ist dann auf und davon und am Nachmittag anscheinend wiedergekommen. Die Zenzl hat ihn die Treppe herunterkommen sehen.«

»Wann?«

»Ungefähr zu der Zeit, als Eilmann erschossen wurde.«

»Also war's der Franz?«

Max verdrehte die Augen. »Sag mal, hast du gar keine Phantasie?«

Ich hatte es satt, mit Max Rätselraten zu spielen. »Wer wars dann? Die Erica selber?«

Das trug mir schon wieder einen vorwurfsvollen Blick ein. »Ich habe dir schon mal gesagt, dass eine Frau wie unsere Gräfin niemanden umbringt. Hinter ihr sind die Männer her wie Bären hinter dem Honig. Sie braucht bloß dem Richtigen ein Töpfchen unter die Nase zu halten, und der tut, was sie will.«

»Bären gibt es hier eine ganze Menge«, überlegte ich.

Plötzlich stieg ein Verdacht in mir auf.

33

Ich hatte spät noch drei Tassen starken Kaffee getrunken. Um elf verschwanden der Loidl und die letzten Stammtischler. Endlich Feierabend!

Ich ging in mein Zimmer, putzte mir die Zähne, zog mich allerdings nicht aus, sondern schlich mit einem Hocker in der Hand zur Dusche am Ende des Flurs. Die Türe ließ ich einen Spalt weit offen und machte es mir bequem. Auf dem Gang brannte eine anämisch flackernde Glühbirne. Sie spendete jenes dämmrige Licht, das dafür sorgen sollte, dass auch nicht mehr ganz nüchterne Hausgäste ihr Zimmer fanden, ohne das ganze Haus aufzuwecken.

Es dauerte eine gute halbe Stunde, bis endlich passierte, was ich erhofft und gleichzeitig befürchtet hatte: Ericas Tür ging auf, und sie schlich barfuß über den Gang zu Spätzles Zimmer. Ohne zu klopfen, verschwand sie darin.

Ich wartete noch einige Minuten, doch Erica kam nicht zurück. Mit einem Mal bekam ich Bauchschmerzen, als würde im Magen ein Geschwür aufbrechen.

34

»Ich hab dich gesehen«, sagte ich zu Erica, während sie die Tische für die Frühstücksgäste herrichtete.

Sie tat, als hätte sie mich nicht gehört, und öffnete die Fenster zur Marktstraße hin. Sofort war der Raum vom Straßenlärm erfüllt.

»Ich hab gesehen, wie du zum Spätzle ins Zimmer geschlichen bist«, wiederholte ich und stellte die sauberen Weißbiergläser ins Regal.

Mit düsterer Miene kam sie zu mir an die Theke.

»Und?«, fuhr sie mich an. »Ist das hier ein Kloster?«

»Nein, aber …«

»Was ›Aber‹?« Sie lehnte sich auf die Spüle, den schlanken Hals weit nach vorne gestreckt. »Eifersüchtig?«

Ich wollte den Kopf schütteln, doch es gelang mir nicht.

»Was dann?« Wenn sie sich ärgerte, wurde ihre Haut dunkler. »Wer bist du, dass du so mit mir redest?«

Sie bebte vor Empörung, ihre Stimme war voll Zorn.

Aber mir reichte es jetzt! Ich schlug mit der Hand so hart auf den Tresen, dass sie mir anschließend wehtat.

»Ich habe die Fingerabdrücke von der Beretta gewischt, weil ich Angst hatte, es wären deine«, schrie ich sie an. Es war mir egal, ob uns die Zenzl in der Küche hörte. »Ich habe Beweismittel in einem Mordfall vernichtet! Bloß wegen dir!«

Erica wich zurück. »Das wusste ich nicht.«

»Ich bin hier beim Bräu, weil ich so den ganzen Tag mit dir verbringen kann«, brach es aus mir heraus. »Sonst hätte ich im Sägewerk gearbeitet. Die Arbeit dort macht mir mehr Spaß, und ich verdiene besser. Nur wegen dir bin ich in diesen Schlamassel geraten.« Ich musste aufpassen, dass mir nicht die Tränen in die Augen stiegen. Auf keinen Fall sollte sie mich heulen sehen. »Und vor ein paar Tagen hast du noch gesagt, ich würde anfangen, dir zu gefallen!«

So, endlich war es draußen!

Plötzlich schaute sie mich ohne jede Affektiertheit an. Gerade so, als würde sie mich zum ersten Mal sehen.

»Das hätte ich nicht sagen sollen«, flüsterte sie, und ich glaubte ihr. »Am Montag war ich so verzweifelt. Deshalb bin ich zu dir gekommen. Ich dachte, der Chico hätte den verdammten Eilmann umgebracht. Er war eine halbe Stunde weg, bevor Heinz erschossen wurde. Er hat die Pistole vom Schnitter geholt, das gibt er zu. Aber es gibt keinen Beweis dafür, dass er sie wirklich in die Loisach geschmissen hat. Wegen der starken Strömung und dem trüben Wasser würden sie Taucher vielleicht gar nicht finden. Wenn er verdächtigt würde, wollte ich mich in die Bresche schmeißen und den Mord gestehen ... Da ist mir der Schnitter zuvorgekommen.«

Sie zündete sich eine Zigarette an, ehe sie fortfuhr.

»Ich war dir so dankbar, dass du dich um meinen Sohn kümmern wolltest, wenn ich wirklich im Gefängnis landen sollte. Da habe ich halt gesagt, was du hören wolltest.«

Sie sah zu Boden wie eine vierzehnjährige Klassenschönheit, die dem pickeligen Mitschüler gesteht, dass sie ihn zwar nett findet, aber leider in den Mittelstürmer der Schulmannschaft verknallt ist.

Sie war wirklich hinreißend in dieser Pose, und ich konnte ihr keine Sekunde länger böse sein.

»Ich weiß, wann Männer was hören wollen.« Sie nahm einen tiefen Zug und gönnte mir einen kurzen Blick. »Du bist ein lieber Kerl, und ich würde wirklich darüber nachdenken, ob es mit uns zwei was werden könnte, aber ...«

Sie stockte.

»Was aber?«

Wieder ein Zug. »Aber ich habe doch schon einen Freund.«

»Den Spätzle?«

Sie nickte zwischen zwei Zügen.

»Und wie lange geht das schon?«

»Ein paar Wochen.«

»Warum bist du dann nicht zum Spätzle gegangen, als es dich in der Nacht gefroren hat?«, warf ich ihr vor.

Sie sah mich verwundert an.

»Ja, glaubst du, dass ich da viel zum Schlafen komme?«

Ich war baff und brauchte einige Momente, um mich wieder zu fangen. Zum Spätzle ging Erica also, wenn sie ihren Spaß haben wollte, und zu mir kam sie, wenn sie kalte Füße hatte oder jemanden brauchte, der auf ihren Knaben aufpassen sollte, falls sie in den Knast musste.

»Wie habt ihr euch überhaupt kennengelernt?«, fragte ich gereizt. »Hier beim Essen?«

»Nein.« Sie schüttelte kaum merklich den Kopf. »Er hatte eine Zeitungsannounce aufgegeben: ›Polizist, 31, bietet hübscher junger Dame seinen persönlichen Schutz an‹. Ich habe die Anzeige hundert Mal gelesen und immer wieder an die Kölner gedacht, die hier aufgetaucht waren. Ich ahnte, dass ich vielleicht bald Schutz brauchen könnte, also habe ich zurückgeschrieben und ein Foto beigelegt.«

»Der Spätzle ist gleich angesprungen?«

Ihr kurzer Blick genügte als Antwort. Sie wusste, dass es nicht viele Männer gab, die ihr widerstehen konnten. Ein Foto genügte.

»Dann hat er den Eilmann für dich erledigt.«

»Unsinn! Er wusste doch gar nicht, was ich früher gemacht habe. Ich hätte es ihm nie erzählt.«

»Wer hat den Eilmann dann erschossen? Du?«

»Ich?« Sie lachte ihr schönes, gurrendes Frauenlachen. »Nein, da musst du dir schon jemand anderen suchen. Ich bringe niemanden um, nicht einmal, wenn ich tausend Gründe dafür hätte.«

»Wer war's dann?«

»Ich weiß es nicht.« Sie zuckte die Achseln und schenkte mir einen tiefen Blick. »Ich weiß es wirklich nicht.«

Und wieder erlag ich der Versuchung, ihr zu glauben.

35

»Schlechte Nachrichten? – Du bist ganz blass.« Max sah vom Schreibtisch hoch.

»Sie weiß nicht, wer es war.« Ich musste mich setzen.

»Das kann sie ihrer Großmutter erzählen«, fauchte Max. »Zum Schluss war sie es doch selber.«

Der Haufen Rechnungen war nicht geschrumpft, und Max saß mit demselben genervten Gesicht hinter den Papieren wie gestern. Schließlich zog ich den Ordner auf meine Seite des Schreibtisches und begann, die Rechnungen chronologisch einzuordnen. Er ließ es willenlos geschehen, lehnte sich in seinem schweren Ledersessel zurück und schloss die Augen. Endlich hatte er jemanden für die fade Routine gefunden und konnte wieder frei und unbeschwert über den Mord nachdenken.

»Sie hat sich also den Spätzle geangelt, damit jemand auf sie aufpasst.« Max spitzte die Lippen und presste beide Zeigefinger dagegen. »Aber sie erzählt ihm nicht, was sie früher gemacht hat, um ihn nicht zu verlieren. Logisch!«

Er stand auf und ging ans Fenster.

»Ist der Spätzle blöd?«, fragte er mich plötzlich.

»Nein«, gab ich zurück und lochte eine Rechnung der Stadtwerke, danach die vom Hopfenhändler.

»Dann wird er sich überlegt haben, wie er bei einer solchen Traumfrau landen konnte.«

Ich nickte.

»Er wird sich auch überlegt haben, was sie getrieben hat, bevor sie nach Wolfratshausen gekommen ist. Möglicherweise hat er Erkundigungen eingezogen – als Polizist hat er hervorragende Möglichkeiten, jemanden durchleuchten zu lassen. Oder sie hat sich in Widersprüche verwickelt, und er ist stutzig geworden. Polizisten lernen das in der Ausbildung. Dann taucht ein undurchsichtiger Typ aus Köln auf, seine Süße ist völlig durch den Wind und gibt ihm den Laufpass. Am Sonntag kommt er zum Bräu, um nach dem Rechten zu sehen. Er merkt, wie Erica den Eilmann anschaut und kann sich seinen Reim drauf machen. Ein Rivale von früher oder jemand, der sie in der Hand hat. Der Spätzle fackelt nicht lange, folgt dem Eilmann auf sein Zimmer und …«

»Jetzt werden deine Spekulationen aber immer abenteuerlicher«, meinte ich und heftete weiter.

»Richtig abenteuerlich wird es erst, wenn die österreichische Polizei den Wolli festnimmt. Der wird auspacken, hat möglicherweise sogar ein Alibi für den Mord, und zum Schluss geht es uns an den Kragen.«

»Und was willst du jetzt machen?«

Ein VW-Bus fuhr am Fenster vorbei und hupte den Anfang von Beethovens Fünfter Symphonie. Das konnte bloß Elli sein. Sie war aus dem Urlaub zurück!

Wir rannten aus dem Büro in den Hof, wo der hellblaue VW-Bus schwungvoll vor der Hintertür parkte. Voller Aufregung liefen die kleinen Mädchen ihrem Papa in die Arme, der sie fest drückte. Dann wollten sie gleich in die Küche. Sicher hatte die Zenzl etwas Gutes für sie.

Max ging zur Fahrertür und küsste Elli durch die geöffnete Scheibe. Das dauerte.

»Wie war's?«, fragte er schließlich und strich ihr über das gebräunte Gesicht.

»Schön«, meinte Elli. »Aber ein bisschen langweilig ohne dich. Wie ist es hier gelaufen?«

»Nix Besonderes. Lediglich ein Pensionsgast ist erschossen worden. Zuerst hat man den Schnitter verdächtigt und in Untersuchungshaft gesteckt, aber er ist schon wieder draußen.«

Max hob seine Frau aus dem Auto in den Rollstuhl, an den sie seit ihrem Unfall gefesselt war.

»Und die Fingerabdrücke von meinem Papa sind auf der Mordwaffe?«, mutmaßte Elli und sah Max mit hochgezogenen Brauen an. Er hatte schon bessere Scherze gemacht.

Max blies die Luft aus den Backen. »Du wirst es nicht glauben, aber das haben wir gerade noch verhindert.«

Elli fuhr mit dem Rollstuhl in die Küche, um die Zenzl zu begrüßen, Max und ich trugen die Koffer ins Haus. Die Mädchen rannten uns zwischen den Beinen herum und erzählten bruchstückhaft von ihren Abenteuern am Meer.

»Sooo große Muscheln hat es gegeben«, plapperte Julia, die Max sein Täubchen nannte, und deutete mit ihren kleinen Händen die Größe eines Fußballs an.

»Und Sandburgen, so groß wie unser Haus«, setzte Florentine noch eins drauf. Dann rannten sie wieder in die Küche, um der Zenzl weitere Einzelheiten zu berichten.

Eine Stunde später hatte Elli bereits zwei Kannen Kamillentee getrunken, um ihre Nerven zu beruhigen. Währenddessen hatte Max ihr erklärt, dass ihm keineswegs zum Scherzen zumute war, und ihr anschließend bis ins Kleinste erzählt, was in den letzten Tagen passiert war.

Elli schwieg eine Weile und blätterte den Ordner mit den Rechnungen durch. Zahlen beruhigten sie.

»Du musst wirklich ein schlechtes Gewissen haben«, begann sie an Max gewandt. »Ich hatte einen Haufen ungeöffneter Kuverts auf dem Schreibtisch erwartet. Dazu eine gute Ausrede, warum du sie nicht einordnen konntest.«

»Aber ich hatte dir doch versprochen, mich um den Schreibkram zu kümmern«, verteidigte sich Max und erntete einen skeptischen Blick.

»Du hast mir schon viel versprochen«, entgegnete Elli.

»Und gehalten!«

»Ist auch vorgekommen«, beschloss Elli das Thema und kam nun zu unserem wirklichen Problem. »Ihr habt mir jetzt eine Stunde lang von diesem toten Eilmann erzählt. Der Täter ist noch nicht gefasst, wenn ich euch richtig verstanden habe. Die Polizei steht vielmehr vor einem Haufen Fragen und sucht verzweifelt nach dem Kerl, dessen Fingerabdrücke auf der Waffe sind.«

Elli holte Tabak und Papier aus der Seitentasche ihres Rollstuhls und dreht sich eine Zigarette von der Dicke einer Virginia. Sie hatte während der ersten Schwangerschaft aufgehört zu rauchen und sich danach mit Max auf eine Zigarette pro Tag geeinigt. Nun fabrizierte sie jeden Nachmittag ein Gerät, das eher an Winston Churchills Zigarren als an eine Kingsize-Filter erinnerte. Mit angespanntem Gesicht steckte sie dieses Monstrum in Brand.

»Wenn ich alles richtig verstanden habe, steht der Spätzle vor einer unlösbaren Aufgabe. Schließlich habt ihr das Hauptbeweismittel manipuliert, und der Mörder ist erst zu finden, wenn die Polizei euch auf die Schliche gekommen ist.« Sie sah uns abwechselnd an. »Da hockt ihr aber ganz schön in der Tinte!«

Max und ich zuckten annähernd synchron die Achseln. Diese Situation kannte ich aus unserer gemeinsamen Schulzeit, wenn wir ausgefragt wurden und nichts wussten.

»Wir müssen also den Täter finden und ihn dazu bringen, sich zu stellen. Oder ihn anzeigen. Dann interessiert sich niemand mehr für die Pistole, auch wenn die falschen Fingerabdrücke drauf sind.« Elli nahm einen tiefen Zug. »Wir haben eine Menge Verdächtige: den Schnitter, die Erica, den Chico, den Franz und einen Unbekannten im braunen Hemd. Wer von denen könnt's gewesen sein? Wie wären sie vorgegangen?«

Elli sah uns an, erwartete jedoch keine Antwort, sondern aufmerksame Zuhörer.

»Nummer eins ist der Schnitter: Er wäre hinaufgehumpelt zum Eilmann, hätte ihm eine Kugel verpasst, wäre wieder heruntergekommen und hätte noch ein paar Schnäpse getrunken, bis ihn die Polizei abholt.

Nummer zwei, die Erica, hätte ihn über den Haufen geschossen, hätte ihren Chico ins Auto gepackt und wäre abgehauen. Das ist ihr schon einmal gelungen, vielleicht würde es wieder klappen. Sie hatte ja noch ihre Identität als Gabi, die alten Pässe hat sie sicher nicht weggeschmissen.

Nummer drei, der Chico, wäre heulend neben der Leiche sitzengeblieben und hätte gewartet, bis seine Mama oder sonst jemand auftaucht.

Nummer vier, der Franz, hätte nicht geschossen, sondern dem Eilmann mit seinem Schlagring die Visage massiert. Franz ist kein Killer, der erschießt niemanden!«

»Was ist mit dem Herrn im braunen Hemd«, fragte Max, nachdem Elli eine Pause gemacht hatte, um sich ihrer gewaltigen Zigarette zu widmen, die auszugehen drohte.

»Der Herr mit dem braunen Hemd?«, wiederholte Elli und runzelte ihre glatte, hohe Stirn. »Gibt's den wirklich?«

Sie ließ die Frage im Raum stehen und besah sich ihre Fingernägel, die im Urlaub erheblich gelitten hatten.

Max und ich wechselten einen Blick. Was wollte sie damit sagen?

»Der Schnitter ist der ausgeschlafenste Bursche, den ich kenne.« Auf Ellis hübschem Gesicht erschienen kleine Grübchen. »Und nachdem der Schnitter der Einzige ist, der das Braunhemd gesehen hat, glaube ich an eine Finte, die den Alten nichts kostet. Er hat jemanden gesehen – na und? Niemand kann ihm das Gegenteil beweisen, und vielleicht kann ihm dieser Jemand eines Tages von Nutzen sein. Manchmal stellt er beim Schach scheinbar sinnlos einen Läufer oder Turm ins Eck, um seinen Gegner zum Schluss damit matt zu setzen.« Elli hob den Zeigefinger wie ein Dorfschullehrer. »Wir sollten den Läufer da stehen lassen, denn vielleicht kann er uns letzten Endes von Nutzen sein. Uns allen. Möglicherweise auch der Polizei!«

»Ich kann dir nicht folgen«, gab ich zu.

Elli maß mich mit einem kurzen Blick ihrer goldbraunen Augen. Wir mochten uns.

»Sollte sich jemand als Täter herausstellen, den wir als Täter nicht brauchen können, werden wir um den Herrn im braunen Hemd froh sein«, erklärte sie, doch ich begriff immer noch nicht.

»Elli hat den wirklichen Hauptverdächtigen ausgelassen«, erklärte Max, und ein ironischer Zug umspielte seine Mundwinkel. »Der Spätzle war am Sonntagnachmittag hier und ist wieder verschwunden, bevor der Eilmann erschossen wurde. Niemand hat ihn gefragt, was er danach getrieben hat. Schließlich ist er Polizist.«

»Er sollte die Gebäude im Hof durchsuchen und hat die Waffe nicht gefunden«, ergänzte Elli. »Vielleicht hat er gewusst, wo sie war, und wollte sie gar nicht finden?«

»Außerdem konnte er nicht glauben, dass sich noch Fingerabdrücke auf der Tatwaffe befinden«, sagte Max. »Darüber sollten wir nachdenken!«

»Hört auf!«, brach es aus mir heraus. »Der Spätzle ist Polizist. Der kommt doch nicht hierher und knallt eiskalt einen auswärtigen Gauner über den Haufen. Ich hab auch schon darüber nachgedacht, aber es ist einfach zu abwegig. Außerdem würde er die Tat nie zugeben, falls er es wirklich gewesen wäre. Und wir haben nichts in der Hand gegen ihn. Gar nichts. Das weiß der Spätzle ganz genau.«

»Stimmt.« Elli überlegte. »Aber er muss euch ans Kreuz nageln, wenn herauskommt, dass ihr die Fingerabdrücke manipuliert habt. Denn der Wolli wird auspacken, damit er seinen Hals aus der Schlinge bekommt. Sicher hat der Kerl bis dahin ein wasserdichtes Alibi. Dann werdet ihr von der Polizei gefragt, warum ihr die Waffe manipuliert habt. – Und was ist der einzig vernünftige Grund dafür? Weil ihr den Eilmann erledigt habt.«

»Unsinn«, rief ich.

»Du warst am Sonntagnachmittag in der Kühlung?«

Ich nickte.

»Die Zeit hätte locker gereicht, um den Eilmann kaltzumachen und die Pistole zu verstecken.«

»Schmarrn!«, empörte ich mich.

»Der Max hat die Pistole später mit falschen Fingerabdrücken manipuliert und zur Ablenkung der Polizei übergeben. Er hat bloß nicht mit dem umtriebigen Kommissar Schädle und Interpol gerechnet.«

Mir blieb die Luft weg. Mit einem Mal waren Max und ich von Jägern zu Gejagten geworden.

»Elli hat recht«, brummte Max. »Sobald sich Interpol einschaltet, ist es nur eine Frage der Zeit. Dann haben wir es nicht mehr mit einem berechenbaren Hauptkommissar Huber zu tun, sondern mit einem Apparat, der gnadenlos recherchiert und die Verdächtigen in die Enge treibt.«

»Weiß ich!« Ich hasste es, von Max belehrt zu werden.

»Aber du wirst dich doch von dem kleinen Bullenlehrling nicht vorführen lassen.« Ellis Augen leuchteten angriffslustig in Richtung Max.

»Und was soll ich deiner Meinung nach tun?«, blaffte er.

»Das, was du am besten kannst.«

»Und das wäre?«

»Lügen, dass sich die Balken biegen!« Plötzlich steckte ihr der Schalk in den Augen. »Los! Das Schicksal macht keine Hausbesuche, man muss schon zu ihm hingehen.«

36

»Ist Herr Kommissar Schädle zu sprechen?« Max hatte seine gute Joppe an und sich zu voller Größe aufgerichtet. Die Dame im Vorzimmer der Kriminalpolizei sollte ruhig merken, dass sie es mit einem gestandenen Mannsbild zu tun hatte: dem Bräu von Wolfratshausen.

Die Nummer klappte meistens, doch diesmal waren wir in Starnberg. Hier bestand die gesellschaftliche Elite aus Chefärzten und Bankdirektoren, nicht aus Bierbrauern.

»Wer sind Sie?«, fragte die gut erhaltene Fünfzigerin in hellgrünem Kostüm und maß Max mit distanziertem Blick und herablassendem Lächeln.

»Der Bräu von Wolfratshausen«, wiederholte Max. »Und das ist unser Schankkellner.«

Er deutete auf mich, und ich ärgerte mich darüber, dass er nicht einmal meinen Namen nannte.

»Haben Sie einen Termin, Herr Bräu?«, wollte die Dame wissen. »Die Herren sind beschäftigt. Sehr beschäftigt! Ein Mordfall, Sie verstehen.«

»Ich bin auch sehr beschäftigt«, grantelte Max. »Und wegen dem Mordfall sind wir ja gekommen.«

»Aha«, meinte die potenzielle Miss Moneypenny und äugte über ihre Lesebrille hinweg zu Max hin. »Ich werde sehen, was sich machen lässt.«

Sie deutete auf die Sitzgelegenheiten im Gang und schlug vor, wir sollten warten, bis sie beim Kommissar vorgesprochen hätte.

Auf Max' hoher Stirn schwollen die Zornesadern, doch er gehorchte. Der Vorzimmerdrache sortierte ohne Eile noch einige Papiere, dann erhob sie sich, und wir bemerkten ihre überaus eleganten Schuhe, auf denen sie in Richtung Dienstzimmer stakste. Dort klopfte sie, wartete einen Augenblick und öffnete dann die Tür.

»Was gibt's?«, hörten wir Spätzles hohes Organ.

»Entschuldigen Sie die Störung, Herr Kommissar«, säuselte die Alte. »Hier ist ein gewisser Herr Bräu aus Wolfratshausen und möchte mit Ihnen sprechen.«

»Soll reinkommen«, kommandierte Spätzle.

Während ich mich erhob, überlegte ich, warum Max sich die Mühe gemacht hatte, nach Starnberg zu fahren. Bald war Feierabend. Der Spätzle wäre heimgekommen, und er hätte gemütlich in der Gaststube mit ihm reden können.

Wir betraten das geräumige Büro, und ich war schwer beeindruckt von der Anzahl der Ordner in den Regalen. Sie waren exakt beschriftet und alphabetisch in Reih und Glied geordnet. In der Ecke stand ein großer Pflanzkübel mit einem Gummibaum. Genauso spießig hatte ich mir den Arbeitsplatz vom Spätzle vorgestellt.

Der Kommissar saß im kurzärmeligen Hemd hinter seinem aufgeräumten Schreibtisch, auf dem sich neben einer aufgeschlagenen Akte lediglich eine Schreibunterlage, ein Locher und einige Stifte befanden. Er deutete auf die zwei Stühle vor dem Tisch und machte keine Anstalten, uns mit Handschlag zu begrüßen.

»Was gibt es so Brisantes, dass Sie extra zu mir in die Dienststelle kommen?« Misstrauen sprach aus seinen Augen. Außerdem siezte er Max, den er seit dem Abend mit Wolli eigentlich geduzt hatte.

»Eine heikle Sache«, begann Max. »Das lässt sich nicht am Wirtshaustisch bereden.«

»Aha«, machte der Kommissar.

»Eine ganz fade Angelegenheit«, wand sich Max. »Es ist uns nämlich was Blödes passiert.«

Spätzles Blick signalisierte, Max sollte bald zu den Fakten kommen, er hätte noch anderes zu tun.

»Sie untersuchen doch die Fingerabdrücke von allen Leuten, die als Mörder des Herrn Eilmann infrage kommen?«, sagte Max.

Spätzle nickte.

»Zuerst in Deutschland. Und wenn Sie hier nicht den Richtigen finden, auch international.«

»International ist übertrieben.« Spätzle lehnte sich zurück. »Dieser Eilmann hatte geschäftliche Kontakte ins Ausland, Österreich, Dänemark, Holland. Wir haben bei den Kollegen in Köln nachgefragt.« Spätzle räusperte sich. »Sie wissen, wie Eilmann sein Geld verdient hat?«

»Mit Autos und Frauen«, antwortete Max.

»Wir suchen den Täter in diesem Milieu. Wahrscheinlich ist der Eilmann einem Konkurrenten auf die Füße gestiegen, und der hat es ihm heimgezahlt. So was kommt vor in diesen Kreisen.«

Max holte tief Luft.

»Bitte suchen Sie nicht in Österreich«, meinte er ohne Vorwarnung und mit ernster Miene.

Spätzle riss die Augen auf. »Wie bitte?«

»Bitte suchen Sie nicht in Österreich, besser gesagt in Wien.« Max schaute dem Kommissar geradewegs in die Augen, alle Ironie war aus seinem ovalen Gesicht verschwunden.

»Wie kommen Sie darauf, der Kriminalpolizei Anweisungen zu geben, wo sie was zu untersuchen hat und wo nicht?«, entrüstete sich der Spätzle. Sein unerschütterliches Lächeln war verschwunden.

»Ich gebe Ihnen keine Anweisungen, sondern bloß einen guten Tipp«, berichtigte Max. Er wollte keinen Streit.

»Und wie kommen Sie auf diesen guten Tipp?«

»Ich weiß, wessen Fingerabdrücke auf der Pistole sind!«

Augenblicklich erstarrte das bartlose Gesicht des Polizisten, doch er hatte sich gleich wieder im Griff.

Seine Stimme klang heiser, als er sagte: »Raus mit der Sprache. Wessen Fingerabdrücke sind auf der Waffe?«

»Die vom Wolli!«

Das hatte gesessen!

»Vom Wolli?«, wiederholte Spätzle verdattert. »Aber der ist doch erst am Mittwoch gekommen.«

»Wir wissen beide sehr gut, dass es der Wolli nicht war.« Max spreizte die Handflächen. »Es sind trotzdem seine Fingerabdrücke.«

»Aber wie kommen sie auf die Waffe?«

Max zögerte. »Ich habe gedacht, es wäre gut, wenn Abdrücke auf der Waffe sind, die die Polizei nicht zuordnen kann. Da kam mir der Wolli gerade recht. Wir haben die Waffe bereits am Mittwochabend gefunden und unserem österreichischen Freund in die Hand gedrückt, als er stockbesoffen in seinem Bett lag.«

»Warum?«

»Wir haben befürchtet, der Chico hätte den Eilmann erschossen.«

»Und?«

»Der Chico war's nicht!«

»Sicher?«

»Todsicher!«

»Sie wissen aber, was die Abdrücke des armen Wolli auf der Waffe bedeuten?«, fragte Spätzle lauernd.

»Manipulation von Beweismitteln.« Max kannte die exakte Bezeichnung.

»In einem Gewaltverbrechen«, ergänzte Spätzle und schnaufte tief ein. »Da können Sie froh sein, wenn Sie mit einer Bewährungsstrafe davonkommen.«

Nun schlug Max die langen Beine übereinander und maß sein Gegenüber mit einem langen Blick.

»Für wie blöd halten Sie mich?«, grinste er plötzlich. »Glauben Sie, dass ich hier hereinspaziere und mich aus reiner Liebe zur Wahrheit ans Messer liefere?«

Dem Spätzle zog es die Mundwinkel nach unten, als würde ihm plötzlich bewusst, dass der für ihn unangenehme Teil des Gesprächs erst noch kommen würde.

»Ich weiß nämlich, wer den Eilmann wirklich erschossen hat.« Max machte eine Pause, und sein Blick glitt vom Spätzle weg zum Bild des Großen Vorsitzenden Franz Josef Strauß, das an der Wand hinter dem Kommissar hing. »Die Zenzl hat gesehen, wie ein Mann am Sonntagnachmittag in den Pferdestall gegangen und nach einer Minute wieder herausgekommen ist.«

Spätzles Mundwinkel erstarrten.

»Ich brauche Ihnen nicht zu sagen, wen unsere Köchin gesehen hat?«

Alles am Spätzle wirkte mit einem Mal welk, und er brachte keine Silbe heraus.

»Sicher hat der Mörder die Fingerabdrücke abgewischt, bevor er die Pistole in der Futterkiste versteckte. Hauptkommissar Huber hat sich schon gewundert, dass so schöne Abdrücke auf der Waffe sind. Auch Sie hätten es gar nicht glauben können, hat er mir erzählt.«

Spätzle glotzte Max an, als würde von ihm mehr Gefahr ausgehen als von einer abgezogenen Handgranate.

»Ich wundere mich auch nicht mehr, dass Sie so schnell mit Ihrer Hausdurchsuchung fertig waren. Die Pistole sollte ruhig noch ein bisschen in der Futterkiste bleiben – und der Schnitter im Gefängnis, obwohl niemand besser als Sie wusste, dass er es nicht war. So, ich habe jetzt die Hosen heruntergelassen«, schloss Max seinen Monolog. »Wenn Sie mir ans Bein pinkeln wollen, dann können Sie es tun, indem Sie den Ermittlungen ihren Lauf lassen. Doch so blöd werden Sie nicht sein. Wenn ich die Zenzl bitte, mit der Polizei zu reden, dann wird sie es tun. Sie macht es nicht gerne, denn sie hat schlechte Erfahrungen mit Herren in Uniform. Aber wenn ich es will, wird sie zweifellos sagen, wen sie am Sonntagnachmittag am Stall gesehen hat.«

Der Polizist brauchte nur einen Moment, um seine Situation zu begreifen.

»Ist schon gut«, winkte er ab. »Wir haben nicht vor, die Zenzl ein weiteres Mal zu verhören.«

Er presste jetzt die Lippen zusammen, als wollte er nie wieder ein Wort sagen.

Doch Max war noch nicht fertig.

»Warum haben Sie den Eilmann erschossen?«, fragte er mit schneidender Stimme.

Die Stille im Raum war vollkommen. Kein Geräusch, keine Bewegung. Nur Hochspannung.

Schließlich holte Spätzle tief Luft und brachte stotternd hervor: »Weil … weil er ein Schwein war!«

Endlich war die Katze aus dem Sack.

»Hat Ihnen Erica erzählt, warum er gekommen ist?«, fragte Max.

»Das war nicht nötig. Ich konnte mir doch selbst meinen Reim drauf machen.« Spätzle stand auf, trat ans Fenster und schaute hinaus in den schwülen Juninachmittag. »Erica sagte, sie würde nach Köln zurückgehen. Chico würde mitkommen – vielleicht nicht gleich, aber nach Ende des Schuljahres.«

Seine Stimme hatte sich verändert, sie klang nun tiefer und männlicher.

»Hat sie Ihnen einen Grund dafür genannt?«, wollte Max wissen.

»Sie gab vor, es in dem kleinen Kaff nicht mehr auszuhalten«, erklärte Spätzle. »Aber ich glaubte ihr kein Wort. Bis zum letzten Wochenende hatte sie immer wieder betont, es würde ihr in Wolfratshausen viel besser gefallen als in der Großstadt.«

»Und dann dieser plötzliche Sinneswandel«, stellte Max fest.

Spätzle nickte. »Am Samstag hat sie mit mir Schluss gemacht – am Telefon und ohne großes Drumrum. Sie wolle mich nicht mehr sehen, sagte sie, und sie bräuchte mir keine Gründe zu nennen, schließlich wären wir nicht verheiratet. Am Sonntag bin ich hin zum Bräu, um mit ihr zu reden. Ein solches Mädchen finde ich nie wieder. Da konnte ich doch nicht einfach zu Hause sitzen und Däumchen drehen, während sie ihre Koffer packt.«

Der Spätzle hüstelte nervös, um seine Anspannung zu überspielen.

»Am Fenstertisch beim Schnitter hat er gesessen, dieser ekelhafte Kerl. Statt zu bestellen wie ein normaler Mensch, hat er immer durchs ganze Lokal geschrien: ›Die Sonne scheint durchs Kellerloch – ein könn' mia noch.‹ Ich hab sofort gewusst, dass dieser Riese mit den langen, fettigen Haaren und dem rheinischen Dialekt hinter der Sache steckt, so verschreckt und unterwürfig, wie die Erica ihn angeschaut hat.«

Spätzle brauchte eine Pause, dann fing er wieder an.

»Als der Kerl endlich weg war und die Leute zum Umzug auf die Marktstraße hinausgegangen sind, wollte ich mit Erica reden. Aber sie nicht mit mir. Ich solle verschwinden, sagte sie. Also bin ich rauf zum Eilmann. Er hat mich erst ins Zimmer gelassen, als ich ihm meinen Dienstausweis unter die Nase gehalten habe. Ich schlug ihm vor, er solle verschwinden und Erica in Frieden lassen. Da hat er sich gar nicht mehr eingekriegt vor Lachen. ›Hat sich die Gabi doch glatt einen Bullen geangelt‹, hat er wieder und wieder geprustet. Schließlich hat er sich wieder beruhigt und gemeint, er lebe in einem freien Land und könne tun und lassen, was er wolle. Ein blöder Landbulle hätte ihm gar nichts zu befehlen.«

Spätzle drehte sich um und berichtete weiter, mit dem Rücken an den Fensterstock gelehnt.

»Nachdem es ein freies Land wäre, könne Erica auch hierbleiben, habe ich ihm erklärt. Natürlich könne sie das, hat das Schwein gesagt. Aber sie wolle unbedingt weg von den Typen, die alle irgendwie nach Misthaufen stinken. Sie wolle mit ihm zurück nach Köln und wieder in ihren alten Beruf einsteigen.« Spätzle schluckte. »Er würde ihr lediglich einen Gefallen tun, wenn er sie von diesem oberbayerischen Kaff hier weghole. Für einen schlecht bezahlten Polizisten würde eine solche Umgebung schon taugen, nicht aber für ein Vollblutweib wie die Erica.«

Er stockte und musste ein paar Atemzüge lang Kraft schöpfen, um auch den letzten Abschnitt loszuwerden.

»›Vollblutweib‹, hat er gesagt, das Schwein. Und sie hätte immer einen Mordsspaß gehabt bei der Arbeit, hat er gesagt. Er soll aufhören damit, habe ich ihm geraten, aber er hat nicht aufgehört.« Spätzle schloss die Augen. »Da bin ich ihm an die Gurgel.« Der drahtige Polizist schnaufte schwer. »Er hat mich weggestoßen und ist zum Bett. Aus dem Nachtkästchen hat er eine Pistole geholt und auf mich gerichtet. ›Hau ab, du kleiner Landbulle‹, hat er mich angeschrien. ›Erst wenn du was gegen mich in der Hand hast, kannst du wiederkommen.‹ Da hat mich die Wut gepackt! Von einem solchen Haufen Dreck lasse ich mich nicht abfertigen wie ein kleiner Schuljunge.

Ich kenne diese Typen. Ich war jahrelang bei der Sitte in Augsburg. Solche Kerle setzen ihre Mädels unter Druck und behandeln sie wie ein totes Stück Fleisch. Wie oft schon hab ich mir anhören müssen, dass wir nichts in der Hand haben, weil niemand sich traut, gegen die Burschen auszusagen. Wie oft schon habe ich mir gewünscht, mit einem solchen Kerl mal allein zu sein, um ihm handfest zu erklären, wie man mit Frauen umgeht. Es widert mich an, wie brutal diese Kerle sind und wie perfekt ihr System aus Angst und Erniedrigung funktioniert.

Aber diesmal ging es nicht um irgendeine Frau, sondern um mein Mädchen. Und dieser Bastard sollte mir nicht ungeschoren davonkommen.

Also habe ich ihm in knappen Worten erklärt, was passiert, wenn er auf einen Polizisten schießt. Er würde in den Bau kommen, ob er mich erwischt oder nicht. Im Gefängnis ist das Personal sehr unfreundlich zu Leuten, die auf Polizisten geschossen haben. Ich könnte ihm ein paar Details aus der Sonderbehandlung für solche Typen schildern, wenn er wolle. Daraufhin hat er langsam die Waffe sinken lassen. Er hat gewusst, dass ich nicht bluffe. Da bin ich los auf ihn und habe ihn an der rechten Hand gepackt. Er hat sich gewehrt und wollte mich zurückstoßen. Bei dem Handgemenge hat sich der Schuss gelöst. Die Waffe ist ihm aus der Hand gefallen, eine Sekunde später lag der Eilmann röchelnd daneben. Er hatte sich in den Hals geschossen. Das Blut ist aus der Wunde herausgeschossen, und er hat sich nicht mehr gerührt. Er war eindeutig tot. Es hatte die Schlagader erwischt.«

Spätzle schaute uns abwechselnd an, und ich meinte, eine böse Freude in den flackernden Pupillen zu erkennen.

»Was hätte ich tun sollen? Den Vorfall melden? Dann wäre alles rausgekommen, und Erica hätte ihre Zelte hier abbrechen müssen. Meine Karriere wäre natürlich auch beim Teufel gewesen. – Stellt euch die Schlagzeile vor: ›Polizist erschießt den Zuhälter seiner Geliebten‹.«

Spätzle schüttelte mehrmals den Kopf.

»Ich musste sofort abhauen, und die Pistole musste verschwinden. Gütiger Gott! Ein Typ wie der Eilmann darf doch mein Leben und das von Erica nicht zerstören! Also bin ich runter und durch den Hinterausgang in den Hof, in den Pferdestall rein, hab die Pistole saubergewischt und sie in die Futterkiste gesteckt. In ein paar Tagen oder Wochen wollte ich sie aus dem Versteck holen und irgendwo vergraben oder in die Loisach schmeißen.«

Max hatte die ganze Zeit dagesessen und geschwiegen – ungewöhnlich lange für ihn, der sonst nur schwer seine Klappe halten konnte.

»Der Eilmann war aber noch nicht ganz hinüber und hat es noch bis zur Tür geschafft«, sagte er.

Spätzle nickte, und es entstand eine Pause, in der wir einander abwechselnd anschauten.

»Dein Gesicht hätt ich gerne gesehen, als du gehört hast, dass Fingerabdrücke auf der Beretta sind.« Max grinste.

Spätzle starrte ihn an und plötzlich begriff er, dass mein Freund keineswegs vorhatte, ihn ans Messer zu liefern.

»Wir müssen uns schützen«, setzte Max nach.

»Schützen, wovor?« Spätzle schaute überrascht hoch.

»Vor der Wahrheit, Herr Kommissar, vor der Wahrheit.«

»Und? Wie macht man das?«, fragte er mit unsicherer Stimme.

»Am besten wie zwei sizilianische Bauern, die nach Misthaufen stinken.« Max schnalzte mit der Zunge. »Ich halt mein Maul und du das deine. Dann bleiben die Ermittlungen vor Wien stehen wie einst die Türken.«

»Zur Rettung des Abendlandes«, ergänzte Spätzle nach kurzem Überlegen.

Einen solchen Scherz hätte ich ihm gar nicht zugetraut.

Wir verabschiedeten uns und gingen zum Auto. Die ersten Kilometer fuhren wir ohne ein Wort, ein jeder in seine Gedanken versunken.

»Traust du dem Spätzle?«, fragte ich Max schließlich.

Er wandte mir kurz den Kopf zu. »Wenn er nicht schwachsinnig ist, wird er alles so machen wie vereinbart.«

»Und glaubst du ihm?«

»Was soll ich ihm glauben?«

»Die Geschichte, wie sich der Schuss gelöst hat.«

Max lachte. »Kein Wort davon ist wahr. Der Spätzle hat den Eilmann ganz einfach liquidiert.«

»Bist du dir sicher?«

»Absolut.«

»Warum? Du warst doch nicht dabei.«

»Denk doch mal nach: Der Spätzle sollte die Frau seines Lebens verlieren, noch dazu an einen Typen wie den Eilmann. Er hatte nur eine Chance, und die Aktion musste sitzen. Also geht er rauf zum Eilmann, hält ihm seine Dienstwaffe unter die Nase oder stellt ihn mit seinem Dienstausweis ruhig. Als er dessen Pistole hat, wartet er einen günstigen Augenblick ab, einen Trommelwirbel, einen Spielmannszug oder was weiß ich, was sonst viel Lärm macht. Nur wenige Leute haben den Schuss gehört, also ist er zu einem günstigen Zeitpunkt gefallen. Das war kein Zufall! Der Spätzle schießt dem Eilmann aber nicht in den Kopf oder ins Herz, wie man es bei einer Hinrichtung erwartet. Er schießt ihm vielmehr in den Hals. Er weiß genau, wo die Arterie liegt. Wenn er diese trifft, ist der Schuss tödlich, sieht aber nach Emotion und Rangelei aus. Der Getroffene schleppt sich mit letzter Kraft zur Tür. Dort bleibt er liegen und verschließt das Zimmer.

Der Spätzle rennt zum Stall, wischt die Tatwaffe sauber und versteckt sie in der Futterkiste. Er will sie erst holen, wenn etwas Gras über die Sache gewachsen ist. Dass die Waffe plötzlich wieder auftaucht, macht ihn natürlich nervös, und er fragt sich, von wem die Fingerabdrücke stammen.«

»Was willst du jetzt tun?«

Max warf mir einen befremdeten Blick zu. »Was soll ich denn tun?«

»Der Spätzle hat schließlich jemanden ermordet.«
»Kannst du es ihm beweisen?«
»Nein.«
»Tut dir der Eilmann leid?«
»Nein.«
»Oder findest du es sogar richtig, dass ihn jemand beseitigt hat?«
Ich schwieg, denn meine ehrliche Antwort darauf gefiel mir gar nicht. Selbstjustiz konnte doch keine Lösung sein.
»Ich weiß genau, was du jetzt denkst«, fuhr Max fort. »Du denkst, dass ein Mörder bestraft werden muss, und damit hast du recht. Aber wir haben nichts gegen den Spätzle in der Hand außer einer Aussage, die er jederzeit widerrufen kann. Wir sind also in der Zwickmühle, und jetzt sage ich dir ganz ehrlich, dass mir ein Kerl wie der Eilmann nicht wert ist, einen Haufen Schwierigkeiten zu kriegen und zum Schluss noch im Knast zu landen.«
»Und wie geht's weiter?«
»Der Spätzle wird die Fahndung bei Interpol abblasen, und die Polizei wird bis zum Jüngsten Tag nach dem Täter suchen.«

37

Eine Stunde später tauchte Huber beim Bräu auf, und wir gingen ins Nebenzimmer.

»Was habt ihr denn beim Schädle gemacht?«, begann er ohne Begrüßungsfloskeln.

»Wir waren gerade in Starnberg«, erklärte Max. »Da wollten wir den Herrn Kommissar mal besuchen.«

»Und warum habt ihr mich nicht auch besucht?« Huber setzte sich unter die Standarte der Gebirgsschützenkompanie, die das Nebenzimmer vom Bräu beherrschte.

»Keine Zeit«, log Max, und Huber wusste sofort, dass es gelogen war.

»Ist ja auch egal.« Der Hauptkommissar legte sich den verletzten Arm vorsichtig auf den Bauch. »Ich wollte euch jedenfalls mitteilen, dass der Herr Kommissar Schädle nicht mehr mit dem Fall betraut ist. Er wird vermutlich auch nicht mehr lange in Starnberg arbeiten. Entweder er stellt am Montag ein Versetzungsgesuch, und ich schreibe ihm ein gutes Zeugnis, oder er bleibt, und ich leite disziplinäre Maßnahmen gegen ihn ein.«

»Warum?«, entfuhr es mir.

»Das fragst du auch noch?« Huber starrte mich ungläubig an. »Zum Einsperren und Ausfragen vom Schnitter ist er nicht zu dumm, der Kollege. Aber eine Pistole in einer Futterkiste zu finden, ist ihm zu kompliziert oder zu anstrengend. Stellt euch vor: Wenn ihr die Pistole nicht gefunden hättet, dann säße der arme Schnitter immer noch im Knast.« Er schnaufte. »Der Schädle ist eigentlich ein fleißiger Mensch, und ich frag mich, warum er nicht gründlicher gesucht hat. Grad, als hätte er gewusst, wo die Tatwaffe steckt.« Huber fuhr sich übers Gesicht. »Aber das ist natürlich absurd. Nur der Täter konnte wissen, wo die Pistole ist.«

»Sie können ihn nicht leiden, stimmt's?«

Max hatte sich zum Huber gesetzt, während ich am Türstock lehnte.

»Darum geht's nicht. Ich verlange professionelles Arbeiten. Da werde ich es nicht dulden, dass ein ermittelnder Beamter schlampig sucht und die Tatwaffe übersieht, der Hauptverdächtigen ständig auf den Hintern starrt und zum Schluss noch den saublöden Einfall hat, Interpol einzuschalten, und zwar ohne Rücksprache mit mir!«

»Davon ist er aber wieder abgekommen.«

»Halleluja!«, machte Huber und hob seinen gesunden Arm. »Sein erster vernünftiger Einfall!«

»Wie geht's jetzt weiter?«, fragte Max.

»Wir werden uns auf den Mann im braunen Hemd konzentrieren.«

»Die Suche nach der Nadel im Heuhaufen.«

»Gelegentlich findet man eine. Aber ein ungelöster Mordfall an einem skrupellosen Banditen wie diesem Eilmann bringt mich noch weniger um den Schlaf als der entlaufene Pudel unserer Bürgermeisterin.«

»Darf ein Polizist so etwas sagen?«, wollte ich wissen.

»Habe ich was gesagt?« Huber musterte erst mich und schaute dann zu Max hinüber, der mit einer Geste andeutete, er hätte nichts gehört.

»Sagen darf man so etwas natürlich nicht, aber denken.« Der dicke Hauptkommissar erhob sich schwerfällig und summte beim Hinausgehen: »Die Gedanken sind frei, wer kann sie erraten.«

38

Mit den Zwillingen kam wieder Schwung in die Bude, und schon am nächsten Tag saß Elli mit dem Schnitter zu gewohnter Stunde beim Schach.

»Sie haben mir gefehlt, Frau Elli«, grinste der Alte und schlug ihre Dame.

»Sie mir auch«, meinte Elli, obwohl sie einsehen musste, dass sie das Spiel nicht mehr gewinnen konnte.

Sie stieß ihren König um und fuhr mit dem Rollstuhl zum Tresen. Dort ließ sie sich einen Korn geben und brachte ihn dem Schnitter. Wie immer hatten sie um einen Schnaps gespielt.

Der Schnitter trug wieder den alten schwarzen Anzug und hatte an diesem Vormittag bereits zwei Baugrundstücke verkauft. Die Haare waren ohne Sorgfalt zurückgekämmt und fielen ihm ins Gesicht, da sie durch die neue Frisur vorn zu kurz geraten waren. In ein paar Wochen, wenn die Haare auf dem Kopf, in den Ohren und Nasenlöchern nachgewachsen wären, würde er wieder aussehen wie früher.

Jedem, der es hören wollte, erklärte der Schnitter, dass er beschwören könne, dieser Mann im braunen Hemd hätte den Eilmann erschossen. Wer sonst? Und die Polizei würde ihn sicher noch finden. Schließlich hätte man doch die Fingerabdrücke auf der Waffe.

Gegen Abend ließ er sich ein Blatt Papier bringen und schrieb eine Weile. Dann bat er Erica zu sich an den Tisch, und die beiden steckten die Köpfe zusammen. Anschließend nahm Erica das Blatt und zerriss es. Sie stand auf, kam an den Tresen und goss zwei Schnäpse ein.

»Was ist los?«, fragte ich.

»Ich werde beim Schnitter einziehen und möchte mit ihm darauf anstoßen.«

»Was war auf dem Papier gestanden?«

»Eine Art Vertrag.«

»Warum hast du ihn zerrissen?«

»Ich ziehe zu ihm, aber ich bin nicht zu kaufen. Die Zeiten sind vorbei.«

Am nächsten Tag war der Spätzle verschwunden. Erica putzte sein Zimmer besonders gründlich. Nichts sollte mehr an den eifrigen Polizisten erinnern.

39

»Eigentlich passen die beiden doch sehr gut zusammen«, meinte Elli und sah von meiner Seminararbeit auf, die sie zur Korrektur durchgesehen hatte.

Der Mord war nun drei Wochen her, und Elli hatte die Dienste beim Bräu so eingeteilt, dass ich an den Nachmittagen einige Stunden Zeit für meine Seminararbeit hatte. In der Arbeit ging es um König Midas, dem ein Gott einen Wunsch gewährt hatte. Alles, was Midas berührte, sollte sich in Gold verwandeln. Doch es wurden nicht nur die Gegenstände, die er berührte, zu Gold, sondern auch sein Essen. Ausgezehrt vom Hunger flehte er, die Gabe, die sich zum Fluch verwandelt hatte, möge aufhören, und ein gnädiger Gott gewährte ihm auch diese Bitte.

Ich sollte nun die Midas-Sage in ihrer Bedeutung für die moderne Konsumgesellschaft neu interpretieren und mit Beispielen aus dem Alltag illustrieren.

»Zum Midas passen der Schnitter und die Erica wie die Faust aufs Auge«, fügte Elli hinzu und fuhr uns direkt durchs Fernsehbild, um sich etwas zu trinken zu holen.

Max und ich saßen gerade bei der Sportschau, und die Löwen lagen zurück.

»Was sollen die beiden mit dem Midas zu tun haben?«, fragte ich mehr aus Höflichkeit denn aus Interesse.

Die Löwenstürmer trafen keinen Ball. Deren Unfähigkeit regte mich in diesem Moment weit mehr auf als meine Seminararbeit.

»Das liegt doch auf der Hand: Die Erica hat vom lieben Gott das bekommen, was alle Frauen wollen. Sie ist schön wie ein Sommertag.« Jetzt fuhr sie mit ihrem vollen Glas zurück und uns schon wieder durchs Bild! »Und genau diese Gabe ist ihr zum Verhängnis geworden. Rock'n'Roll-Schlagzeuger kriegen aus irgendeinem Grund immer die hübschesten Mädchen. Sie lässt sich mit dem Kerl ein und wird sofort schwanger. Der Mann stirbt, bevor ihr Kind zur Welt kommt. Jahre später spricht der Eilmann sie nur aus dem Grund an, weil sie gut aussieht. Mit einer krummen Nase wäre ihr viel erspart geblieben.«

»Und wo sind die Parallelen zum Schnitter?«, fragte Max, ohne den Blick vom Bildschirm zu nehmen.

»Der Schnitter war ein super Schütze. Ein solches Talent steht in Kriegszeiten hoch im Kurs. Man drückte ihm also ein MG in die Hand, und er hat Hunderte damit umgelegt. Seit dem Krieg hat er Alpträume. Die Pistole hatte er bloß zu Hause, um seinem Leben ein Ende zu setzen, sollten die Träume unerträglich werden. Auch seine Gabe hat sich in einen Fluch verwandelt.«

»Aber warum zieht die Erica gleich zu ihm?«, brummte ich.

»Sie erinnert ihn an diese Olga, das Mädchen aus der Ukraine. Für die Olga kann er wegen dem Eisernen Vorhang nichts mehr tun, auch nicht für die arme Frau, der sie die Kuh weggenommen haben. Jetzt kümmert er sich halt um die Erica und den Chico«, sagte Max, den Blick auf den Fernseher gerichtet.

Die Löwen versiebten eine Chance nach der anderen!

»Glaubst du, dass die zwei so richtig …?« Ich wusste nicht, wie ich mich genauer ausdrücken sollte, aber Elli verstand mich sehr gut.

»Der Schnitter sagte mir einmal, er sei ein alter Mann und würde mehr über das Sterben nachdenken als über so etwas.«

Das beruhigte mich irgendwie – obwohl es mich natürlich gar nichts anging.

Epilog

Erica arbeitete noch viele Jahre beim Bräu, und die Gäste freuten sich, von einer so schönen Frau bedient zu werden. Sie hat möglicherweise nie erfahren, wer den Eilmann erschossen hat, und ließ es dabei bewenden. Wer fragt schon nach etwas, das er lieber nicht wissen will?

Chico gründete in Heiligenbeuern seine Punkband. Sie übten im aufgelassenen Keller der ehemaligen Klosterbrauerei und spielten auf einigen Festivals in der Umgebung. Die Brust hat er sich bei den Konzerten nur einmal aufgeschlitzt. »Tut sauweh«, hat er mir gestanden.

Huber hat dem Spätzle die Beurteilung des Jahrhunderts geschrieben, um ihn zuverlässig loszuwerden. Die Suche nach dem Herrn in Braun betrieb er ohne jeden Ehrgeiz. Der Spätzle wurde direkt ins Ministerium versetzt und machte dort Karriere. Er heiratete später eine ehemalige Miss Augsburg und hatte ein halbes Dutzend Kinder mit ihr.

Die Zenzl wollte auch weiterhin nichts mit der Polizei zu tun haben. Sie übernahm die Verpflegung für Chicos Band, und »Motzki« wurde die am besten genährte Punkband der nördlichen Hemisphäre.

Max experimentierte zusammen mit seinem Braumeister Gerstl an neuen Biersorten. Sie kreierten schließlich ein außergewöhnlich spritziges Weißbier und nannten es »Wollis Spezial«. Damit gewannen sie einige Preise, und die Brauerei schrieb bald wieder schwarze Zahlen.

Der Loidl erhielt kurz nach den Vorfällen Besuch von den Zeugen Jehovas. Um nachzuprüfen, ob sie ihn nicht angelogen hätten, lieh er sich eine Bibel beim Pfarrer, der sich sehr über den religiösen Eifer des stadtbekannten Säufers freute. Wenig später wurde der Loidl ein Mitglied der Sekte, und man hat ihn nie wieder am Stammtisch gesehen.

Anni blieb bis zu ihrer Pensionierung beim Bräu und ließ sich von der Zenzl beim Kochen beraten. Der Franz wog bald zweieinhalb Zentner und kehrte an seinen Stammtisch im Grünen Baum zurück, wo er nie wieder einen Schnaps anrührte.

Ich studierte weiter an der Uni und sehnte mich noch eine Weile nach der Betriebsamkeit in dem Wolfratshausener Wirtshaus. Auch Erica ging mir nicht so schnell aus dem Sinn. »Du fängst an, mir zu gefallen«, hatte sie einmal gesagt, und es war nicht leicht, diese Worte aus dem Kopf zu kriegen.

Der Schnitter kam auch weiterhin zum Bräu. Er verließ das Haus jedoch nur mehr rasiert und in gepflegten Anzügen. Er ließ sich die Getränke schmecken und spielte jeden Tag Schach mit Elli. Die Geschäfte liefen prächtig und er verlor nie seinen Instinkt.

Vielen Dank an:

Angelika, Xaver und Schorschi
Hubert Unterholzner, Kommissar und Kriminalfachmann
Martina Gartner, Schwester Beistand
Brigitte Unterholzner, die Unerbittliche in Sachen Rechtschreibung
Steffi Bruderhofer, Fingerinwundenlegerin
Eva Lensing, großes Latinum, NRW
Dr. Daniela McLoughlin, Fundamentales
Dr. Sandra Schönreiter, Human- und Tierschutzangelegenheiten
Dr. Bettina Maurer, der nichts auskommt
Dr. Stephan Wittmann, o wären alle Lektoren freundlich wie du
Cristoph Melf, Wirtschaftsangelegenheiten
Annelies Makin, die Strenge
Rosenheimer Verlagshaus